老残游记

帝国的最后一瞥

简锦松———— 编撰

九州出版社
JIUZHOUPRESS

图书在版编目（CIP）数据

老残游记：帝国的最后一瞥 / 简锦松编著. -- 北京 : 九州出版社，2018.12
ISBN 978-7-5108-7806-0

Ⅰ.①老… Ⅱ.①简… Ⅲ.①章回小说－中国－清代 Ⅳ.①I242.4

中国版本图书馆CIP数据核字(2019)第005083号

老残游记：帝国的最后一瞥

作　　者	简锦松	
责任编辑	李黎明	
出版发行	九州出版社	
地　　址	北京市西城区阜外大街甲 35 号（100037）	
发行电话	(010)68992190/3/5/6	
网　　址	www.jiuzhoupress.com	
电子信箱	jiuzhou@jiuzhoupress.com	
印　　刷	三河市兴博印务有限公司	
开　　本	787 毫米×1092 毫米　32 开	
印　　张	8.75	
字　　数	160 千字	
版　　次	2020 年 8 月第 1 版	
印　　次	2020 年 8 月第 1 次印刷	
书　　号	ISBN 978-7-5108-7806-0	
定　　价	48.00 元	

用经典滋养灵魂

龚鹏程

每个民族都有它自己的经典。经，指其所载之内容足以做为后世的纲维；典，谓其可为典范。因此它常被视为一切知识、价值观、世界观的依据或来源。早期只典守在神巫和大僚手上，后来则成为该民族累世传习、讽诵不辍的基本典籍。或称核心典籍，甚至是"圣书"。

佛经、圣经、古兰经等都是如此，中国也不例外。文化总体上的经典是六经：《诗》《书》《礼》《乐》《易》《春秋》。依此而发展出来的各个学门或学派，另有其专业上的经典，如墨家有其《墨经》。老子后学也将其书视为经，战国时便开始有人替它作传、作解。兵家则有其《武经七书》。算家亦有《周髀算经》等所谓《算经十书》。流衍所及，竟至喝酒有《酒经》，饮茶有《茶经》，下棋有《弈经》，相鹤相马相牛亦皆有经。此类支流稗末，固然不能与六经相比肩，但它各自代表了在它那一个领域中的核心知识地位，却是很显然的。

我国历代教育和社会文化，就是以六经为基础来发展的。直到清末废科举、立学堂以后才产生剧变。但当时新设的学堂虽仿洋制，却仍保留了读经课程，以示根本未隳。辛亥革命后，蔡元培担任教育总长才开始废除读经。接着，他主持北京大学时出现的"新文化运动"更进一步发起对传统文化的攻击。趋势竟由废弃文言，提倡白话文学，一直走到深入的反传统中去。论调越来越激烈，行动越来越鲁莽。

台湾的教育、政治发展和社会文化意识，其实也一直以延续五四精神自居，以自由、民主、科学为号召。故其反传统气氛，及其体现于教育结构中者，与当时大陆不过程度略异而已，仅是社会中还遗存着若干传统社会的礼俗及观念罢了。后来，台湾朝野才惕然憬醒，开始提倡"文化复兴运动"，在学校课程中增加了经典的内容。但不叫读经，乃是摘选《四书》为《中国文化基本教材》，以为补充。另成立文化复兴委员会，开始做经典的白话注释，向社会推广。

文化复兴运动之功过，诚乎难言，此处也不必细说，总之是虽调整了西化的方向及反传统的势能，但对社会普遍民众的文化意识，还没能起到警醒的作用；了解传统、阅读经典，也还没成为风气或行动。

二十世纪七十年代后期，高信疆、柯元馨夫妇接掌了当时台湾第一大报中国时报的副刊与出版社编务，针对这个现象，遂策划了《中国历代经典宝库》这一大套书。精选影响国人最为深远的典籍，包括了六经及诸子、文艺各领域的经典，遍邀名家为之疏解，并附录原文以供参照，一时朝野震动，风气丕变。

其所以震动社会，原因一是典籍选得精切。不蔓不枝，能体现传统文化的基本匡廓。二是体例确实。经典篇幅广狭不一、深浅悬隔，如《资治通鉴》那么庞大，《尚书》那么深奥，它们跟小说戏曲是截然不同的。如何在一套书里，用类似的体例来处理，很可以看出编辑人的功力。三是作者群涵盖了几乎全台湾的学术菁英，群策群力，全面动员。这也是过去所没有的。四，编审严格。大部丛书，作者庞杂，集稿统稿就十分重要，否则便会出现良莠不齐之现象。这套书虽广征名家撰作，但在审定正讹、统一文字风格方面，确乎花了极大气力。再加上撰稿人都把这套书当成是写给自己子弟看的传家宝，写得特别矜慎，成绩当然非其他的书所能比。五，当时高信疆夫妇利用报社传播之便，将出版与报纸媒体做了最好、最彻底的结合，使得这套书成了家喻户晓、众所翘盼的文化甘霖，人人都想一沾法雨。六，当时出版采用豪华的小牛皮烫金装帧，精美大方，辅以雕花木柜。虽所费不赀，却是经济刚刚腾飞时一个中产家庭最好的文化陈设，书香家庭的想象，由此开始落实。许多家庭乃因买进这套书，而仿佛种下了诗礼传家的根。

高先生综理编务，辅佐实际的是周安托兄。两君都是诗人，且侠情肝胆照人。中华文化复起、国魂再振、民气方舒，则是他们的理想，因此编这套书，似乎就是一场织梦之旅，号称传承经典，实则意拟宏开未来。

我很幸运，也曾参与到这一场歌唱青春的行列中，去贡献微末。先是与林明峪共同参与黄庆萱老师改写《西游记》的工作，继而再协助安托统稿，推敲是非、斟酌文辞。对整套书说不上有什么助益，自己倒是收获良多。

书成之后，好评如潮，数十年来一再改版翻印，直到现在。经典常读常新，当时对经典的现代解读目前也仍未过时，依旧在散光发热，滋养民族新一代的灵魂。只不过光阴毕竟可畏，安托与信疆俱已逝去，来不及看到他们播下的种子继续发芽生长了。

当年参与这套书的人很多，我仅是其中一员小将。聊述战场，回思天宝，所见不过如此，其实说不清楚它的实况。但这个小侧写，或许有助于今日阅读这套书的大陆青年理解该书的价值与出版经纬，是为序。

冷眼热肠，书写人间世

简锦松

《老残游记》这部书，严格说起来，不能算是一部游记，因为作者所投入的书中人物，都是用化名和影射的，没有游记的真确性；再者，书中侧重的是许多事件的所闻所见，对自然景物和风土民俗反而描绘得少。基于这两点认识，如把这部书归类于小说这一部门，是比较恰当的。但是，比起其他著名的晚清小说，又有一点不太相同，就是作者很明显的将自己化入书中，自导自演地支配一切情节的发展。

那么，作者的意愿表现在哪里呢？就是在人物本身的意义上。《老残游记》中共有三种人物：

一、象征理想的正面人物，这一种又分两类：

（一）德行上的理想人物：文章伯、德慧生（文德）、刘仁甫（武德）。

（二）行为上的理想人物：老残（名铁英，字补残）、玙姑、黄龙子、青龙子。

二、作者谴责对象的反面人物：

玉贤、刚弼。

三、配角人物：

庄宫保、申东造、申东平、黄人瑞。

其他还出现的许多角色，不太重要，就不赘述了。

在这部书里，刘鹗利用带着理想色彩的正面人物，和配角人物搭配成冲和的理想界域，然后倾其全力地谴责代表反面人物的刚、玉二名官僚。整个结构，并不复杂。以下我再把各角色一一介绍：

作者所塑造的"老残"，是个充分理想化的角色。这个人的性格是正直、不慕荣利，而且爱打抱不平的；最重要的是，作者赋予了他全能的能力。这样的人物性格，一般说来，要在公案小说里的主角才能够具备：如包龙图、彭青天都是。但在《老残游记》中，却由一个非官员身份的人物来担当，可能刘鹗在塑造老残时，根本就存在公案式的侠义心理。不过，刘鹗仍然比较进步了，他以医者形象来代替御史形象。他确认官僚们循常守旧不能根本解决民困，惟有研究病因，从事改革，才能救人之命。由这一点，不仅可体会他教老残摇着串铃的苦心，而且还透露出作为一名改良主义者的特性来。

至于其他的正面人物，像文章伯和德慧生，从名字就可以看出它们的涵义了。屿姑、黄龙子和申东平在桃花山中的一段奇遇，大概刘鹗是把自己再度化身为屿、黄二人；所以，屿、黄二人，本质上就是另两个老残，都是作者的化身。

整部书中，除了刘鹗以千变万化的化身在随机说法之外，具体的事件，就是玉贤的残民以逞与刚弼的刚愎自用，及治黄河三件。玉贤这个角色，是影射毓贤的，他曾经做过曹州知府和山东巡抚。刚弼一方面是刚愎的谐音，一方面也是影射另一个人——刚毅，这人极端地痛恨洋人，义和团事件的发生，受他鼓舞的地方很多。后来随慈禧、光绪一行逃到西安（《老残游记》发表后，据说刚毅十分愤恨，后来刘鹗获罪流放，便是他公报私仇）。"游记"中对二人严酷、愚暗的办案态度，做了深具谴责意味的暴露，痛切地指责他们违背人民的利益，只求自己升官。在以官治民的清廷统治时代，这样暴露官吏的基本人格和心理上的缺点的一部书，可以说相当具有社会史的意义。

以上介绍了正反两面的主要人物，这些人物，向来都是受人瞩目的。现在，请再看一些配角人物。

庄宫保，名曜，是影射当时的山东巡抚张曜。刘鹗以谅解的态度来写这位在书中地位最高的人物，称赞他礼贤下士，广纳众议，是个有仁心的官员。不过，刘鹗也借着他暴露了官僚的习气，书中说到当庄宫保听到他所赏识的玉贤，竟是个草菅人命的酷吏时，为了情面，并不肯立刻撤换。

申东造，新任城武县县令，对衣食的享受，非常重视；他引为美味的松花鸡，乃是由县民颇不容易得到而送来的。试想，县民为什么要送鸡来呢？这和收受贿赂已相去不远了。

申东平，是东造的弟弟。东平在桃花山遇虎，然后见到屿姑、黄龙子的一段奇遇，充分地表现了当时读书人普遍的样态，笔里行间，有嘲讽的意味。

黄人瑞，名应图，人瑞是他的字。此人嗜食鸦片，喜近女色，又是个爱好美食的人；当北方城镇穷困破落时，他在客栈的上房里，一面烤着火，一面吃着名叫"一品锅"的火锅，还嫌弃味道太老，直到换上新鲜炖鸡，才肯泡汤吃下一碗饭。他不能作诗文，又别无所长；却因为兄长与军机大臣有特殊交情，便混了个好差事。

当然，庄、二申、黄氏四人，在游记中都还有好的表现。如庄宫保的礼贤下士；二申为了不愿和玉贤同流合污，甘冒冰雪，到桃花山中聘请贤士刘仁甫。黄人瑞性格豪爽、有正义心，救翠环和救贾魏氏两案，他出力尤多。

在清点了书中的主要人物之后，对于《老残游记》的主旨，就不难掌握了。我想刘鹗本意，是希望读者能和他一样，肯定官僚中也有不坏的人，甚至于说——以代表最高阶层的庄宫保来说——在上者并没有大错；只是下面的僚属（玉贤、刚弼）做事有了偏差。想当然的，只要有了像老残这样好的"政治良医"或"政治清道夫"，替他去疾消肿，那么在上者未尝不可拥护。不过，如果读者容许我背叛刘鹗的旨意的话，我不得不指出，我们从《老残游记》许多配角的坏习气来观察，却不得不深感寒心；也就是说，这些官僚虽然不乏求好之心，无如积习太深，想改正也改不过来了，这一点才是深深值得后人观照和炯戒的。也可以说，借着刘鹗的不敢正面凝视的问题，我们反而得到，对这个大清帝国极为清晰的最后一瞥。

时光流逝，永远比人间的迁变来得迅快。百年来，中国从帝王统治的硕大阴影下，逃了出来，至今惊魂仍然未定。午夜凛寒中，读到《老残游记》这种不惜破除情面，极力批评官僚的丑陋形象的大手笔，不禁对刘鹗的正直气魄，以及当时人们言论开放的程度，感到万分惊佩！从这部书以及其他谴责小说的出版和流传，使后人对于清廷会有更清晰的认识，对于今后国家的前途，将会有更多的设想吧？这些日子来，我闭上眼睛，就仿佛看见那位曾得异人传授，摇着串铃，一步一步地踏在夕阳红晖中远去的老残。

我们国家，多么需要这种具有医者襟怀的小民呀！

【改写的话】

《老残游记》的篇幅，在中国古典的白话小说中，并不算长，文字也不算艰深；因此，我改写的重点，就放在文学技巧这部分：在不损害原书的宗旨和趣味下，把前后结构，做了一点可能的更动；某些人物的个性需要凸显出来的，我也添加了一点笔墨。原书的白话，现在看起来，仍觉得受到文言的拘束很大，尤其是在写景状物时特别显著，改写时都译成更接近现代的白话，如大明湖、黑妞白妞说书等处皆是。

此外，必须说明一点，本书改写的内容，仅以初编二十回为对象，二集和外编，概不采用。理由有二：

1. 初编二十回，结构虽有小疵，尚不失为一完整作品。书中叙述的内容，从老残进入山东开始，到离开山东结束，时空的交代也很清楚。刘鹗在一九〇四年发表《老残游记》时，仅仅写到二十回结束，定然也是基于这个认识。二集的内容，前六回讲尼姑庵的逸云，后三回讲地狱变相，与前二十回很少关联不说，内容也有可议之处。

2. 二集后三回神怪不足观，前六回写逸云，其实就是初编里写屿姑的翻版，刘鹗对这一个理想人物的角色，极为钟情，所以一写再写。其实写屿姑时，犹不失聪明可爱；写到逸云，处处卖弄佛理，强作彻悟，反而不如初编的文章。所以，依"重复且质劣则不取"的原则，删掉这一大段。

不过，为了满足部分读者的需要，我还是把二集的第一回、第六回摘录附载在本书后头，填补原典精选的位置，其实哪里是精选呢！至于后二集的三回过于拙劣，外编残稿也一无足观，就不附录了。

目 录

第一章

蓬阁风多，败楮波立，梦回少驻初程

　　湿云如泼开的水墨，迅速地压上黄大户家的白墙；雨，还未下来，空气中已经有了丝丝的湿意。

　　黄大户是当地人对老地主黄瑞和的称呼，黄老爷子害了一个奇怪的病，每年夏天，浑身总会溃烂几个窟窿，今年治好这处，明年又在别处烂上几个地方，药也吃过不少，就是没有起色。幸好这病每到秋分时节，就不要紧了，倒是不幸中的大幸。

　　这天，黄家大宅的上房中，管事的黄福着急地搓揉着双手，向一位中年模样的医者，低声询问道："先生，治得好吗？"

　　中年人像有满怀的委屈，一字一字缓缓地说着："法子尽有，只是你们未必肯依我的法子去做。这样吧，若要老爷子的病永不发作，也没有什么难处，只须依着古人的法子，就不会错了。"

　　说着，他感慨地注视着管事的黄福，接下去道："别的病是神农黄帝传下的方子，唯独此病是大禹传下来的方子才有用；历史上只有唐朝王景曾经得到这个秘方，以后就没有人知道了。这也是奇缘，偏偏我也懂得这个方子。"

　　屋檐外，细雨潺潺；房中的两个人，似乎一点也没有听到。

中年人开出的药方果然灵验，往年是一处医好，一处又溃烂起来，今年虽然小有溃烂，却是一个窟窿也没有。渐渐秋色已深，病势已经不要紧了。

你道，这中年神医是谁？此人原姓铁，单名一个英字，号补残。大家因为他为人颇正直，都器重他，叫他老残。不知不觉的，"老残"二字便成了他的新别号。老残今年不过三十五岁，原是江南人氏，曾经读过几年书，参加过科举考试，也曾学过生意，都没有成功。有一天，他江南的老家来了个道士，治病很有效验，老残就拜他为师，学了几句应用口诀，从此也就抱个串铃子，替人看病去了。奔走江湖，也有十几年了。

闲话休提。却说山东这地方，三面环海，北面登州府东门外有座名山，山上有个阁子，名叫蓬莱阁。这阁造得形势极好，西边看去，是城中万家屋宇；东边看去，又是海上波涛，峥嵘千里，夙称山东名胜。远近游客，往往在下午挑酒担食的，预先在阁中住宿，准备次日天明时，看海中日出。老残久有一游的念头。不料连日来，黄大户一家人为庆祝老爷子的病愈，日日演戏宴客，把老残闹得疲惫不堪。

这天下午，老残多喝了几杯酒，就倚在自己房里一张便榻上休息，刚合上眼睛，外边就来了两个人，一个叫文章伯，一个叫德慧生，两人都是老残的挚友，见了老残便一起说："这样的好天气，你蹲在家里做什么呢？"

老残连忙起身招呼，一面说："我这两天来应酬太多，正想出门走走呢！"

文章伯向德慧生望了一眼说："我们现在要往登州府游蓬莱阁，特地过来约你的，车子已经等在门口，快走吧！"

老残心想，这一去便不要再回黄大户家里，就把随身的行李收拾收拾——其实，也不过是数册古书，几件西洋仪器，并不难收检。整理妥当，就这样上车去了。

到了登州，三人就在蓬莱阁订了两间客房住下，这时正是九月七日，月色十分好看，老残向文、德二人道："人人都说日出好看，其实今夜的月色更是奇绝，我们何妨彻夜不睡，领略领略这风光才好。"

二人正有此意，都道："老兄有此清兴，弟等一定奉陪。"

三人就敞开了轩窗，趁着月光，开了两瓶清酒，取出携来的肴馔果子，一面吃酒，一面谈心，不知不觉东方已渐渐放出光明。德慧生望了望天色，惊叫起来道："不好！今天的日出是看不成了。"

老残和文章伯正取了御寒的毯子，准备到阁子上头，听他一嚷，才发现满天空都是厚厚的云絮。老残道："'天风海水，能移我情'，古人不是这样说吗？即使看不到日出，也不算辜负此行。"

于是三人都带了望远镜，从阁子后面的扶梯，曲折地攀上去，一到阁上，风吹得更紧，仿佛阁子都要摇动似的。天上云叶子一片片叠起，只见北边一片大云，飞到中间，将原有的云压了下来，并且将东边一片云挤得越逼越紧，越紧越不能相让，情状十分诡谲。海中间呢？白浪如山，一望无际，靠东北的方向，隐隐的有数点青烟，最近的是长山岛，最远的便是大竹、大黑等岛了。看着看着，远近四方忽然变成一片红光，想是太阳在云层背后升起了。

老残和慧生朝东观看，回头忽见章伯正在用望远镜凝视，于是两人也拿出望远镜观看，原来在海天交界处有极细的一丝黑线，随波出没，大约是一艘西洋的轮船。看了一回，那轮船也就过去了。老残和章伯便放下望远镜。

慧生还拿着望远镜，左右窥视，正在凝神，忽然大叫："哎呀！哎呀！你瞧！那边一艘帆船，在洪波巨浪中，好危险呀！"

两人齐道："在什么地方？"

慧生道："你望正东北处，就在长山岛的这边，渐渐向我们这边驶来。"

两人用望远镜一看，都道："是呀！实在危险极了，幸好是向这边来，不过二三十里，就可泊岸了。"

隔了一点钟之后，那船来得已经很近了。三人用望远镜细看，原来是一艘二十三四丈长的大船；船主坐在当中的舵楼上，楼下四人，专管转舵的事；前后六支桅杆，挂着六扇旧帆；又有两支新桅，挂着一扇簇新的帆，一扇半新不旧的帆，合计起来，便有八支桅杆。船身吃水很深，想必舱里已经装满各项货物。几乎所有的乘客，男男女女不计其数，都坐在船面上，却没有篷窗遮蔽风日。这天风浪又大，脸上有北风吹着，身上被浪花溅着，又湿又寒，又饥又怕；整艘船上的人，都有民不聊生的气象。

乘客以外，那八扇帆下，各有两人专管绳脚的事，船头及船面上，有些来回走动的人，仿佛是水手的打扮。

这船虽有二十三四丈长，却是破损的地方不少：东边有一块，约有三四丈长短，已经破了个大洞，浪花直灌进去；那旁边——也是东边——另一块丈许长的，水波也渐渐浸入，其余的地方，没有一处无伤痕。

那八个管帆的，倒是认真地在那里照管；又是各人管各人的一扇帆，仿佛在八艘船上似的，彼此不相关照。那些水手，只管在坐船的男男女女堆里乱窜，不知道在做什么。用望远镜仔细看，才知道他们在那里搜刮乘客所带的干粮，也有的正在剥客人身上穿的衣服。

章伯看得真切，不禁有气，狂叫道："这些该死的奴才！你看！眼见这船就要沉了，不知想法补救补救，早点靠岸，反而在那里蹂躏好人，气死我了。"

慧生道："章哥不用着急，这船现在离岸不过七八里路，等它泊定以后，我们上去劝劝他们好了。"

正在说话的时候，忽见那船上杀了几个人，抛下海去，转过舵来，又向东边大洋里去，不愿泊岸。章伯气得两脚直跳，骂道："好好的一船人，许多生灵，无缘无故断送在几个驾驶人手里，岂不冤枉！"

沉思了一会儿，他又说："好在我们山脚下，有的是渔船，何不驾驶一艘去，将那几个驾驶的人打死，换上几个，岂不救了一船人的性命！"

慧生听了，皱起眉头，向老残望了一眼。老残会意地向章伯笑着说："此计甚妙，不知你要带几营人马去？"

章伯愤愤说："残哥怎么也这样糊涂呢？此时此刻，哪有几营人来给你带去？自然是我们三个人去。"

老残说："既然如此，他们船上驾驶的不下二百多人，我们三个人要去杀他们，恐怕只会送死，不会成功，慧生，你说是吗？"慧生点点头。

章伯一想，理由倒也不错，便道："依你怎么样？难道白白看他们死吗？"

老残说："依我看来，驾驶的人，也并没有错，只是有两个缘故，所以就把这船弄得狼狈不堪了。怎么说呢？第一，他们平常走惯了风平浪静的水面，在那种场合，他驾驶得也有操纵自如之妙；不料今天遇到这大风大浪，所以手足无措。第二，他们未曾准备方针，平常晴天的时候，照着老法子去走，又有日月星辰可看，所以南北东西，还没有大错；哪知遇上阴天，日月星辰看不见了，就不知道东南西北，越走越错起来。为今之计，依章兄的法子，驾驶一艘渔船，追上他们；但不是去杀那驾驶的，反而要把罗盘送给他，他有了方向，就会走了；再将这有风浪无风浪时驾驶不同之处，告知船主，他们晓得了，不就可以安全上岸了吗？"

慧生便挽了章伯、老残，道："极是！极是！我们就快去吧！不然，这一船人实在危险极了。"

说着，三人就下阁子，在山脚下觅了一艘轻快渔船，挂起帆来，一直追向前去。这日刮的是北风，使起帆来，分外趁手，霎时，离大船已经不远了；连船上人说话的声音都听得见了。

三人靠近一听，才知道那船上除了管船的人在搜刮众人财物外，又有一种人，正在演讲。只听他说道："你们各人都是出了船钱坐船的，况且——这船也就是你们祖先遗下的产业，现在被几个驾驶人弄得破损不堪，眼下就要沉没了；你们全家老小性命都在船上，难道要坐在这里等死吗？就不想个法子挽救？真是没知识的奴才！"

众人被他骂得哑口无言，内中便有几个人出来说话："你这先生所说的，都是我们肺腑中说不出的话。今天被先生提醒，我们很感激，只是请教有什么法子呢？"

那人便道："你们知道：现在是非钱不行的世界，你们大家捐几个钱出来；我们拿出本领，奋起精神，拼着几个人流血牺牲，替你们争个万世安稳自由的基业，你们看好不好呢？"

众人听说，一起拍手叫好。

章伯远远地听见，对二人说："没想到船上还有这等英雄豪杰之士，早知如此，我们便不必来了。"

慧生道："倒也不甚见得，不如这样好了，我们远远地跟着他，看看发展如何，再说吧！"

老残点点头，道："慧哥所说甚是，我看这班人恐怕是做不好的，只是用几句新潮的口号来煽动人，骗几个钱用用罢了。"

当时三人便将帆叶放下，缓缓地随大船走。只见那船上男女捐献了许多钱，交到演说人的手里，等着看他有一番作为。哪知那演说的人，两手抓着钱袋，爬上一块众人伤害不着的地方，立住了脚，便高声叫道："你们这些没血性的人！凉血种类的畜生！还不赶紧去打那个掌舵的吗？"

又道："你们还不把管船的，一个一个杀了吗？"

就有些不懂事的少年，听他的话去打掌舵的，也有去骂船主的，都被水手们杀死抛下海去。

那个演说的人，看看不能成功，又在高处大叫道："你们为什么不能团结，如果全船人一齐动手，还怕打不过他们少数人吗？"

正在剑拔弩张的当儿，只见船上一些年长的人，也高声叫道："诸位万万不可乱来，倘若照他的话去做，胜负未分，船先翻了！万万不可乱来！"

慧生听到这里，向章伯道："原来这里的大英雄只管自己要钱，叫别人流血的！"

老残也道："幸而尚有几个老成持重的人，不然，这船翻得更快了。"

说着，三人便拉上帆叶，顷刻追上大船，大船上放下绳梯，三人便攀了上去，走到舵楼底下，深深地作了一个揖，把自己带来的罗盘及纪限仪器等，取出呈上。舵工看见，倒也和气，便问这东西怎样用法，有何益处。正在说话间，下面的水手里面，忽然起了咆哮，说道："船主！船主！千万不可被这帮人骗了，他们带来的是外国罗盘，一定是洋鬼子差遣来的汉奸。他们是天主教，他们把这艘大船，已经卖给洋鬼子了，所以才有这个罗盘。请船主赶快把那三个人杀了，免除后患！倘若和他们多说几句话，再用了他们的罗盘，就算收了洋鬼子的定钱，他们就要来取我们的船了。"

经过这一阵喧吵，满船的人，都被他震惊，连演说的英雄豪杰，也在那里喊道："这是卖船的汉奸，快杀！快杀！"

船主舵工听了，都犹疑不定。其中一位舵工好意地劝他们道："你三位来意甚善，只是众怒难犯，赶快去吧！"

三人含着泪水，低头跳进小船，就要离开；哪知大船的人，余怒未息，看三人下了小船，便用船上一些断椿破板，砸将下去。你想小小一艘渔船，怎禁得起几百个人用力乱砸，顷刻间，便粉身碎骨沉下海底去了！

老残"哎呀！"叫了出来，原来是南柯一梦。

第二章

过千年历下，正水霁烟澄

一

从十一月初起，济南城里，就潇潇疏疏地下起雨来，一连下了四五天，到了初五傍晚，才逐渐放出一角蓝天，挤出几丝窄窄的阳光。

秋天仿佛刚刚过去，附近寒山红叶，老圃黄花，还是深秋九月的景致；经过这一番雨梳风洗，虽然红叶飘落不少，景色怡人的情味，反而更添加了几分。

这时，在小布政街上的高升店门口，正有一个背影，迎着傍晚的斜照，向西边走去，想趁这个时候，多汲取一点济南的美景吧！

"江南好，风景旧曾谙，此地的风景，不减江南。"那人喃喃自语道。

走到鹊华桥边，却看不到一艘船。那大明湖在晚风中，皴起无数细线般的小纹，从岸边湖心伸出去，再远一点的地方，便不觉得了，只觉得澄清得如同镜子一般。

那千佛山的倒影，映在湖面上，明白得像画出来那样；山上的楼台树木，都映得清清楚楚，比上头那个真正的千佛山，还要好看，还要有趣。

鹊华桥畔过去，却有一丛芦苇，绵延好几里路；这时正是开花的时候，一片白花，映着带水汽的斜阳，好像一条粉红绒毯，做了那山和水的垫子，远远看去，一重叠着一重，分外美丽。

"如此佳景，为什么没有游船？"那人叹息了一会儿，便转身回来，走到高升店门口，忽然店里一人出来，道："残哥，好久不见了！"

那人注视了半晌，也欢声道："梦湘兄，久违了。"

两人便拉着手进到房里，王梦湘先道："残哥，我先到济南，住了半个多月，昨天听说你也来到这里，便急着过来相见，却被这场大雨挡住了。"

老残道："说得是呢！我从这个月初一到的，几天来都在下雨，一步也出去不得。"

梦湘道："济南的天气算是好的，像这样的雨天，半月来还是第一次，却给残兄遇上了。"

老残道："也没有怎么样，雨后新晴，风景越发好了，可见有一利必有一弊，有一弊必有一利呢！"

又说了一些闲话，梦湘便告辞去了，并约好次日一同游览大明湖。

第二天，老残清晨起来，吃过点心，却不见梦湘来；等了一个多钟点，只好自己摇着串铃，出门去了，在街上蹓了几圈，仍不放心，回到店里吃过午饭，那梦湘还没有来，老残无法，只得留了字条，独自游赏去了。

走了几步，老残依旧到鹊华桥边；这天冬阳和煦，昨日那种清凉的景致，又变成一种迷迷濛濛的气氛。老残走到桥下，见有船可雇，便雇了一艘小船，朝北荡去。

舟行不远，便到了历下亭前，上岸进去，过了一重大门，只有一个亭子，油漆已经大半剥落掉了。亭上还悬着一副对联，写的是杜甫的诗句：

历下此亭古；

济南名士多。

再看下款，原来是道州何绍基写的。何绍基是本朝乾隆年间著名的书法家，这十个字，写得还好。

亭子旁边，当地人随便建了几间房子，破落得很；老残觉得无趣，便从原路折回，走到岸边，却不见原来的船夫，只见小船后面，跳过来一个十二三岁大的男孩，弯着腰来解缆绳，向老残招手。

老残道："你家的大人呢？刚才还在这里，为什么换你来呢？你去喊他，说客人要走了。"

那孩子嘻嘻笑道："何叔叔在庵里有事，先过去了，我来服侍你老，也是一样的。"说着，用手向湖上一指。

老残顺手看去，果然一艘小船，向对面千佛山荡去，已经去得很远了，便回头道："我们在这里等他，你一个小孩，做不来的。"

那孩子道："你老别看我小，不会有问题的。"

争了许久，老残半信半疑，若要等下去，又怕那船夫一去不返，只好上船，依旧向西荡去，那船果然走得平稳，与初时一般无二。不久，又到了铁公祠畔。

这个铁公是谁呢？就是明朝初年与燕王为难的那个铁铉，后来燕王赶走建文帝，自己做了皇帝，把铁铉全家灭门。地方人士敬仰他的忠义，替他建了这个祠堂；每年春、秋两次，都有人来给他烧香祭拜。

老残站在铁公祠前，朝南一望，只见对面千佛山上，梵宫僧楼，与那苍松翠柏，高下相间；红的火红，白的雪白，青的靛青，绿的碧绿。不像昨日在鹊华桥畔，只看见半山的丹枫，染成一片醉红。从这个角度看去，丹枫只有一株半株，夹在松柏之间，淡淡地点缀着，仿佛是宋人赵千里的一幅大画，做了一架数十里长的屏风似的。

正在叹赏不绝，忽听水面呕哑数声，一艘渔船缓缓驶过，老残想："能在如此山水中优游一世，不知道要怎样快活呢？"

看了一会儿，回转身来，看那大门里面槛柱上，挂着一副对联，写的是：

四面荷花三面柳，

一城山色半城湖。

老残点点头道："真是不错。"再进去便是铁公的享堂。过了享堂，朝东有一个荷花池，池畔曲曲折折地修了一条回廊，穿过回廊，到了荷池东面，是一座圆圆的月门，月门东边，有三间老屋子，上面的瓦片已经破损不少。

老残走近一看，屋子正中央悬着一块匾额，却破了一半，隐隐约约认出是"古水仙祠"四字的上一半。祠内挂着一副对联，写的是：

一盏寒泉荐秋菊；

三更画舫穿藕花。

意思虽然不错，字上面却爬满了蛛丝；老残再近前一看，那供桌上的杯盘，也有几个是破的，有几个歪倒在那里，都没人管。老残心想："国人对古迹的保存，也太不注意了。"叹息一会儿，便走到荷花池畔。

那时那孩子已把小船驶进荷池，载了老残，向历下亭后面驶去。两边荷叶荷花，把小船轻轻夹住；那荷叶是刚刚枯过的，擦得小船作响；几只水鸟，有的被桨声惊起，不断地振翅飞去，也有的在船头上站着，稍停才飞去，都咯咯地乱叫。那已老的莲蓬不断地蹦到船舱里面来，老残随手摘了两个，一面吃着，一面船已到鹊华桥畔。

老残上了岸，信步走到鹊华桥上，只觉得人烟稠密，不像昨天看见的那样冷落，大概是雨完全停了的缘故吧。

桥上也有挑担子卖吃食的，也有推小车子的，都围了不少食客。老残正在东张西望，忽然从桥的那头，有一顶二人抬的蓝呢小轿，拼命地飞跑而来；老残一侧身正要避开，却看见一个五六岁的孩子，跑了过去，被那轿夫无意间踢了一脚，倒在地上哇哇地哭起来。

那孩子的母亲赶紧跑过来，问："谁碰倒你的？谁碰倒你的？"

问了两句，那孩子只是哇哇地哭，并不说话，问了半天，才带哭答道："那个抬轿子的人。"

女人抬头一看，哪里还有轿子的影儿？左手一拉孩子，右手提了买来的东西，嘴里咕噜咕噜地骂着，就回去了。

老残又看了一会儿街景，才下了鹊华桥，走到桥南来，缓缓向小布政司街走去。

转了一个街口，却见路上围着许多人，在看一张贴在墙上的黄纸，老残挤过去，伸头看了一眼，又被旁边的人推了一下，也没看清楚；再要挤进去，后来的人太多，再也挤不过去，便用力排开众人出来。

老残一路走着，一路心里想着，不知道那张黄纸上写了什么，为什么看的人那么多呢？只听耳边有两个挑担子的说道："明儿白妞说书，我们可以不必做生意，来听一次吧。"回头看时，那两人一个向东穿进巷子里去，一个继续往前走，不再同行谈话。

老残又走了几步，听路旁铺子里有人大声说："前次白妞说书，是你请假的，这回说书，应该换我请假了，你别耍赖。"

老残心想，这白妞是谁？他们口里说的说书是什么事呢？为什么人人都争着要去呢？又想，那张黄纸上写的就是这个吗？不知不觉，已回到高升店门口。

茶房上来迎道："客人去哪里了，有人来找你呢！"

老残答应一声，走进房里，看到桌上留了一张字条，却是王梦湘来过了。

二

字条上说了些失约恕罪这一类的话，老残也不在意，放在烛火上烧了。这才发现桌上还有一张黄纸，有一尺长，七八寸宽的样子，当中写着"说古书"三个字，旁边一行小字，是"二十四日明湖居"，旁边用小楷注了"王梦湘"三个字，却和原来的字体不同。老残方才明白，这张黄纸是梦湘送来的，仔细一想，和街上看到的那张，大小详略，不太相同，字数也不同，街上那张写了不少字，没有这么简要。

不一会儿，王梦湘从外面进来，笑嘻嘻地向老残招呼道："残哥，现在才回来吗？我临时有事，所以没有能够赶来。玩得还好吗？"

老残道："还好，只是在街口看见许多人围着看一张招牌，好像和你留的这张一样，怎么回事呢？"

梦湘拍手笑道："我今天正为了这事，所以耽误了你的事。这是一个说大鼓书的，到外埠去演唱了大半个月，刚才回到城里。"

老残也笑道："这倒奇了，一个说鼓书的，竟然会惊动这么多人，连你也疯狂起来。"

梦湘道："残哥，你不知道，这个说鼓书的，和别处不同。"

老残道："我听说山东乡下，有一种土调，用一面鼓，两片铁简儿做乐器，叫做梨花大鼓，演说一些前人的故事，不是这个东西吗？有什么稀奇的地方呢？"

梦湘道："是这样子的，本来说鼓书只是些乡下玩意儿，不过，自从王家出了个白妞黑妞姐妹，情形就不同了。这白妞名叫王小玉，这人是天生的怪物，她十二三岁时，就学会了说书的本领，比她的师父高明多了。她却嫌乡下的调儿没什么山奇，就到北京戏园里看戏，看了几年，把什么西皮、二黄、梆子腔调，一听就会，什么俞三胜、张长庚、张二奎等人的调子，她也一听就会；这时全济南城已经没有人赶得上她了。"

老残道："这也不难呀！"

梦湘又道："还有呢！这王小玉天生一副好喉咙，仗着这点天赋，要唱多高就能多高；她的中气，要拉多长，就有多长；她又把南方的昆腔小曲，种种腔调，都拿来装在大鼓书的调子里，自己钻研了两三年，创出这个调子，南北往来的人，听了她唱的书，无不神魂颠倒——看来你是不相信的，明天去听一听就知道了。"

老残笑道："信！信！明天也是要去的。"

又问道："你说被这事耽误了半天，为什么呢？"

梦湘正等他有此一问，立即眉飞色舞地说："兄弟作了一首七古，专门咏她一个人的，今天正好送去，不过，来送礼的官儿太多，所以等候了许久。"说着，拿出一首诗来，抄得颇还工整，却是副本。

老残拿过来看了一遍，不外乎说些才子佳人的套子话，就随便挑了其中几个好句子，称赞几句。

梦湘道："你看这诗作得怎样？昨天我还想多印几份，分送给济南城里的诗友。"

老残道："也好。"又补充了一句道："总是一件风流韵事。"

梦湘收起诗稿，看看时间不早，便向老残告辞，临行特别交代，道："明天一定要去听白妞说书。我先过来邀你，一起去吧。"

老残笑着推他出门，道："去！去！你忙你的事，我还是自己走好了。"

湘也笑道："就这么办吧！你自己来，我在明湖居替你订个位子。"

老残道："不用费心。"两人便分手了。老残吃过晚饭，又看了一些书，才睡去。

次日，老残六点钟起来，问明了明湖居开唱的时间，本是下午一点，但是通常要在上午十点钟以前到，才有位子等细节，就拿了串铃出去，先在南门内，看过了舜井；又出了南门外，到历山脚下，看看传说中大舜耕田的地方。再转了许多路，才到明湖居，恰好十点钟。

那明湖居并不在大明湖边，只因为济南城以大明湖出了名，所以借来做戏园子的名字。进了园门，有一百多张椅子，排列在戏台前，大多数都坐满了人，只有七八张桌子空着，都贴着抚院定、学院定、道署定的精致标签。

老残看了半天，没有可以坐的地方，只好在袖子里数了两百个钱，送给看座位的，才算弄了一条板凳，在人缝里坐下。

坐了不久，只见那王梦湘穿着一件狐皮大褂，摇摇摆摆地进来，和他一起来的，还有几个二三十岁的人，都穿得十分光鲜，大概是贵胄公子之流。几个人指手画脚地谈笑着，一齐走到前面空着的席位坐下。老残抬头朝他点了点头，他却没有看见。老残看看表，已经快十 点钟了。

又过一会儿，只见门口车轿渐渐多起来了，来的都是官员，穿了便衣，带着家人，陆续进来。不到十二点钟，前面几张空桌，也都坐满了。不时还有人进来找座位，也有几个人也搬了条短凳在夹缝中挨挤着坐。

后来的人，也有朝先来的人打千儿、作揖的，大半是打个千儿，随便招呼的多；在场子里，也不分是做官的，做买卖的，或是读书人，大家都叽叽喳喳，在那里闲扯。因为人太多了，说的话都听不清楚，偶尔有人高谈阔论，笑语喧哗，老残侧耳听了几句，却也没有什么意思。

园子里面，还有一种人——顶着篮子卖烧饼油条的，约有一二十个；老残随便买了一点来充饥，算是午饭。别人也有向他们买的，为数还不少。

老残边吃烧饼，边打量那个戏台；只见那台上，摆了一张半桌，桌面上放着一面板鼓，鼓上放了两片铁简儿——心里知道这就是梨花简儿了——旁边放了一个三弦子。半桌后面，列着两把椅子，并无一个人在台上，偌大的一个戏台，空空洞洞的，一无他物，看得不觉好笑。

又过了半个钟头，大约十二点半的时候，从后台上帘子里，走出一个男人。

三

老残见台上有人出来，忙将吃剩的烧饼包好，注意起来；只见那人穿着一件蓝布长衫，长长的脸儿，满脸疙瘩，仿佛像干皱的福橘皮似的；然而举止行动之间，却给人一种沉静稳重的感觉。

那人走出台来，浅浅地作了一个揖，也不说话，自顾自地在半桌后面靠左的一张椅子上坐下，慢腾腾地将那三弦子取来，随便和了一和弦，弹了一二支流行小调，这时听的人也有几个，大概都是像老残一样，刚从外地闻名而来的；那本地人很少留心去听他。

不久，弦音一转，忽然弹出一支大调，也不知道这是什么曲牌子，只听他弹到后来，全用轮指，那几根手指，像滑珠一般地滚动，曲音便抑扬顿挫起来，恍如有几十根弦、几百根指头，一起弹开来似的。这时台下叫好的声音，一阵一阵地轰起来，说也奇怪，并没有把那弦音压下去。这曲弹罢，那人才停下来休息。后台有人送上茶去，台下也有不少人四处走动，闹成一片。

停了几分钟，忽听许多掌声，老残抬头看去，原来那帘子里面走出来一个姑娘，大约十六七岁，长长的鸭蛋脸儿，梳了一个矮髻，戴了一副银耳环，看起来倒还娟秀；身上一条蓝布外褂儿，配上蓝布裤子，都是黄布镶滚的边，虽然是粗布衣裳，也觉得洁净可爱。她走了几步，先朝下面点点头，这才走到半桌后面右边的椅子上坐下。

那弹弦子的，等姑娘坐好，便取了弦子，铮铮鏦鏦地弹起来了。这姑娘便站起身来，左手拿着梨花简儿，夹在指缝里叮叮当当地摇起来，与那弦子声音相应；右手拿起鼓槌子，凝神听那弦子节奏，忽然鼓声一振，已经唱了起来。

初时歌喉初发，只觉得字字清脆，声声婉转；渐渐的，像乳莺出谷，新燕归巢，令人应接不暇；每句七字，每段十几句，有快的，有慢的，有时声音低，有时声音高；其中转腔换调的地方，变化无穷。好像过去几十年所听过的曲子，都不是曲子，只有这一段，才是真正的曲子。老残凝神听了不久，那女子一曲唱完，仍旧走进后面去了。

这时满园子的人，谈谈笑笑，卖瓜子、落花生、山里红、核桃仁的，高声喊叫着卖，满园子里听来，都是人声，老残左右看看，觉得没有什么意思，便想走到王梦湘那里去，忽听旁座两人说了几句话。

其中一个低声问道："刚才这个就是白妞了？"

另一个道："不是，这是黑妞，是白妞的妹妹，她的本领是白妞教的，若比起白妞来，不知道还差多远呢。"

原先那个人道："唱到这样的地步，还能更好吗？"

另一人又道："你不知道，所以说黑妞好了。其实，黑妞的好处，你可以一点一点说出来，等一下你听到白妞唱的，她的好处，你一定说不出来。黑妞的好处，别人也可以学到；白妞的好处，别人是学不到的。"

原先那个人还不服气。只听另一人又道："你不相信？你想这几年好玩耍的人，谁不学她的调子呢？就是窑子里的姑娘们，也都学她，只是顶多有一两句到黑妞的地步，若是白妞的好处，从没有一个人能及她十分里的一分。"

老残听他们抬了一杠，已知刚才唱的人是黑妞，不想再听，便立起身来，要过去找王梦湘，那边台上已经换了一幅景象。那台后又出来一位姑娘，年纪约十八九岁，装束与前一个毫无分别，老残暗暗叫了一声："好险！若不是听他们讨论了一场，怎么知道哪个是黑妞，又哪个是白妞呢？"

再仔细看去，那姑娘瓜子脸儿，白净的面庞，相貌不过是中人以上的姿色，比刚才的黑妞还不如；但是站在那里，却觉得秀而不媚，清而不寒，令人由心底敬佩起她。只见她低垂着头出来，盈盈地走到半桌后面，把梨花简"叮当"摇了几声。

煞是奇怪，那两片顽铁，到她手中，便像有五音十二律似的。她又将鼓槌子轻轻地在鼓面上点了两下，方才抬起头来，向台下看了一圈。

那双眼睛，像秋水，又像寒星，又像宝珠，又像是白水银里头盛着两丸黑晶球，左右一顾一盼，连那坐在远远墙角落的人，都觉得王小玉看见他了，那坐得近的，更不必说。就这一眼，满园子里，便鸦雀无声，比皇帝出来，还要肃静得多呢。

王小玉这时才开口唱了几句书，起初声音并不大，但是不知怎么，只觉得字字清晰，入耳之后，竟有说不出的好听，那五脏六腑里，像熨斗熨过，无一处不伏帖；那三万六千个毛孔，像吃了人参果，无一孔不畅快。

唱了十几句以后，渐渐地越唱越高，忽然一下子声音拉到最高，像一线钢丝，抛入天际，又细又韧，又尖又长，不禁暗暗叫绝。

这时，园子里已经有人鼓掌了。哪知白妞的声音，竟比掌声还高，竟在那片掌声中作了几个转折，还听得清清楚楚。等到掌声一停，那白妞的声音又高了一阶，接着有三四叠，节节高起。老残想："这样的唱法，只有登泰山可以相比了。"继之又想："若比泰山，也只有从傲来峰西面仰攀泰山，才有如此奇景。那登傲来峰的人，初看傲来峰峭壁千仞，以为上与天齐；等到翻过傲来峰顶，才看见扇子崖还比傲来峰高；等到翻上扇子崖，又看见南天门还在扇子崖上，愈翻愈险，愈险愈奇。大概就像这样吧。"

老残一面想着，一面听着那王小玉唱到极高的三四叠之后，陡然一落，又极力做出千回百折的本事，把一条声带练得像一条飞蛇，在黄山三十六峰半山腰里左右盘旋，顷刻之间，已经绕了几圈。

从这里以后，愈唱愈低，愈低愈细，细到那声音渐渐听不见了，满园子的人都屏气凝神，不敢动一动。

约有二三分钟之久，仿佛有一点声音从地底下发出；这一出之后，声音忽然又高高扬起，像放那东洋烟火，一个弹丸上天，随着化成千百道五色火花，纵横散乱。这一声飞起，便有无数声音，一起演奏起来。

那梨花简的声音，大鼓的声音，连那弦子也放出声音，都来相应。弦子弹的都用轮指，忽大忽小，和小玉相和相答，正如花坞春晓，好鸟争鸣；老残只觉两只耳朵忙不过来，不晓得该听哪一声才对。正在缭乱之间，忽听"霍"然一声，人声、弦声都停下来。那鼓声又咚咚敲了十八下，才停下来。这时台下叫好之声，轰然如雷，比刚才更响更久。

老残问明旁人，知道要暂停一阵子，便要走过去和梦湘招呼，但挤了几步，却无法靠近，只听梦湘大声说道："以前看到书上形容歌声的妙处，有'余音绕梁，三日不绝'的说法，我都不信，试想那余音怎么能绕梁呢？又怎能三日不去呢？后来听小玉姑娘说书，才知道古人措辞都是有道理的。每次听她说书之后，总有好几天，耳朵里无非都是她的书音，无论做什么事，总不入神，反觉得'三日不绝'，这三日还嫌她说得太少，还是'三月'二字形容得透彻些。"

他那桌上的人都拍手叫道："梦湘先生说得精辟极了。"老残再看看旁桌的人，也有点头微笑的，要再上前招呼，那王梦湘只瞧着台上，却不回头来看；老残等了片刻，觉得没趣，仍旧回到自己的位置上来。

接着，那黑妞又上来说了一段，听旁边的人说，叫做黑驴段，也是白妞教她的。听她内容，不过是说一个读书人遇见一个美人，骑着黑驴走过去的故事，情节并不复杂。将要形容那美人前，先形容了黑驴子怎样好法；等铺叙到美人的好处，不过简单几句，精神全出来了。这段书全是快板，越说越快，在说得极快的时候，好像驴了嘚嘚奔跑，听的人仿佛都赶不上的样子，却字字清楚，无一字不送到各人耳轮深处。但是比起白妞那一段，却未免逊色了。

接着二妞又轮着唱了几段，才结束，老残看看表，已经五点钟了。

四

次日，老残在旅舍里等王梦湘来，等了一上午，仍不见他的影子，便出门去了。

到大街上，买了一匹茧绸，又买了一件大呢褂面子，到成衣铺里量身，定做了一件长褂，预算这几天西北风再厉害些，眼前身上的衣服就不够了。

吩咐了成衣匠以后，吃过午饭，走到西门外，先到趵突泉上，吃了一碗茶。

这趵突泉是济南府七十二泉中的第一泉，在一个大池中间。池水有四五亩地宽，两头都通到溪河，池中流水，汩汩有声。在池子正中间，有三股大泉从池底冒出，翻上水面，足足有两三尺高。

据当地人说，当年这股泉水冒起有五六尺高，后来官府来修池，不知道怎样就低下去了。

这三股水都比水桶倒出来的还粗，池子北面是个吕祖殿，殿前搭了两座凉棚，设着五六张桌子，十几条板凳卖茶，以便游人歇息。

老残吃完茶，走出趵突泉后门，向东转了几个弯，寻到了金泉书院，进了二门，便是著名的"投辖井"，相传是汉朝陈遵母亲替他留客的地方。

再往西去，过一重门，就是一座蝴蝶厅，厅前厅后，都是湖水围绕，像一只蝴蝶展开双翅，所以叫蝴蝶厅。厅后种了许多芭蕉，虽是晚秋初冬时候，但也仅有几片残叶，大多数仍然翠碧如昔。西北角里，芭蕉丛中，有个方池，大约二丈见方，就是金线泉了。金线泉在四大名泉中居第二。"四大名泉"是哪四个？就是刚才说到的趵突泉，此处的金线泉，南门外的黑虎泉，抚台衙中的珍珠泉。

这金线泉相传水中有条金线，老残仔细看了半天，不要说金线纹，连铁线纹也没有看见。正纳闷时，远远走来一男一女，那男的拉着女的手，走到池子西面站定，弯了身，侧着头，向水面上看了一下，便向女的说："是这里了，你过来。"那女子过去，听那男子又说："你看那水面上一条线，仿佛游丝一样，发出赤金似的光亮，在水面飘动，看见了没有？"

只见那女子看了许久，初时还频频摇头，后便点头说看见了，后来连头也不点，呆呆地看了半晌，才笑着站起来，和那男子说话。

老残等他二人走后，也到池子西边站住，照样看了，果然有一条金线，左右摆动，心想："莫非底下有两股泉水，因为力量不均，彼此相抗，所以产生了这道界线。"看了一会儿，仍旧出了金泉书院。

老残出来，顺着西城而行，过了城角，一直向东，到了南城外。这南城外好大一条城河，河里泉水澄清，看得见河底游鱼，水草纠蔓，倒有一丈多长，被那水流拖得摇摇摆摆，十分有趣。

走走看看，又见沿路上几个大长方池，有许多妇女坐在池边石上捣衣；再过去有一个大池，池南数间草房，走到前面，原来是个茶馆。老残便进了茶馆，选了靠北窗的位置坐下，就有一个茶房，沏了一壶茶来，茶壶都是宜兴壶的样子，却是本地仿造的。

老残坐定，问茶房道："听说你们这里有个黑虎泉，你知道在什么地方？"

那茶房笑道："先生，你伏到窗台上朝外看，不就是黑虎泉吗？"

老残依言朝外一看，原来就在自己脚底下。有个石头雕的老虎头，约二尺余长，倒有一尺五六寸宽，从那老虎口中喷出一股泉来，力量很大，从池子这里，直冲到池子那面，然后转到两边，流进城河去了。

又坐了片刻，看那夕阳渐渐西下，才付了茶钱，缓缓地进了南门，回到高升店。

第三章

自曹府，传闻酷吏；寒天孤旅，忽遇良朋

一

那日老残在北柱楼吃饭，是山东巡抚院中一名文案请的。这名文案，原是江苏人，姓高，号绍殷，他的夫人害了喉蛾，换了七八个大夫，老医不好，恰巧老残摇着串铃，大摇大摆地过去。高家管事的就请他来试试，吃上两帖药，居然好了。高公欢喜得不得了，就邀集了文案上几个同事作陪，办酒请他，恰好有个候补道的也在席上。

席中，那候补道的忽然叹了口气，说："昨儿听说玉佐臣要正式升作曹州知府了。"

席上右边一人说道："哦？他的班次还远着，怎么这样快就补缺了呢？"

原来说话的人道："因为他办强盗办得好，暂代知府不到一年，就做到路不拾遗。上个月，我从曹州乡下经过，亲眼看见一个蓝布包袱在路旁，没有人敢捡去，我就问当地人说：'这包袱是谁的？为什么没人收起来呢？'当地人说：'昨天晚上就放在这里，不知道谁的。'我就说：'那你们怎么不去捡呢？'当地许多人都笑着摇头说：'捡了？全家还有命在吗？'宫保大人也听说了，才特别保举他。"

高公道："玉佐臣这人确实能干——可惜，太残忍了！不到一年站笼站死两千多人，难道没有冤枉的吗？"

那边王五就说："冤枉是一定有的，倒不必说。"

那候补道又说："大凡酷吏的政治，外面看去，都是好看的。各位都记得常剥皮做兖州知府时，何尝不是这样。不过呀！要是到了'人人侧目而视'的地步，可就完了。"

又一个说："玉佐臣的酷虐，固然不对；但曹州府的民风，也实在太坏。从前兄弟我在曹州府时，几乎没有一天没盗案，养了两百名捕快，都像不捕鼠的猫儿，一点用处也无。那些各县捕快提来的强盗，不是老实乡民，就是被强盗胁迫去看守骡马、挑担子的人；至于真强盗，一百个中也挑不出一个来。现在被玉佐臣雷厉风行地一办，盗案竟然自动消失了，相形之下，兄弟实在惭愧。"

旁边一人接道："话固然这么说，依我浅见，还是少杀人为是。"

一径议论不休，酒也饮足了，饭也吃饱了，才各自散去。

老残回到高升店里，心中惦记着玉贤的事，竟迟迟不能睡去。

二

第二天，老残心里有些烦恶，不想出门，便坐在窗下读书。忽听门外有人高声喊道："铁先生在家吗？"抬头看，原来门口停了一顶蓝呢轿子，轿上的人正是高绍殷。店里的伙计一面招呼："在！在！"一面领他进来。

老残急忙开门出迎，道："请房里坐！房里坐！地方太小，只好委屈委屈了。"

绍殷笑道："哪里的话！"

两人坐定，绍殷看见桌上摆着几本书，随手翻翻，觉得字体古拙，仔细一看，原来是宋版张君房刻的《庄子》，再三赞叹不绝。

老残道："这不过是先父传下的几本破书，又不值钱，随便带在身边当小说看而已。"

绍殷道："哦，我说嘛！先生原是科第世家，为何不在功名上讲求，却做这个职业呢？虽说你能视富贵如浮云，但也未免太高尚其志了。"

老残道："鄙人原非无意功名，只为了两个缘故，到现在还不敢做官。"

绍殷道："什么缘故呢？"

老残道："一来我的性格过于疏放，不合时宜；二来，俗语说：'攀得高，跌得重。'我不想攀高，是想跌得轻些罢了。"

绍殷哈哈笑道："有理！有理！不过，眼前如果有一个机会，既不怕你疏放，又不是你自己的攀缘的，不会跌下来，这种地方，你愿意去吗？"

老残也笑道："这么好的地方，怎能不冒险去一去呢？"

绍殷道："不瞒您说，中午宫保请我们便饭；宫保谈起幕府人才济济，凡是知名之士，无不精心罗致。座中姚云松就说：'眼前就有一名奇士在城里旅行，宫保并未罗致。'宫保急问道：'是谁？'"

老残道："那是谁呢？"

绍殷道："且听我说下去，那姚云松和你并不相识，听说他还是从别人那里知道你的。余话休提。当时他就把你的学问怎样，品行怎样，怎样通达人情，又怎样熟谙世务，说了一遍。说得宫保十分欢喜，就叫小弟立刻写个内文案的聘书送来。小弟说：'这样冒昧恐怕不妥当，这人既不是候补人员，又不是拜门投效的，再说，还不知道他有什么功名，聘书很不好写。'

"宫保听了这话，仍然兴冲冲地说：'那么就下个请柬好了。'我又说：'若要请他看病，那是一请就到的；若是要招他到幕府来，不知道他愿不愿意，要先问他一声才好。'宫保说：'很好！下午你就去探探口气，陪他来见一见我。'因为这个缘故，小弟特地来和阁下商议，可不可以现在和我去见见宫保呢？"

老残道："那也没有什么不可以——只是见宫保须要冠带整齐，我一向穿不习惯，能够穿便衣相见最好。"

绍殷道："自然是便衣。现在我们就去，到了以后，你在我的办公室里坐一下，等我进去通报后，然后宫保在签押房里接见你！"说着，又喊了一乘轿子，送老残前去。

三

这山东抚署本是明朝的齐王府，府内许多地方都沿用旧名，进了三堂，就叫宫门口。旁边就是高绍殷的办公室，对面就是宫保的签押房。

高绍殷陪老残坐了一会儿，便有个差官过来请道："宫保请铁老爷。"

老残见了面，深深作了个揖；宫保请他在红木炕上坐了首位，绍殷坐对面相陪；另外搬了一张方凳，在两人中间，宫保自己坐了。寒暄已毕，宫保便道："兄弟才疏学浅，做这个封疆大吏，实在为难！兄弟没有别的法子——只要听到奇才异能之士，都想请来；倘若能够给我一二指教，那就受惠不尽了。"

老残道："宫保的政声，有口皆碑，那是无可挑剔了。唯独河工这件事，外间颇有微词——听说是用贾让《治河策》，主张不与河争地。"

宫保道："是呀！你看河南的河面多宽，这里的河面多窄呢。"

老残道："宽窄并不重要，河面窄，容不下，只有伏汛几十天；其余的时候，水流迟缓，沙淤得很快，所以常常泛滥。与宽窄没有太大关系。"

宫保道："那么，贾让的治河三策都是无用的吗？"

老残道："贾让只是文章作得好，他并没有办过河工。贾让之后不到一百年，就有个王景，他才真正是办河工的人才；他治河的法子，与贾让正好相反。自他治过之后，一千多年没有河患。明朝的潘季驯，本朝的靳文襄，采用他的方法，都很成功。宫保想必早已知道了。"

宫保沉吟道："我略略听说过而已，究竟王景是用什么方法治河呢？"

老残道："他是从大禹治水上领悟出来的，《后汉书》里只记载着'十里立一水门，会更相回注'这一件事；至于其中详尽之处，书上没有记载，鄙人一时也说不清楚，等鄙人回去以后，再作篇详论呈上来好了。"

庄宫保听说，大为高兴，向绍殷道："回头你赶紧把南书房那三间收拾收拾，明天就请铁先生搬到衙门里来住，以便随时请教。"

老残道："宫保雅意，甚为感激，但是眼前还有几件心事未了，要到曹州走一遭；等鄙人从曹州回省，再来领教吧！"

说完，老残即告辞出来，出了抚署，把轿子辞去，独自在街上游玩了一会儿，才回到店里。店里掌柜的一见到他，连忙过来恭喜，不多时，连店里的其他住客也有好些过来奉承的；原来他们都得到了消息。

老残心里想道："本来要再玩耍两天，看这样子，恐怕无谓的纠缠会没完没了。唉！三十六计，走为上计。"当夜写了两封书信，托高绍殷代谢庄宫保和姚云松的厚谊，天方蒙蒙亮，便唤起店家结清账目，雇了一辆二把手的小车，就出城去了。

四

出济南府西门，北行约十八里有个市镇，名叫雒口。当初黄河未并大清河的时候，济南城里七十二泉的泉水，都从此地入河，本是极繁盛的地点。自从黄河并了大清河，向南流去，此地虽仍有货船来往，只等于原来的十分之一二，差得远了。老残到了雒口，雇了一只小船，讲好是逆流送到曹州府的董家口；下船先付了两吊钱，让船家好预备些柴米，恰好这天是南风，挂起帆来，呼呼地去了。

走到太阳将要落山，已到了齐河县城，抛下锚住了一夜，第二日住在平阴，第三日住在寿张，第四日便到了董家口，仍在船上住了一夜，天明付清船钱，将行李搬在董家口一个店里住下。

这董家口本是曹州府到大明府的一条主要官道，因此有不少客店。老残住在董二房老店，掌柜的姓董，几代都是本地人，现年六十多岁，人人都叫他老董；只有一个伙计，名叫王三。老残住在店内，本想次日雇车就往曹州府城去，因想沿路打听那玉贤的政绩，也就不急着走。

这天上午九点多了，店里住客，连那起身极迟的也都走了。店伙去打扫房屋，掌柜的早写完账，在栈门口闲坐，老残也在门口的长凳上坐下，向老董问道："听说你们这府里的玉大人办盗案厉害得很，究竟情形怎么样？"

那老董叹口气道："玉大人呀，官倒是个清官，办案也实在用心，但只是手段太毒辣了些。起初还算办了几个强盗，后来强盗摸准了他的脾气，这玉大人反而做了强盗的兵器。"

老残听着，越发奇怪，接口道："这话怎么讲呢？"

老董道："说来话长。"

五

原来，距离董家口西南几里地有个于家屯，这个屯子只有两百多户人家，庄上有个小财主，也姓于，叫于朝栋。于家有两个儿子，一个女儿，儿子都娶了媳妇，生了两个孙子，女儿也出了阁，是一个很普通的家庭。

这于家屯从来不闹盗案的，连小小的窃犯也没有，不知道怎的，去年秋天——收成也还算好——却出了几个盗贼，就在于财主家抢了一次。其实也不过丢些衣服首饰，值不了几吊钱；乡下人看不得这一点小小损失，省不得就经官动府，报起案来。谁知道却结下祸胎。

原来玉大人最爱办盗案，听了消息，立刻下令严缉，居然被他捉住了两个从犯的喽啰，追出来的赃物不过几件布衣服，那强盗头子早已不知跑到哪里去了。

就因为这么一抓，强盗们恨透了于财主。到了今年春天，原先那伙强盗竟然在府城里面抢了一家店铺。玉大人雷厉风行地闹了几天，一个贼也没有抓着。

十天后，这伙强盗又抢了另一家，抢过之后，还大摇大摆地放了一把火。这么一张皇，玉大人可就怒火烧天，调起洋枪马队，立刻追了下去。

那强盗抢过之后，呼哨着高举火把出城，手里洋枪朝天乱放，那阵势谁敢上前拦阻？出了东门，向北走了十几里地，火把才看不见了。等玉大人调集了马队，赶到东门口，地保更夫就把这些情形详细禀报。玉大人在马上咬牙切齿，听了几句，呼喝一声："追上去！"立刻风驰而去，追了二三十里，看见前面又有火光，又带着两三声枪响。

玉大人听了，怎么不气？他仗着身边手下有二三十匹马，都带着洋枪，而且自己的胆子本来就大，于是越追越急。

说也奇怪，平常也有些盗案，但是强盗们抢下了人家，立刻急着逃走；这一次，却像有恃无恐的，一路上，不是火光，便是枪声，直引着玉大人追来，到了天快明时，眼看离追上不远了，那时也到了于家屯。过了于家屯，再往前追，枪也没有，火也没有。

玉大人双眼一横，跃下马来，说："不必往前追！强盗就在这村庄上！"

当时玉大人怒色可掬，把个关帝庙权充衙门，驻卫起来，一面派定手下的马队，东南西北各留两匹人马把守住，不许一个人离开。部署已定，玉大人才派人将地保、乡长全都叫起。这时天色还暗着呢！起初众人看见黑漆漆的大街上，站满了举着火把的洋枪队，还以为是明火打劫的盗匪，都关着门不敢应答。

经此折腾，天光也渐渐放明亮了，地保等人还不知发生了什么事，只在关帝庙前长板凳上坐着纳闷。这玉大人亲自带着十来个人，从南头到北头，步行挨家去搜，搜了半天，一点可疑的形迹也没有，又转到横街上，由东望西搜去，刚刚搜到于朝栋家，搜出三支土枪，又有几把钢刀、十几根齐眉木棍。

玉大人忙了一夜，肝火特别旺盛，此时眼睛里哪容得下这些枪刀，大怒喝骂道："强盗一定在他家了。"传令把于家大小押下，自己在大厅中央一坐，喝令地保前来问道："这是什么人家？"

地保犹不明白，只得答道："这家姓于，老头子叫于朝栋，有两个儿子，大儿子叫于学诗，二儿子叫于学礼——这两人都是捐纳的监生。"

玉大人问毕，传带犯人。你想一个乡下人，见了府里的正堂大人来了，又是盛怒之下；而屋子内外都是执刀枪的马兵，哪有不怕的道理呢？上得厅房里，父子三个跪下，已经是撖撖地抖个不停，哪里还能说话？

玉大人只一开口："你好大胆！你把强盗藏到哪里去了？"那老头子早已吓得说不出话来。

倒是这于学礼曾经在府城里读过两年书，见过一点世面，胆子稍为壮些，听了"强盗"两字，还能回答："监生家里向来是良民，从没有同强盗往来的，如何敢藏着强盗？"

玉大人听说"监生"二字，倒也客气两分，放缓了颜色问道："既没有勾通强盗，这军器从哪里来的？"

于学礼道："因去年被盗之后，庄上不断地常有强盗来，所以买了几根棍子，叫佃户长工轮班来看守门户，又因为强盗都有洋枪，乡下买不到洋枪，我们也不敢买，所以从那些猎鸟儿的猎户手上买了几支打鸟的土枪，夜里偶尔放两声，惊吓惊吓强盗而已！没有别的意思。"

这玉大人看他跪着又挺直了腰，像要争论的样子，本来就有七分的不悦，再听他左一口强盗，右一口良民，更忍不下，就大喝道："胡说！哪有良民敢私藏军火？你家一定是强盗！"

说罢，也不再问于朝栋等三人，便命手下人把前后门一起锁上，在屋子里大搜起来。

这些马兵哪有一个好人？这一下从于家的上房搜起，衣箱橱柜全都推翻在地上，稍为轻便值钱一点的首饰，都被他们偷偷藏过，收在腰包里去了。

起初搜了半天，倒也没有搜出什么犯法的东西，哪知搜到后来，在一间堆放坏损的旧农具的小屋子里，竟然搜出一个包袱，里头有七八件衣裳，有三四件还是旧绸子的。马兵拿到大厅，呈上，并说："在堆东西的房里搜出这个包袱，不像是自己家的衣服，请大人验看。"

玉大人一见这包袱，双眉一皱，眼睛一亮，说道："这几件衣服，我记得好像是前些天城里被抢的那一家的；姑且带回衙门去，照失单查对。"

之后，又转过头冷冷地向于家父子道："你们说！这衣服从哪里来的？"于家父子面面相觑，都答不出来。

还是于学礼回道："这衣服实在不晓得哪里来的。"

玉大人冷笑两声，霍地站起身来，向外走去，吩咐几名马兵，会同地保将于家父子带回城去审问。说着，上马进城去了。

六

《大清会典》上，有站笼这一项，大凡死因犯，不即刻斩首的，就锁上站笼，列在府县衙门外，折腾个几天，也要死的，而且死得比斩首之刑更为痛苦，所以一般仁德的官吏都尽可能地不去使用它。

闲话休提，这于家父子平白飞下奇冤大祸，一时全失了主意，内室里的亲眷也顾不得内外之分，都奔出来抱头痛哭。

那负责解送的马兵又催促道："我们跑了一夜，肚子里很饿，你们赶紧给我们弄点吃的，吃过赶紧走吧！大人的脾气，谁不知道，迟去越不得了。"地保也慌忙回家交代一声，收拾了行李，叫于家预备几辆车子，大家坐了进去，赶到晚上两更天，才进了曹州府城。

那里于家父子缓缓起身，这里于学礼的媳妇急急地赶进城里。原来这个媳妇，乃是城里吴举人的女儿；这吴氏一见到父亲的面，立刻号啕大哭——这时候不过一更多，比他们父子三个还早行了十里路。

吴氏一面哭着，一面把早晨发生的事告诉父亲，吴举人听后浑身发抖，抖着说道："犯着这位丧门星，事情可就大大的不好了。我先去走一趟，看看情况再说。"连忙穿了衣服，到府衙外求见，门上的人说："大人有令：今天有要紧的盗案，无论什么人，一概不见。"

吴举人和衙门里的刑名师爷素来相好，连忙进去见了师爷，把种种冤枉说了一遍。师爷说："这案子在别人手里，断然没事，但是我们这位东家，办事向来不照律例……"他想了想，又说："这样吧，如果这案子交到我的手上来办，我一定尽力帮你。唉！只恐怕上面的不交下来，我可一点法子也没有。"

吴举人知道他所说是真，当下连作了几个揖，重重地嘱托一阵才出来。

赶到东门口，这时那班马兵押解于家父子的车子也正好到了。吴举人拦住车子，抢到前头，看见他们面无人色，眼泪已经含在眶里。于朝栋看见他，只说了一句："亲家救我！"就哽咽得说不出话来。吴举人还没开口，旁边的一名年轻马兵嚷道："大人在堂上等着！已经派四五拨快马催促过了，还不快走！作死嘛！"驾车的不敢逗留，抖起缰儿便走，可怜那吴举人，提起那肥胖的身子，边跑边喘着气，口里还说："亲家宽心！汤里火里，我有法子，必定赶去。"

这只是一瞬间的事，进了东门，马上就到衙门口，这边已经有几名公人在门外等着，一见犯人到来，立刻用铁链子锁好，带上堂去。人还没跪好，玉大人惊堂木一拍，厉声道："你们还有什么话说！"

于家父子喊了一声："冤枉！"

玉大人立即接口骂道："人赃俱获，还喊冤枉！来人呀！把他们上了站笼站起来。"几个差人应诺做了。

七

夜已经快二更，左厢房里点上几盏洋油灯，十来个大汉围着方桌，静得一点声息都没有。方桌中央，一只金光澄澄的手镯，躺在那儿。

陈仁美是这三班捕快的头儿，也是曹州府著名干练的捕头，打从玉大人到任之后，自行招纳了一队马兵，就把原来的捕快归闲置散，这一点陈仁美知道，因此，有许多事情他不愿意插手去管，同时不敢管；但是今天不同。

油灯光照在每个人的脸上。只听陈仁美说："各位兄弟！今天于家屯这个案子，分明是冤枉的，刚才于家二嫂子都说明了，各位想必都是同情她的。"

说着，那一旁坐着的于学礼的妻子忍不住又低声啜泣起来。陈仁美看她一眼，又开口道："诸位有什么法子，大家想想，如果能救得他们的性命，一来是件好事，二来——"他把桌心的金镯子往前一推，道："谁能想出妙计，这副镯子就是谁的。"

金镯子是于家媳妇拿出来的。

众捕快们沉默着，一名年纪较大的站起来，环视众人一圈道："各位的心情是一样的，要说妙计，谁也没有，只好相机行事，做到哪里算哪里。陈头儿，你看怎样？"陈仁美重重地叹了口气，说："也罢！"

此时轮班站堂的另一些捕快，已经到大堂上去了，陈仁美先派人去通知他们，留意留意，给些方便，按下不表。

那于家三父子听说"站站笼"三个字，早已吓得魂不附体，任由几个差人横拖倒拽地拉下去。

陈仁美打个手势，就有值日的走到公案面前，跪下一条腿回话，道："禀大人，今天站笼没有空位，请大人指示。"

玉大人怒声道："胡说！这两天明明没有站什么人，怎么会没有空呢？"值日的回答道："只有十二架笼了，三天前已经站满，请大人查看簿子便知。"

玉大人一看簿子，用手在簿子上点着说："一、二、三，嗯，这天有三个；一、二、三、四、五，这天有五个；一、二、三、四，哦，这天又有四个；总共——总共——十二个。没有空，倒也不错。"

差人又回道："依小人看来，等明天一定有几个站死的，届时再将他们补上好不好？请大人明示！"

玉大人深深地吸了一口气，面色收敛得一派庄严的样子，说道:"我最恨这些东西,若要将他们收监,岂不是又被他多活了一天,断乎不可!你们去把最先站的三个放下,接来我看看。"

差人去将那三人放下,拉上堂去,玉大人亲自下堂来,用手摸着四人的鼻子,点了点头,道:"是还有点儿气息。"回到堂上去,传令道:"每人打两千个板子,看他们死不死。"众差人威吓一声,那三人就吓死了,还不曾动一下板子。

也亏陈仁美用过心,这于家三父子虽然被站上站笼,但因有差人在他们脚下垫了几块厚砖,减少了许多苦楚。

且不说陈仁美和众捕快这班差人们,想尽法子要救于家的命。这吴氏也真是个贤惠的媳妇,天天到站笼前给公公和丈夫灌参汤,灌完了回去就哭,哭了就四处求人,头也不知道磕破了几十次,总没有人能够挽回得动这玉大人的牛性子。

第三天,于朝栋先死了;到第四天,于学诗也差不多了,吴氏将于朝栋尸首领回,亲视含殓,换了孝服,将她大伯和丈夫的后事嘱托了她父亲,自己带了参汤,先喂过两人,然后跪到府衙门口,对着于学礼哭得死去活来。

这个案子,不用说,早已惊动府城附近几十个村镇;吴氏跪哭的时候,已经有两千多人围观,只见那吴氏忽然不哭,站起来向他丈夫说道:"你慢慢走,我替你先到地下收拾房子去!"说罢,从食盒里掏出一把锋利的小刀,朝脖子上用力一抹,就没有气了。

围观的人,有些是老太太,也有些是年轻的姑娘,当时就有了哭声。那陈仁美和一班奉命来维持秩序的差人看见，也觉得悲惨。

仁美对差人们说："诸位！这吴少奶奶的节烈，是一定可以得到朝廷表扬的。我看——这个时候把于学礼放下来，还可以活，我们不如借着这个题目，上去替他求一求吧！"众人都说："有理。"

陈头儿立刻进衙里去，找到稿案先生，把刚才的事说了一遍，又说："民间的意思，说这节妇为夫自尽，情实可悯，可否求大人将她丈夫放下，以慰烈妇在天之灵？"稿案说："这话很有道理，我就替你走一趟也不枉。"

走进签押房，见玉大人正在询问外头发生了什么事，为何老百姓这等喧哗。稿案便把陈仁美的意思说了。

玉大人方才晓得吴氏已死，民众都有同情她的意思，心里着慌，面上却不表现出来，笑着对稿案先生说："你们倒好，忽然都慈悲起来了。"

稿案正要开口，那玉大人"呸！"的一声，吐出一口浓痰，大骂道："你会慈悲于家人，你就不会慈悲你主人吗？这人不论冤枉不冤枉，死了就算了；若放下他，一定不肯罢休，一定要到省里京里上控，到那时候，连我的前程都保不住。俗语说得好：'斩草要除根。'就是这个道理。尤其这吴氏，最最可恨，她一肚子觉得我冤枉了她一家人——若不是个女人，她虽死了，我还要打她两千板子，出出气呢！你传话下去，叫那些刁民早早散了回家，莫再管闲事；还有，谁若再来替于家求情，就是得了贿赂，不必再来禀报，就把这求情的人也用站笼站起来就完了。"稿案下来说了，大家叹口气，就散了。

到傍晚，于学诗、于学礼先后死了，一家四口棺木，停在曹州府西门外的观音寺。玉大人还立一道告示："禁止聚观。"

八

却说老残在董家老店住下，次日听店主老董谈起于家庄的事，就要往西门去看于家的四口棺木，奠祭奠祭，被这家主人千万拦住，不让他去。

正说话间，隔邻粮号的刘掌柜也凑过来听。说到精彩处，他也添上几句，原来吴氏自杀那天，他恰巧进城收账，挤在前排，看得最真切，回来连做了三天噩梦，经老董一提起，又全部回到眼前来，便接过来说："当日四个人死后，于朝栋的女婿——也是个秀才，急急赶回和于学诗的媳妇商议，准备上控。就有地方上老年见过世面的人劝阻他道：'不妥！不妥！你想叫谁去呢？叫外人去，本来就事不干己，弄不好还有个多事的罪名。若说叫于大奶奶去吧，两孙子还小，家里偌大的一份产业，全靠她一人支撑，万一再有个三长两短，这份家业只好由众亲族分去，两个小孙子谁来抚养？好端端的反把于家的香火断绝了。'

"旁人也劝道：'我们民家被官家害了，只当作是命该如此，除了忍受，还有什么法子？倘若上控去了，照例要发回来审问，

60

要是再落到他手里，不是又白白送上一条命吗？'众人想想，也真是没有法子，只好罢了。"

老董点点头，接口道："后来，市井里的人都说，那些栽赃在于家的真正强盗，听见这样的结局，都后悔得不得了，说：'我当初恨他报案，害咱死了两个弟兄，所以用个借刀杀人的法子，让他家吃几个月的官司，不怕他不花掉一两千吊钱。谁知道竟闹得这么厉害，连伤了他四条性命，实在我和他家也没有这么大的仇恨。'"

老残道："依这话听来，玉大人不是给强盗做兵器吗？"又问："这强盗所说的话，又是谁听见的呢？"

老董道："还是那个陈头儿。那天，他们碰了个大钉子下来，看这于家死得实在凄惨，又平白收了人家一副金镯子，心里很觉得过意不去，所以大家动了公愤，齐心齐意要破这一案。再加上邻近地方，有些江湖上的英雄豪杰，也恨这伙强盗做得太毒、太绝，齐来帮助，所以不到一个月，就捉住了六个人。其中有四个牵连着别的案子，都站死了；有两个专只犯于家移赃这一案的，被玉大人都放了！"

老残说："玉贤这个酷吏，实在令人痛恨！他除了这一案不算，别的案子办得怎么样呢？"

老董未及回答，门口又来了几辆小车，是过路人打尖的，老董前后招呼，忙着在各桌上算饭钱。老残吃过饭，径自出门去了。

一时无事，老残就在街头四处逛逛，看见一户杂货铺便踱了进去，想买些零嘴吃吃。柜台里边，坐着一个五十多岁光景的老头子，正在打盹，老残唤了两声，那老头儿才突然惊觉，站起来招呼。老残买了东西，顺口问他："您老贵姓？"

"姓王，您贵姓？不像是本地的人。"

老残道："姓铁，江南人。"

老人道："江南真是好地方，上有天堂，下有苏杭，不像我们这地狱世界。"

老残道："这里有山有水，也产稻，也产麦，和江南有什么两样？"

老人叹口气道："一言难尽！"就住口不说了。

老残付了钱，又问道："你们这里的玉大人好吗？"

老人道："是个好官，是个清官，是个大好官。衙门口有十二架站笼，天天没有空，难得有一两天空得一个两个的。"

两人说话的时候，后面走出一个中年妇人，在货架上找东西，手里拿着一个粗碗，盛着半碗白粉，看见柜台外有人，多看了一眼，仍旧找他的东西。

老残道："哪有这么多强盗呢？"

那人道："谁知道呢？"

老残道："恐怕有些是冤枉的吧？"

那人道："不冤枉！不冤枉！"

老残道："听说他随便见着什么人，只要不顺他的眼，就抓来用站笼站死；或者说话不小心，犯到他手里，也是一个死，有这样的事吗？"

那人听了老残的话，眼眶子渐渐发红，只是不知道老残的身份来历，所以眼泪未曾落下，口里还说："没有这样的事！没有！没有！"

那找寻东西的妇人，朝外一望，眼泪就滴了下来；东西也不找了，一手拿着碗，一手用袖子掩着脸，往后面跑去；才跑了几步，就歔歔地哭起来了。老残本想再问下去，看那人的脸色哀恸，反倒不好意思开口，只得辞出。

回到店里，老董也收拾好店面，坐在那儿抽烟，看见老残，忙问他到哪里去了。老残便将刚才小杂货店里所见的种种，告诉老董，问他是什么缘故。

老董说："这人姓王，只有夫妻两个，三十岁才成家；所以只生一个儿子，今年已经二十一岁了。这家店里的货，粗笨的，就在本庄有集的时候买进，比较细巧一点的，都是他这儿子到府城里去买。今年春天，他儿子在府城里，不知怎么多喝了两杯酒，在酒楼上就把这玉大人怎样可恶，怎样冤枉好人，随口瞎说。正巧被玉大人的心腹听见，就把他抓进衙门。大人坐堂，只骂了一句话：'你这东西谣言惑众，还得了吗！'站起站笼，不到两天，乡下的爹妈还不晓得，就活生生地饿死了。您老刚才看见的中年妇人，就是这王姓的妻子，今年也四十多岁了。夫妇俩只指望这唯一的儿子，身边更没有别人。您提起玉大人，叫他们怎么不伤心呢？"

老残道："这玉贤，看来真正是死有余辜的人，怎么省城里传闻他的官声好到极点，煞是怪事！我若有权，非杀他不可！"

老董听他大声斥骂，吓了一跳，连忙拉了他进屋里去，低声道："您老小声点！您老在这里随便说说，还不要紧，若到城里，可别这么嚷嚷，会送性命的呀！"老残笑道："多承关照，我留心就是了。"当日回房休息。

九

第二天，老残别了董家口，直奔马家集；这个集子，比董家口稍小，离曹州府城只有四十五里。老残到了这儿，天色已晚，想要住店，不料连走两家，都已经住满。

老残没处可去，正在懊恼，忽见路旁有个店招——平安客栈，因为天色太暗，又没有灯光，看不清楚，而且那门也是关着的，像是不做生意。老残无法，只得上前敲门，敲了半天，才有一个人出来，说："我家这两天不做生意！"问他什么缘故，也不肯说，只是不肯放人进来。

商议了半天，那店伙才不坚持，无精打采地开了一间房子，嘴里叽咕地说："茶水饭食，今天都没有准备。您既然今晚没地方睡，在这里将就将就，别怪我怠慢！我们掌柜的进城收尸去了，店里没人。对了，您老要是还没有吃饭，对街有个饭店兼茶馆，可以到那儿吃。"老残连忙说道："谢谢！谢谢！出外人随便将就都行。"那店伙看他好说话，也放出好脸色，道："我睡的地方，在大门旁边的小屋里，您有事便招呼我，别客气！"

老残听说"收尸"两字，料想和玉大人有关，这晚吃过饭，也不到别的地方，单在饭馆里买了几块茶干，四五包点心，临走时又沽了两瓶酒，那店伙正坐在大厅上等他回来好关门。老残道："我买了些酒，你拴上大门，一起进来喝一杯吧！"

那伙计欣然答应，跑去把大门、二门都上了闩，才到老残房里，站在一旁直说："您老请自己用吧！俺粗人，不敢当的。"老残拉他坐下，倒一杯酒给他，他高兴得嘴都合不拢，连连说："不敢！不敢！"其实酒杯子早已送到嘴边去了。

几杯下肚，这店伙的话就多了。

"我看您老仪表非凡，明明像个读书做官的，怎么做起摇串铃的郎中，又这等好脾气，稀见得很呢！"

老残也不笑，只问："你说读书做官的人，就不会有脾气好的人吗？"

店伙道："那当然！仗着这里没有外人，我可以放肆说两句，那些做官的，没有个好东西！像俺这地方上的玉大人，真是了不得，赛过活阎王，谁碰着了，就是个死！"

老残听了此话，便问："那么说来，你方才说掌柜的进城收尸去了，想必也是和玉大人有关的啰？"

"当然！当然！俺掌柜的进城，为的是他妹夫。他这妹夫，也是极老实的人，一直就住在俺这个店的后面；平常，就到乡下买购几匹土布，到城里去卖，赚几个钱，也够生活。那天他背着四匹白布进城，在庙口摆摊子卖，早晨卖去两匹，后来又卖去五尺，最后又来一个人，只要八尺五寸布。

"他妹夫本要撕那匹卖过的，谁知这人一定要在那整匹未卖的撕，说是愿意每尺多给两个大钱，就这样成交了。

"过了没有两顿饭的工夫，玉大人骑着马，打庙门口过，身旁有个马兵向他说了几句话，玉大人神色一寒，朝他妹夫望了一眼，就说：'把这个人连布带到衙门里去！'

"到了衙门，玉大人三步两步赶上大堂，坐下，他妹夫和布匹也带到了。玉大人也不看，就拍着惊堂木问道：

"'你这布哪里来的？'

"'乡下买来的。'

"'每个有多少尺寸？'

"'一个卖过五尺，一个卖过八尺五寸。'

"大人一听，便骂他：'浑蛋！你既是零卖的，两个都是一样的布，为什么这个上头撕撕，那个上头扯扯呢？还剩多少尺寸，怎么答不出来呢？'当时便叫差人：'替我把布量一量！'有差人过来量了，报上去说："'一个是二丈五尺，一个是二丈一尺五寸。'

"玉大人装腔作势地骂过了，便笑着向他说：'你认识字吗？'他说：'不认识。'大人说：'念给他听！'

"旁边一个文案先生，拿过单子念道：'十七日早，金四来报：昨日太阳落山时候，在西门外十五里地方被劫。劫犯只有一个人，从树林子里出来，用大刀在我肩膀上砍一刀，抢去大钱一吊四百，白布两匹：一个长两丈五尺，一个长两丈一尺五寸。'念到这里，玉大人手一挥，阻止文案再念，说：'布匹尺寸颜色，都和失单相符，不是你抢的是谁？你还想狡辩什么？拉下去站起来！把布匹交还给金四结案。'

"站了两天，才有人来店里报告，请掌柜的去收尸。"

那店伙说得顺口，连酒都忘了喝，老残便斟满一杯递过去给他，随口问道："这件事，看样子是捕快做好的圈套，你掌柜的妹夫做了替死鬼。但是他一个老实人，为什么人家要害他呢？你掌柜的有没有去打听打听呢？"

店伙道："怎么没有？说来，这也要怪他自己不好，嘴巴太快，才惹来这样的下场。"老残"哦！"了一声，听他说下去：

"我也是听人家说的。府城里面，靠南门大街有一条小巷子，住的都是做小买卖的人家。当中有一家，只有父女两个，做爸爸的四十多岁，他女儿才十七八岁，长得也好看，就是没有婆家，日常站在巷子口，和过往的人眉来眼去。不知怎样，被府里马队的王队长看上，两人就有些不干不净。

"这王队长，原来是黑道上的人物，诨名叫做'花胳膊王三'，仗着马队的威势，怕他的人不少。冲着这一点，他和那闺女的事左右街坊都不敢过问。也是合该有事，竟被她爸爸回来撞见，当晚就把她着实打了一顿，还把大门锁上，不许女儿出去。不到半个月，那花胳膊王三设了一个计，把她爸爸诬告成强盗，用站笼站死。后来不但这女孩做了王三的小妾，就连她家的三间房子，也成了王三的产业。

"俺掌柜的妹夫，在南门口卖过布，知道这件事情，和别人讲起，别的人都劝他不要说出去，他不听。有一天，在饭店里多吃了两杯酒，就发起疯来——"

说到这里，忽然住口，推说酒喝够了，起身便要离去。老残再三拉住，店伙道："您老不是微服私访的老爷吧？俺多喝了两杯，发起酒癫，说话可不能算数，您别同我一般见识吧！"老残这才恍然大悟，道："不干你事，不干你事，我听着好玩，不听也是可以的。"伙计听了，才放下心来，把故事说完。

原来当日掌柜的妹夫，并不是一个人喝酒；和他一道在酒楼上的，还有马家集的人，叫张二秃子。两人一面喝酒，一面说话，他妹夫说："这些人一点天理也没有！"那张二秃子也是个不知厉害的人，说得兴起，也大声道："那王三还是义和团的小师兄呢！听说二郎神、关帝爷多少位正神，常常降在他身上，难道就不管他吗？"

妹夫道："谁说不管？听说呀，前不久他请孙悟空大圣，孙大圣没有到，来了猪八戒老爷。倘若不是因为他昧着良心，为什么孙大圣不肯来，倒叫猪八戒下来呢？我说呀，像他良心这样坏的人，总有一天，碰着大圣看不过去的时候，举起金箍棒来，给他一棒，那他就受不了啦。"

二人谈得高兴，不知道早就被密报给王三去了；没有几天工夫，掌柜的妹夫就遇到这场大祸。张二秃子看看来势不妙，横竖自己没有家眷，一屁股溜到隔省的河南归德府去找朋友，才给他逃掉了。

伙计把话说完，站起身来，在桌上摸了半截香，把灯拨亮些，说："我去拿油壶来添添这灯。"老残说："不用了，横竖没事，早些睡吧！"

次日早晨，老残收拾行李，让车夫来搬上车子，要付房钱，伙计再三不收，道："掌柜收尸去了，歇着也是歇着，难得您老来做伴，钱，是不便收的。您老要进城，切勿多话。俺这里，人人都担着三分惊险，大意一点儿，站笼就会飞到脖子梗儿上来的。"

老残笑着道："多谢照顾！"

一面，车夫将车子推动，向南择大路出发。

十

午牌时分，老残已来到曹州府。

进了北门，就是一条热闹非凡的府前大街，老残寻了一家客店歇脚，这客店比董家口、曹家集两处所住的大得多，老残为了省几文钱，只在厢房择一个小间住下。

吃过午饭，老残便到府衙门前观望观望，只见大门上正有几个差人，在悬挂着红色彩绸。门口两旁，果真有十二个站笼，却都是空的，一个人也没有。那彩绸上还绣着四个金字："政清刑简"。

老残心想："难道一路传闻都是谎话吗？"便沿街走去，问了许多人，众口一词都是称颂玉贤的。看看天色已晚，老残才回店歇宿。

次日，早饭后，老残想府前大街不必问了，信步便往南门走去；走了许久，看见一家小小书店，倒也清净雅致，东边一半墙上挂着几张字画，无非是一些仿造的笔墨，无什趣味；西半边是些木架子，堆满了书。老残走到卖书这边的柜台，问掌柜的此地卖的是些什么书籍，两人就谈了起来。

正谈话间，外面忽然走进来一个人，拉了拉老残说："赶紧回去吧，衙门里头来了几个差人，在我们店里，急着找您老说话呢！快点走吧！"

老残听了，也不知什么事，便道："你先回去，叫他们等一等，我和掌柜的再说两句，就回店去。"

那人不肯，扯着老残袖子，口里直嚷："我在街上找您好半天了，俺店里上下都着急得不得了，您老就早点回去吧！"

老残说："不要紧的，你既找到了我，你就没有错了，你先回去，随后我就来。"

那人去后，书店掌柜的看着他走得远了，慌忙低声向老残说道："您老留在店里的行李值多少钱？此地有靠得住的朋友吗？"

老残道："我的行李倒不值什么钱，在此地也没有熟识的朋友，您问这话是什么意思呢？"

掌柜道："我们这个玉大人，厉害得很，不论你有理没理，只要他自己心里觉得不错，就拉上站笼去。现在既是府里的差人来

70

了，恐怕不知道是谁牵连到您老，我看是凶多吉少，不如趁早逃走。行李既然不值钱，丢了就算了，还是性命要紧！"

老残心里纳闷，却不想就此悄悄溜走，便回答说："我倒不怕，难道他能拿我当强盗不成？这事我很放心。"说罢，向掌柜的道了声谢，便出了店门，往客栈走去。

走进店里，只见院里放了一顶蓝呢大轿，许多轿夫穿着棉袄裤，头戴着大帽子，围在一旁吃饼。上房和厢房里，也都有许多戴着大帽子的人出入；老残仔细看，他们背上写的都是"城武县民壮"的字样，心想这些都是城武县的差人，不知道曹州府的差人在哪里？

十一

老残正纳闷着，只见上房里走出一个人，朝自己打了个招呼，道："补翁！多时不见了。"

老残连忙回道："不敢。"看这人的形貌，似乎在哪里会面过，却是早已没有印象，看他穿了件旧宁绸二蓝的大毛皮袍子，玄色长袖皮马褂，脚下着了一双绒丝鞋，分明是个读书的人。

这人也爽快，直截了当地便说："小弟姓申，名东平；家兄东造，和您在济南城是见过面的。"

老残屈指一算，喜道："路上听说令兄委了城武县，刚从省城里出发，这么快便到曹州府了。既然令兄在此，今夜便热闹了。"

原来曹州府属下有三个县，城武是其中的大县。申公上任之前，必须到府城拜会，然后才莅县视事，昨夜一到，打听到老残也在这里，因此急急遣人觅他。老残自然不知道这一层道理。寒暄已毕，老残便向东平问道："刚才店里的伙计四处找我，说曹州府里派人来传我，你知道吗？"

东平道："恐怕不是吧！"唤了店伙一问，原来就是申公的差人找他去的。两人听了，才相视而笑。东平拉了老残的手，说："前些时候，宫保大人听说老哥不告而去，心里十分难过，说自己一生最爱人才，以为天下没有不可以延纳的人，今日竟遇着一个铁君，能够视富贵如浮云，反身自省，愈觉得自己齷齪不堪了——这件事，省城里没有人不知道的。"

老残伸了伸舌头，道："岂敢！岂敢！"

东平又说："家兄这一次出来，宫保大人还特别吩咐他，如果见着铁君，好好代他致意！没想到果真遇见您。"

老残和东平本来只见过几回，两人都是性情中人，聊上几句，彼此就谈得十分投缘。

不久，申公从玉大人府中回来，见东平和老残在房中闲谈，心里颇为高兴，便低声向随行的差人吩咐几句。立时有一名差人飞奔进来，大喊道："不要走了姓铁的！快拿下！"就有数名差人跑过来，大喝助威。老残正惊愕间，只见申公从外面进来，笑道："宫保有令逮捕你归案呢！"老残也笑道："我可不是强盗哩！"东平也说："大哥！适才我和补翁也谈到宫保的意思，补翁还不相信呢！"

申公挥挥手，命手下人退下，笑着道："补翁是清高的人，你说这些还污了他的耳呢！"

老残道："哪里的话，宫保爱才若渴，小弟实在钦佩得很；至于我不辞而别的缘故，并不是自命清高的意思。一来是我深知自己才疏学浅，不敢受大人的抬举；二来是因为这玉贤的声名太大，想出来看看到底他是何等人物。至于'清高'二字，小弟不但不敢当，而且不屑去做。天地间的人才，本来就很有限，假使真是一个人才，又自视清高，不肯出来济世救民，岂不是辜负了上天的苦心吗？"

申公道："高论！高论！"

东平道："补翁刚才说要出来查访玉贤的政绩，可访出什么消息没有？我们这玉太尊，究竟是何等人物？"

老残愤愤道："不过是下流的酷吏，比历史上有名的郅都、宁成之流还要欠一等了。"便把路上所闻细细述说一遍。二申也有同意的，也有不曾听说的，说到最后，申公忍不住叹息道："我们一朝做官，耳目都受到隔阂，若不是补翁这样细访，还不容易窥见他的面目呢！"

老残又道："我却有一件疑惑的，今天在府门前溜达，看见十二个站笼都空着，恐怕乡下人的话，不太靠得住，也说不定。"

申公道："这倒不然！我刚从府衙里出来，知道一点。这是因为玉太尊昨日得到抚院的通知，已经委派实缺，还在别案的奏折里特别保举他以道员衔候补；还说，一旦实授道员以后，赏他加三品头衔。玉大人一高兴，下令停刑三日，让大家贺喜，你不见衙门口挂着红彩绸吗？听说停刑的前一日——就是昨天——站笼上还有几个半死不活的人，都打死了。"

说完，彼此叹息一会儿，老残便要告辞回房休息；申公看他只穿着一件棉袍子，便道："怎么这么冷的天还穿棉袍子呢？"

老残道："其实我也不觉得冷。我们从当小孩子起，就不穿皮袍子。日久习惯了，这棉袍的力量，恐怕比你们的狐皮还要暖和些呢！"

申公道："虽然这样说，终究还是不妥。"回身叫家人："你们到我那扁皮箱里，把一件新翻的白狐袍子取出来送到铁老爷的屋子里去！"

老残朝二申作了个摇串铃的手势，道："千万不必，我也不是客气的人，这事万万不必。你想，天下有穿狐皮袍子摇串铃的吗？"

东平听着，扑哧一笑，正要开口，那申公正色道："你那串铃本来就可以不摇，何必矫俗到这个地步！承蒙不弃，还拿我当个朋友的话，我可要劝劝你，不管你高兴不高兴。刚才听补翁说天地生才有限，每个人都该尽点力，对这话，我完全赞成。但是，补翁所做的事情，却与口中所说不符，比如宫保大人要请你出来做官，你却半夜里跑了，一定要出来摇串铃，冒风霜。这不是太不近人情了吗？"

老残道："摇串铃固然对世道没有多大好处；难道说，做官就有益于世道吗？请问老兄：你现在已经是武城县一百里十万人民的父母官了，有没有办法为百姓谋幸福呢？我知道你在这以前已经做过两三任官，有没有值得让人民称道的善政呢？"

申公道："不是这么说，我们这些庸才，能混混日子也就算了，像补翁这样宏才大略，不出来做点事情，实在可惜。"

东平也道："对呀，现今无才的，拼死拼活要做官；有才的，又抵死不做官。天下事就这样搞坏了。"

老残道："不对！我看那些无才的要做官，还不要紧，坏就坏在有才的要做官。你想这个玉贤玉太尊，不是个有才的吗？只为了想做官，而且急于做大官，所以伤天害理的事做到这样。现在他官声这么好，不要几年，就升上封疆大吏，这是一定的事。像这种人，官愈大，为害愈甚，出守一府，一府全都受害；巡抚一省，那一省便要残破；做全国的宰相，那么天下人都要受其害。由此看来，到底是有才的做官为害大呢？还是无才的做官为害大呢？"

顿了一顿，又说："倘若他也像我一样，摇个串铃子混混，正正经经的病，人家不要他治，一点点小病痛，医错了也死不了；即使他一年医死一个，一万年医死一万个，还赶不上他一任曹州府所害的人数呢！"

三人又说了几句，无非是玉贤如何如何酷虐。申公又把狐皮袍子的事提起，老残不得已，只好收下。天时已晚，便饭后，各自回房休息。

十二

这一夜，申家兄弟反复不能成眠，想到玉贤的种种酷虐，又想到眼前还要做他的下属，都感到万分无趣。

次日一早，申公起身，忙唤东平到厢房里请老残过来吃饭。东平应声："好！"走到东厢一看，门是虚掩的，里面没有半个人影。但见那靠北的窗户上，裱糊的纸全都破烂不堪，只有一张完整的，悬空了半截，经过雪气湿润，也有些腐蚀了。北风一阵吹来，这纸就迎着风"豁多豁多"地响。旁边零碎小纸，虽然没有声音，却不住地乱摇。清晨的天色又阴沉得很，整间房里，觉得阴风森森，惨淡异常。东平站了一会儿，叹一口气，就走了。

且说老残此时正在不远处的城墙上眺望雪景。

那城墙还是洪杨之乱时地方上捐钱重修的，虽然不怎么高大，在山东一带还算是大的。从城上向外望去，阡陌纵横，真是个好地方。清晨的风已经很大，棉袍子穿在身上，下摆飘得老高，站在高城上，就像乘云驾风的仙人一般，老残心里高兴，便伸开两臂，舞蹈起来。

不一会儿，空中忽然一片一片地飘下雪花来，顷刻之间，雪便纷纷大了，回旋飞舞，越下越紧，老残也不怕，依旧在城墙上走。那雪下得更大了，从高处看下去，只见大小树枝，仿佛都用簇新的棉花裹着似的。树上有几只老乌鸦，缩着颈子，蹲在一起避寒，不住地抖擞羽毛，怕被雪堆着；又看见许多麻雀，躲在人家的屋檐下，也把头缩着，看着实在可怜。

老残心想："今年的冬天来得好快！"又想："这些鸟雀，无非靠着草木上结的果实，以及小虫小蚁之类，充饥度日；现在各样的虫蚁，被雪一盖，都看不见了；那果实也早已没有，岂不是挨饿到明年春天吗？"想到这里，竟然替鸟雀担忧得不得了。

走了几步，老残又想："这些鸟雀虽然冻饿，还没有人用枪去射杀它们，也没有什么人用网罗来捉它们，尽管暂时饥寒，到明春也就好了。若像曹州府的百姓，近几年的收成，就不怎么好，又有这么一个残酷的父母官，动不动便捉了去当作强盗，用站笼站死，吓得人们连一句怨恨的话也说不出来，在饥寒之外，又多一层惧怕，岂不是比鸟雀还要不如吗？"想着，眼泪不觉落了下来！

又见那老鸦，有一阵没一阵的，"呱！""呱！"叫了几声，仿佛它不是号寒啼饥，而是因为有了言论自由，故意来骄弄这曹州府百姓似的。

想到这里，看看雪实在太大，老残只得回去。

回到店里，便有一名戴着红缨帽的人迎将上来，口称："铁老爷！敝上请铁老爷吃饭，等您回来呢！"

老残道："请你们老爷自己用吧。我早上出门前，已经吩咐店里准备午饭，一会儿就送来。说我谢谢就是了。"

那人道："敝上说，店里的饭菜不中吃，我们那里有人送了两只山鸡，已经都切片了，还切了些牛肉片子，等着您过去吃火锅呢！敝上还说，如果铁老爷一定不肯过去，那么就把饭搬到铁老爷的屋里来吃。我看还是请您过去吧，那边屋子里的大火盆，有您屋里火盆四五个大，暖和得多呢！我们下人也省了一场搬动，您老看怎样方便呢？"

老残无法推辞，只好过去。申公见了，说："补翁在那屋里做什么？这样的大雪天，正好喝两杯。今天恰好有人送来两只山鸡，烫着吃，味道很好，所以我就想借花献佛了。"说着，便让老残入座了。家人端上山鸡片，果然有红有白，颜色可爱；烫着吃，更觉清香鲜美。

申公说："补翁吃得出有点不同吗？"

老残道："果然有点清香，和别的鸡不同，是什么道理？"

申公道："这鸡出在肥城县桃花山里头，山里松树很多，这山鸡专门吃松花松子，所以有点清香，俗名叫'松花鸡'，虽然是本地出产，可也不容易买到。"

饭后，三人同到里房吃茶，烤火。

东平道："家兄昨夜为了玉太尊的缘故，十分懊恼。"

申公道："这事不提也罢，不要扰了兴头。"

东平道："说说何妨！补翁阅历甚多，或许有良策，可以应付呢！"

老残听他兄弟争论，便问是何事，申公道："昨日我俩听见高论，想那玉大人如此酷虐，小弟又在他属下做官，着实为难。倘若依他的意思去做，可怜平白害了百姓，实在不忍；不依他的法子去做，又实在没有别的良法，不知道如何是好。残哥能帮我出个主意的话，感激不尽！"

老残道："说起来也不难，只是不知道老兄做官的宗旨如何？若只求在上官面前讨好，做得有声有色，这样最容易，只须依照玉大人的办法，勤动刀斧就成了。若要顾念到'父母官'三字，想要为民兴利除害，那么盗匪的问题也并不难解决。"

申公道："为民除害的心，自然是有，但本地的盗匪太多，也是全省有名的。前任的黄大人招募了五十人的小队，盗案仍然层出不穷，最后上面看不过去，找了一个理由把他免职。你想：纵然我有为民的心，弄到最后却步上黄大人的后尘，这又有什么意思呢？"

老残道："黄公的做法，当然不可遵循，而且，他养五十名的小队，也太多了。花费大，不是亏空公费，就是扰乱百姓，强迫捐献。若是前者，左右只害了自己，并不打紧；若是后者，岂不是'逼民为盗'，哪有厘清的一天呢？"

申公道："高见！高见！我计算过以城武县的财力，一年筹个一千两来专门办理盗案，还可以拿得出，超过此数，只好私人掏腰包。要像前任那样，养上五十名小队，还不知道向哪里凑钱呢！"

老残沉吟道："照这样说，倒有个办法。如果你每年能够筹出一千三百两，不要管我怎么用它，我就可以代你定条计策，包你全县没有一个盗案，假使有盗案，包你立刻可以侦破。你看怎么样？”

申公拍手欢道："补翁若肯屈就，再也没有什么难题了。"老残笑着摇手道："不是我自己去，而是教您一个好法子。"

东平在一旁听了，道："补翁不去吗？补翁不去，这个法子谁来主持呢？"

老残笑对东平说："正是，我想推荐个人给贤昆仲，但是此人非同小可，必须要特别礼貌才请得动他，有他出来，就不必我去了。"

十三

老残要推荐的这人，叫刘仁甫，是江湖上大大有名的人。

当时北三省——河南、山东、直隶三省，和江苏、安徽两个半省，盗贼多过牛毛。这些强盗当中，还有两种分别：一种是大盗，大盗有头领，有号令，有纪律。他们画地为寨，聚上千儿八百人马，有枪有炮，平时就靠催收粮草，敛几个买路钱来维持，也和官府有租税收入一样。这些是不作兴杀害人命的。还有一种小盗，就是那些随时随地耍无赖的流氓，或是失业的游民，胡乱抢劫杀人之后，落草为盗，既没有能力结伙成大盗，也没有余钱买枪火兵器，抢过之后，不是喝酒，就是嫖妓、赌博，把劫来的钱花掉，这种人最容易犯案。

官府查缉盗匪，固然很卖力，不过抓来抓去，顶多是那些小盗，办了几个，明天又生出几个，令人好生头痛。至于那大盗们，不要说头目人物，就是他们的喽啰，也很少被捉着。遇到像玉贤玉大人之流的酷吏，少不得捉些善良百姓，冒充强盗来抵数。

强盗一多，民间没有法子，就有了保镖这一行。看官！保镖的可不是个个武功超群，往上一窜，跃上十丈八丈的屋檐，跳下来还能和百来个人厮杀的。他们也和你我一样，只不过体魄强健，娴熟刀剑罢了，他们有什么法子能保人家的镖呢？原来大盗们还有这样的规矩，不可以抢劫镖局的人货。——照说，保镖每一趟保的货，都有十万二十万两银子，镖车上管事的人，不过三两个，最多十来个。要是哪一处强盗抢去，就够他们享用一辈子了，难道他们不会动心吗？这当中有个缘故。

大凡镖车出门，都要打出字号，学些行话；万一遇到不识相的来抢，看见字号、行话，彼此打个招呼就放过去了，决不会去抢他。镖局的几家字号，大盗都知道；大盗有几处巢穴，镖局也是知道的。

倘若大盗的人到了有镖局的地方，进门去只要打个暗号，局里人就知道是哪一路的朋友，必须留他吃饭喝酒，临走还要送他三百两百的现钞做盘缠。若是大头目到了，更要尽力去应酬。这一来，大盗们等于在各地开了几个钱庄，有什么不乐意的呢？这就叫江湖上的规矩。

这刘仁甫十四五岁时就在江湖上行走，曾经到嵩山少林寺学拳术棍棒。学了几年，觉得徒有虚名，大为失望，下山以后，经过许多地方，有一天到了四川峨眉山下。

仁甫心想，久闻峨眉金顶的风景，何不上去玩玩？也是他少年心性，偏爱拣那种险峻的小路去走，走了半天，忽然迷了方向。午后的峨眉山上，总是会下一阵急雨，雨下过就不要紧了。这时正是下雨前的一刻，浓云密密地裹住周围的林木，天色一下子全暗了下来。正在彷徨失措之际，耳边忽听到有人长啸的声音，循声望去，原来是一名挑水的老僧，对着黑云纵声长啸。

仁甫看见山中有人，便放心了，那老僧也不理他，挑起水担子，越走越快，仁甫放开双腿，追了许久，才看见老僧进入一间破树皮搭成的草寮，不禁暗暗诧异。

从早到晚，僧人就不再出来了；这刘仁甫动了少年脾气，也搭了一个草棚子，就在和尚的斜对面住下。这僧人并不和他说话，天才亮便自行去挑水，长啸，夜晚便在屋前空地练起拳来。刘仁甫原只是出于好玩，打算两三天后离开，再到别处玩耍。是晚，见僧人拳法绝妙，不禁暗暗称奇，连想要离开的心思也打消了。

过了三天，夜夜如此，刘仁甫看得技痒，忍不住跑出去，跟着他的拳路比画，和尚也不在意。一晃半年过去，仁甫知道自己的武功已有大进，还不知道所学的究竟是哪一门派的拳法。这天，和尚又出来打拳，看见刘仁甫打了一趟拳，口里虽然不说话，眼角隐约地露出了一点笑意。

仁甫见了，心知机不可失，便上前跪下，口称："师父！"僧人既不开口，也不回避，仁甫再叫："师父！"

只见那和尚朝他笑笑，轻轻地说："孩子！起来，我不是你的师父。"又道："你所学的，一套是太祖神拳，一套是少祖神拳，都是少林寺的拳法，将来好好守着，不要轻易传给别人。"

仁甫奇道："徒儿在少林寺四五年，没有见过出色的拳法，师父从哪一位少林高僧学的呢？"

那和尚抬起头缓缓道："这是少林寺的拳法，却不是从少林寺学来的。现在少林寺里，早已没有人会了。这太祖拳，就是达摩老祖传下的；少祖拳，是神光祖师传下来的。当初传下来这个拳法的时候，本意是为了让和尚们学了这些，身体可以强壮，精神可以悠久，因为出家人常常要在深山野地里，单身行走，难免遇到虎豹、盗贼之类，出家人身上又不好带兵器，单靠这拳法来保护性命。

"后来少林寺拳法出了名，外边来学的日益增多，那些人中，也有后来做了强盗的，也有奸淫人家妇女的，官府时常为这事苦恼，寺里的老和尚也觉得太不像样。因此，在现任住持以前四五代祖师，就将这些正经的拳法收起来不再传授，只用些好看而不管用的招式，敷衍敷衍做个门面。我这拳法，是从汉中府里一位老和尚那里学来的，你在少林寺，自然学不到了。"

当时正是太平天国闹得天翻地覆的时候，仁甫从四川出来，路上见到湘军在招训新兵，就投入旗下从军。起初几个月，湘军屡屡战败，损失了许多人马，仁甫仗着武功，反而把敌军的一名副将擒来。这时，刘仁甫在军中也已经结识了一班朋友，众人看他立下大功，好不开心。

如此又过了一个月，上头的封赏一直没有下来，就有耳目灵敏的人来说了："湘军必须湖南人，淮军必须安徽人，才有得照应，外省的人，立下功劳也是白干的。像刘仁甫那样，又不是湖南人，又不是安徽人，何必辛苦挣什么功劳，自找没趣。"仁甫知道了，只当作没听见这回事，又过了个把月，命令发下来，升他做一名小小的都司。到了这时候，他才晓得，再留在军中也不会有什么出息了，收拾一下行李，便回到山东老家。

刘仁甫回到家中，从不和人说起峨眉山上的事，每天和农夫一道下田做工，闲暇的时候，经常在山东、河北两省游玩，一面也是观察山川形势，结交风尘异人的意思。走的地方多了，做些侠义的事，外头的名声就渐渐大起来。在河北、山东两省，练武功的人几乎没有不折服于他的。但是在老家，却很少有人知道他的名气。也有一些慕名来向他学艺的，到了当地去打听，地方上的人还不知道究竟怎么一回事。

十四

老残把刘仁甫的故事说到这里，申公和东平齐声赞叹，道："可恨我白白活了一把年纪，连这样一位英雄人物也错过了。"

老残道："还不晚呢，怎么就说错过了呢？"

东平道："补翁快说！你有什么妙法，可以请他来和我们相见呢？"

老残道："不急！不急！我的'妙计'，就是要请这位刘先生到尊兄县上去帮忙的。"说着，向申公道："不知道老兄可愿意将此人延请来做上宾？"

申公忙道："自然！自然！何用说呢！"

老残正色道："我方才说的这个刘仁甫，在江湖上大大有名；前年京城里各家镖局，联合请他主持，送去几十份重礼，都被他退回去，情愿埋名隐姓，做个农夫，可见是不容易请的。老兄若能请到此人，小心客气地以上宾之礼来待他，就好像贵县开了一个保护本县官民的镖局了。他无事时，在街上茶馆饭店里坐坐，这里过往江湖朋友，他一看便知道，随便请几个来吃吃饭，喝两杯酒，不要十天半月，各处的大盗头目就都传遍了，立刻会告诫手下说：'某处是刘某立足所在，不许打搅。'至于小盗，本来就不能和大盗相提并论，假使他随意乱做，自有大盗的手下人，暗中替他追捕下去，无论怎样的案子，都能够破得漂亮。前任所募的五十名小队，也可以裁减，只留下十名，节余下来的钱，每月拨五十两给他，不管他怎么用；十名小队，也拨五名给他留作呼唤的人，不加干涉，自然一切都做得好了。只是——"此人千万不可怠慢，若怠慢此人，他必然立刻离开，他早上一走，下午各方的大盗都知道他和贵县没有瓜葛了，必然闹得更凶了。"

东平咂咂舌头，道："有这么厉害！"申公也道："补翁的法子真妙，一部《资治通鉴》，还找不到这样的主意呢！"

老残道："是真的，可不是说着玩的。"

申公道："当然！当然！我明天就派人带重礼去聘他；不过，

此人既不肯应镖局之聘，我们官府里的人去请他，恐怕他也不肯来。"

老残知道他话中的意思，也不再客气，便道："单单你去请他，他一定不肯来，所以我要详详细细写封信去，并且拿'救一县无辜良民'的话去打动他，自然他就肯来了。我和他的交情不同于别人，我如果劝他，一定肯的。"

东平道："哦！补翁和他有什么交情，我们倒不知道。"

老残苦笑道："当年的事，不提也就忘了。我二十几岁的时候，眼看天下将有大乱，所以极力留心将才，谈兵舞棒的朋友很多。有一天，我就在朋友家中认识了刘仁甫。这晚聚会的人可不少，有的讲世界地理，有的讲兵法阵图，有的讲制造兵器，大家都是平时下功夫研究过的，谈得很热闹。突然间，整个房里全都静下来，当时就看见一个年轻人在大厅中央，专心一意地打起拳来，众人围在旁边，都屏住气观看。"

喝了口茶，又说："我平日对武术一道，也颇有兴趣，看过不少拳经刀谱；但是这一晚看他打的拳路，不但好看，而且有一股威风袭人，都是从来没有见过的；到最后，这人纵身一跳，把几丈高的屋梁拍了一下，才飘飘然落到地面，像没事一样。那围观的人见他跃起，都抬头看，却没想到他竟然去拍那屋梁，就有很多人眼睛里掉进了灰尘，一霎时，大厅中又是笑，又是骂的，闹成一片。这天以后，我就和他有了交情。后来，大家渐渐年长，知道治理天下，又是一种人才，像我们所研究的讲求的，都是没有用的。因此，各人都各自谋生混饭，把这些雄心大志，全部抛进东洋大海去了。"

申公道："补翁说哪里的话呢！你的学问见识，别人全都赶不上。"老残摇手谦逊几句，又道："可笑！可笑！当年我们还相约，倘若国家有用我们的一天，凡是在座的人，都要出来相助，不可以借故推辞。眼看今天的政局，益觉得当时真是狂妄得可笑。"

三人说了一阵，夜色已深，便约好次日写了信，由东平送到柏树峪，代表其兄去聘请刘仁甫。商量已定，这才各自回房安歇。老残又拟了一封信，把玉贤的许多不是，详详细细地说了，托姚云松呈给宫保——也打算次日写好——才打开铺盖睡觉。

第四章

访贤踪，惊虎桃山，人入仙城

一

次日，东造赴任去了，老残和东平又盘桓了一日，第三天清早，东平才带了个家人动身。出曹州，过平阴，不到午牌时分，已经到了桃花山的山脚下。

出曹州的时候，还坐着大车，到平阴县时，便换了马匹，家人把行李换了小车，又雇了几个车夫推着。等到了桃花山脚下，连马匹也不方便，只好向村里的人雇了一头小驴，东平这才骑驴上山。

才出村庄，迎面拦着一条沙河，有三百来丈宽，真正的河身，只有中间一线，两旁都是沙，土人在河上架了一座木板桥，约有数丈长光景。河面上结了一层冰，水从冰下流过，潺潺琤琤的非常好听，大概是水流中带着小冰，与上层的厚冰互相撞击，发出来的声音。

过了沙河，就是东峪。

原来这桃花山是南北纵走的，里外一共有三重山峰，远远的像巨龙一样，盘旋迂折，冈峦重叠，到此相交。靠左边的山脉，和中央这条山脉，隔着一条大溪河，像山灵有意伸出一只巨手，这就是东峪；那靠右的山脉，也有一条大溪河，叫西峪。两峪里的水，都流到山脚下相会，变成一条大溪，就是刚才所过的这条沙河，冬天水少，所以沙河的水量就只剩得几丈宽了。

进了东峪的山口，抬头看时，只见不远的前面，就是一片高山，像一座插架屏风似的，迎面竖起，土石相间，林木丛杂。

这时大雪早已停了，天色逐渐清朗，虽然没有一点阳光，但是已经有些澄蓝的天了。极目望去，石头是青颜色的，雪地是白颜色的，树上枝叶是黄褐色的，又有许多松柏，还是翠生生的绿色，一丛一丛地耸峙在白雪之中，如同国画上画的一般。

东平骑着驴，玩赏着山景，口里不由得吟咏起来，想要作两首诗，描摹描摹这个景象。

也不知过了多久，正凝神想诗的时候，忽然"殼铎" 声，觉得右脚松了一下，身子忽然向右倾跌，滚下山涧去了。

抬头看时，刚才走的路，已经在头顶两丈高的地方——原来这条路是沿着山涧造的，还不算太高，虽滚下来，并没有受伤。

那涧旁的雪，本来就很厚了，上面又结了一层薄冰，做了一个浅浅的包皮；被东平一路滚下，那薄冰破裂后，碎冰纷纷滑落，铲成浅浅的沟子。东平滚了几滚，就被一块大石拦住，所以一点没有碰伤，只觉得身体下面尖尖刺刺的，极不舒服，回手一摸，原来是滑下来的碎冰块，东平骂声："惭愧！ "便扶着石头挣扎着想站起来，哪知一用力，竟把雪地戳了两个一尺多深的窟窿。

再看那驴子，口里正有一阵没一阵地嘶叫，两只前蹄还站在路面上，两只后蹄，却陷入路旁的泥雪里，抽不出来，一条尾巴摇晃得像花鼓摆儿。

东平想喊"救命"，却看不见推车的人的影子，心里十分着急。

却说那家人押着行李小车，几个人正走得满头大汗，忽听到前面裂地崩山般的巨响，随后又听到驴子断续的叫声——山中静寂得很，声音传来，倍觉清晰——心里也开始着急，不知道发生了什么事。偏偏这行李车走得又慢，不比骑着驴子，一步是一步，不太吃力；从出发到现在，早就比申东平慢了一里多路。原来这种车子，每辆得两个车夫，一个推，一个挽，才能走动。那小车轮子本来是要压到地上，有了反作用力才好走；现在雪积得太厚，压在雪上，既没有土地那么坚实，阻力便很大。

众人来到出事的地方，已经过了大半钟点，东平忙唤家人，设法下来相救，但因冰面既滑，又没有可以立脚的地方，下头的人固然上不去，上头的人也下不来。众人商量之后，才把捆行李的绳子，解下几条，接驳起来，将一头放下涧底；申东平自己把绳子系在身上，大家合力才将他吊了上来，恰好路上有几个行人经过，也帮了些忙。家人替东平把身上的雪拍了又拍，然后牵过驴子来，让他骑上，慢慢前进。

经过这一场惊吓，东平不敢独自先行，只和众人保持一小段距离。

二

行行复行行。这条路虽然不是羊肠小道，但是忽高忽低，时上时下，也不十分好走；况且，本来是石头路，经过冰雪一冻，异常的滑。三人从饭后一点钟起身，走到四点钟，还没有走上十里路。眼见刚才帮忙救人的几个山客，早已去得无影无踪，东平心中无限怅惘，便拍驴向前跑了几步，心想："听村庄里的人说，到山集不过十五里地，说远其实并不远，只是现在已经走了三个钟头，才走到一半，恐怕天黑以前走不到了。"想到天黑，又想："冬天太阳本来就落得早，况且又是山里，两边都有高岭遮着，黑得愈快。"细一盘算，更觉害怕。

又走了许久，天色真的由蒙蒙的灰暗转为深黑了。东平勒住驴，沮丧着脸向推车子的家人商议，说："看看天色已经暗下来了，再走过去，还有五六里路呢！路又难走，车子又走不快，怎样好呢？"

家人道："那也没有法子，好在今晚是个十三日，月亮出得早，路还看得见，不管怎样，总要赶到集上去。"

东平皱皱眉头，叹了口气，向那名车夫问道："这附近没有村落可以借宿吗？"

车夫原是在桃花山下雇来的，都答道："有几家猎户，借宿恐怕不太方便。"

东平听了，默默无语，拨转驴子，向前走去。耳边听那车夫和家人絮絮叨叨地讨论个不停，仔细一听，原来——"大概这种荒山野地里，不会有强盗吧！"家人道。

"别说强盗没有一个，就算有，这一场大雪，早就把他冻跑了。"

"说的是呢。其实我们的行李不多，倒不怕强盗来抢，拿去就拿去，大不了回城里再办一份礼来。实在可怕的，是豺狼虎豹，天晚了，倘若出来吃人就糟了。"

东平遥遥听着，心里七上八下，暗暗害怕。又听那车夫道："这山里，虎倒有几只，不过，有仙虎管着，从不伤人的。"心想："不知道仙虎是什么样的神明。"发起一阵子呆来，下面的话就听不见了。

渐渐地月亮升上来了，天光映着雪光，并不觉得阴暗，树木的叶子都飘落尽了，北风扑在脸上，清清冷冷的，也不讨厌。东平边走边看风景，逐渐又把惧怕的心情收拾起来，一头驴子也愈骑愈快，直到一条横涧前头。

这桃花山并不太高，只是特别险峻罢了，平时拦云遮雨，也养成了几条小小浅溪，和几个小小瀑布，都流到两峪底的大溪河里去。冬天瀑布虽然干了，却又不比小溪；小溪上面没有水，还可以走过；瀑布冲下来的那道深深的山沟，非从桥上过去不可。

东平下得驴来，探手探脚地走到崖边一看，见那山沟大约有两三丈深；宽也是两丈多，当面隔开去路。再向左右看，一边是陡山，一边是深谷，更没有别的路可绕道。

那山沟上头呢？只有当地人用两条石柱架在上面，算是桥梁，每条不过一尺二寸宽，两柱又不是紧紧地靠贴在一起，当中还留着几寸宽的空当，可以从中间看到涧底。石上又有一层冰，滑溜滑溜的，直闪着晶光。

东平踮踮脚尖，实在不敢过去，只得在一旁的石上坐下，越想越怕，连回头再看一眼的勇气都没有了。

不久，推车子的也到了，家人看见老爷呆坐在岩石上，满脸都是惶恐惧怕的神色，便上前去探问。东平看见来人，抬手朝背后乱指道："你看！你看！这种桥怎么过法？不小心，脚一滑，就会摔死！谁有胆子谁过去，我真没这个胆子！"

家人走过去相了相地形，也觉得害怕，便向车夫们招招手，叫大家过来看。车夫们都是走熟了这条路的，都说："不要紧，有法子过去，我们穿的都是蒲草鞋，不怕路滑。"

其中一个年轻的道："等我先走一趟试试，您老看过就不怕了。"说着就三步两步地蹦跳过去了，口里还喊着："好走！好走！"舞蹈了一场，才又跑回来。

众人见了，都哈哈大笑。家人皱眉道："人过得去，车子行李怎么过去？"

车夫们道："车子没有法子推，我们四个人抬一辆，作两趟抬过去就成了。"

申东平休息了一会儿，也就好了，便开口道："车子抬得过去，我却走不过去；那头驴子又怎么办呢？"

车夫道："驴子的事，您老不用费心。现在我们先把您老扶过去，别的您就不用管了。"

东平道："就是有人扶着我，我也不敢走，告诉你们吧，我两条腿已经软了，哪里还能走路呢？"

车夫说："要不然，还有个办法，您老索性躺下来，我们两个人抬着头，两个人抬脚，把您老抬过去如何？"

东平红着脸道："不妥当！不妥当！"

又一个车夫道："还是这样吧：拿根绳子，您老拴在身上，我们伙计一个在前面，拉着一个绳头：一个在后面，拉着一个绳头，两个人一起扶着您。这种走法，您老胆子一壮，腿就不软了。"

东平说："只好如此。"

于是，众人七手八脚地把东平和车子都送过了。那头驴子死也不肯走，又费了许多工夫，最后把它的眼睛蒙上，一个人牵，一个人打，才算拉了过来。

等众人忙完了，已耗了不少时光，满地月光树影，比来时更明亮了；东平抬头看看，月亮已经爬得很高了。

众人又歇了一歇，才继续上路，走了不过三四十步，忽听到远远"呜！呜！"两声。车夫们互相看了一眼，低声说："虎叫！虎叫！"

几个人一边走着，一边留神听着，又走了百多步，车夫们招呼一声，一齐把车子停下，各自找隐蔽的地方躲下；那家人跑到东平身边，道："老爷！您别骑驴了，下来吧！听那虎叫从西边来，越叫越近了，恐怕是要从这条路来，我们避一避它吧！再迟一点，就来不及了。"

东平初时听见叫声，不知道厉害，也还泰然；见说是大虎，早已吓昏了，身子一晃，就从驴背上摔下来了。家人扶住他，唤车夫来牵驴子；车夫道："咱们舍掉这头驴子，好歹可以喂饱它，众人就没事了。"

家人答应，车夫就把驴子拴在路旁的一棵小松树上，帮着家人把东平扶到一处石壁缝里藏着，由家人守护；其他车夫，两个躲在大石脚下，用雪把身体盖住；另外两个爬上一棵大树，盘在枝干上，都把眼睛朝西面看着。

说时迟，那时快！只见西边山岭上，黑影一动，已经多了一个东西，到了岭上，又是"呜！"的一声，夹着些泥屑沙沙滑落，那虎已到了西涧边了，又"呜！呜！"吼了两声。

树上石下的人，又是冷，又是怕，全身不住地咯咯乱抖，起初还用眼睛看着那虎，等那虎下到西涧边，底下两个人就闭上眼不敢看了。

那虎朝空中嗅了嗅，立住了脚，不再走动；眼睛映着月色，灼灼发亮，并不朝驴子看，却对着这几个人藏身的地方转过来。忽地仰头一声长吼，将腰脊一弓，高高地扑纵过来。山里本来没有风，这时候，只听得树梢上呼呼地响，树上残叶簌簌地落，人脸上冷气飕飕地割；这几个人，都已吓得魂飞魄散。

等了许久，却不见虎的动静，还是那树上的车夫胆大，跳下来巡视一遭，才喊出众人道："出来吧！虎去远了。"

车夫等人，次第出来，活动活动筋骨；大家才想起申东平主仆二人还在石壁缝里，忙去把他们拉出来，已经吓得呆了。东平脸上颈上还有雪片子，想是把脸埋进雪里去了。

过了半天，东平才能开口说话，问道："我们是死的，还是活的呢？"

年轻的车夫嘻嘻笑道："都死了，现在我们一同做鬼哩！"说完，径自看驴子去了。

年长的道："老爷！虎过去了，您没事吧！"

东平道："虎，虎过去了？怎么过去的？我们一个人都没有受伤吗？"又问虎怎么来的，众人都说没看清楚，只有那爬上大树的车夫道："真可怕！我看它从涧西边过来的时候，只一跳，仿佛鸟儿似的，已经到这边了。"

说着，用手指着道："就在那里！您看，它落脚的地方，比这棵树还高七八丈呢！只见它又是纵身一跳，已经到了你们身边，我心里想：完了！完了！拼命念阿弥陀佛。"

众车夫笑道："别胡说！后来呢？"

那树上的道："后来我怕得要命，抱住树干，不敢睁眼看它。后来又听到呜的一声，好像离得远些，才睁开眼睛，只看见东边岭上，有个黑影，映着月光，向东去了。"

申东平听完，一颗心才完全放下来，说道："我这两只脚，还是软绵绵的，站不起来，如何是好？"

众人奇道："您老不是站在这里吗？"

东平低头一看，才知道自己并不是坐着，也笑了。说道："我这个身体，已经不听我指挥了。"

于是，众人搀着他，勉强移步，走了大约数十步，才渐渐可以使出力量，众人便放下他，让他自己活动活动。

忽听那年轻的车夫喊道："大家过来帮帮忙吧！"众人走近一看，原来那头驴子，正伏在地上大力大力发抖，把一身黑亮的短毛，摇晃得如潮水一般，波动不已。那年轻车夫拉它不动，口里连声咒骂。

如此又忙了半天，才把东平扶上驴子，余人推起车子，慢慢前进；那驴子受过惊吓，走起来竟有点不三不四，慢腾腾的。东平心里想："命虽不送在虎口里，这夜里若再遇见刚才那样的桥，我断然是不能再走了。肚子又饥又饿，身上又湿又冷，活生生的冻也把我冻死了。"

三

不久，转过一个山坳，忽见前面几点灯光，还有许多房子，众人都停下来，喊道："好了！好了！前面到了集镇了！"

那驴子也像听懂人语，短嘶一声，放开四蹄，轻轻奔去，不一会儿，已经到了灯光下。

原来，这里并不是集镇，只有几户人家，住在山坡上面，因为是傍山而建，远远看去，就好像层楼叠榭一样，其实是没有的。

申东平微微感到失望，回头与众人商议行止，有的认为离集镇已经不太远了，不如赶快上路，到了地头才休息，也有人认为断不能再走，还是敲门求宿好了，没有个结论。

东平默默转身，一个人四处看看，只见一户人家，外面是用虎皮石砌的墙，墙里纵纵横横的有好十几间房子；大半房间里，都透着灯火。东平心想："我在家中何等受用，如今却要到这荒山，做鬼也不舒服，好个刘仁甫，却累我至此！"忍不住长叹了几声。

又想："此去虽说有个市集，也不晓得什么模样，不如向这家人敲门求宿，想来我是个官宦子弟，人家也不会拒绝的。"

便上前在大门上重重地敲了几下，里面出来一个老者，须发俱白，手中拿了一个烛台，点了一支白蜡烛，口中问道："谁呀？"

申东平忙作了揖，和颜悦色，把来访刘仁甫，山中行程耽搁等原委简述一遍，并央求道："明知并非客店，无奈随从的人都累了，万请老翁行个方便，借宿一宵，明日一早出发，茶资酒钱，都少不了的。"

那老翁点点头道："你等一等，不要乱走动，我去问问我们姑娘。"说着，门也不关，便进里面去了。

东平看了这情景，心中十分诧异，想：难道这户人家，竟没有男主人吗？为什么要去问姑娘？难道是个女孩儿当家吗？或者，是狐妖鬼仙之流，书上常常有的，也都是些女子。想到这里，东平又有几分害怕；继之一想：不对！不对！想必这家是个老太太做主，这个老者还是她的侄儿，所以叫她姑娘；姑娘者，就是姑母之谓。一会儿东平又想：哪有老太太还称姑娘的，该是鬼妖异物，青春永驻，所以年纪虽大，还"姑娘""姑娘"自称，那老翁也就以"姑娘"相称了。这样说来，此地是不能住了。

却说东平心中怀疑，正想回头就走，那老者已经带着一个中年汉子出来，两人手中都拿了烛台，中年人道："请客人里面坐。"

东平想要推辞，回头却瞥见自己的从人都到了这家门口，胆气一壮，就不畏惧了。众人进了墙门，就是一栋相连的五间房子，门在中间，门前台阶约有十余级。中年汉子手持烛台，照着申东平上来，东平吩咐车夫，在院子里略站一站，等我进去看看情形，再来招呼你们。

那老者道："不必了。"拍拍掌，从里面又走出一个中年黑衣汉子，也是拿着一支白蜡烛，向车夫们道："那边有个平坦的斜坡，车子可以走的，你们把车子推了，驴子牵了，由坦坡上来，到屋子里休息。"

车夫们进屋里来，自有黑衣大汉替他们安置妥当。

那老者引着申东平，径自往里面走去，中年汉子高举蜡烛，紧紧跟着；过了穿堂，又上了两层台阶，上面有块平地，栽了各种花木，映着月色，异常幽雅。不时有阵阵幽香，沁人肺腑。

花圃那端，恰有三间朝南的精舍，舍旁俱是回廊，栏杆都是用连皮杉木做的。

东平看那精舍，两间敞开着，一间隔起来，大概是个房间的样子；迎面门上悬挂了四盏纸灯，都是用斑竹做骨扎成的，手工甚为灵巧。外间的桌椅几案，无不布置得清雅有致。里面挂了一个褐布门帘，老者到房门口，喊了一声道："姑娘！外面的客人进来了。"

东平拉了拉衣服，准备和主人相见作揖；哪知门帘掀起，竟出来一个十八九岁的女子，穿着一身大布衣服，二蓝褂子，青布裙儿。申东平一愕，连忙低下头去，等了一会儿，却不见有人再出来。

东平大奇，侧头低声问那老者道："你们姑奶奶怎么还不出来，这小娘子是谁呢？"

老者道："这不就是姑娘吗？哪里还有什么姑奶奶呢！"

东平大吃一惊，抬头尚未说话，只见那小娘子正觑着他，只等他头一抬起，便躬身福了一福，东平慌忙长揖答礼。女子说："请坐。"转身命老者退下，说赶紧去做饭，客人饿了。

老者去后，那女子道："先生贵姓，来此何事？"

东平便把奉家兄之命，特地来访刘仁甫的话，又说了一遍。

那女子道："刘先生起初就住在这个集子东边，现在搬到柏树峪去了。"

东平问道："柏树峪在什么地方？"

女子道："也不太远，在集西三十多里的地方，不过，那边的山路比这边更偏僻，更加不好走。"

东平听了，默默无语，那女子又道：

"申先生不用烦恼，刘先生已经听说此事，说不定明天会到集子里等你相见。家父前日退值回来，告诉我们，说明后天有一位远客到来，路上受了点虚惊，吩咐我们迟点睡，预备些酒饭，以便款待，并说简慢了尊客，千万不要见怪。"

东平连忙说："不敢，不敢。"心上却想道："这荒山里面又没有衙门官署，有什么值日、退值呢？我今天在山涧里，受了一点惊吓，也没对他人说，何以他父亲在三天前就知道？"

心里疑惑着，东平偷偷看那女子一眼，觉得她相貌端庄淑静，明媚娴雅，举止又十分大方，不像是轻薄人家的子女，也不像是野人村妇。若要问个清楚，又想自己是客，人家主人尚未盘问自己的底细，自己反倒要追问人家，想来世上也没有这样的道理。

正凝思间，外边帘掀动，中年汉子已经端进一盘饭来，那女子道："就搁在西屋的炕桌上吧！"

中年汉子进屋摆放饭菜，那女子便领东平进去；这屋子又与外面不同。朝南的窗下有个砖砌的暖炕，紧贴着窗户，摆了一条长的炕几，另外两头，各有一个短炕几，炕中间有个活动的炕桌，桌子三面都可以坐人。西边墙上凿了一个大圆的月洞窗子，糊上宣纸，窗子正中镶了一块玻璃，可以照进光线。窗前设了书桌。这间屋子和大厅虽然没有隔断，却用一块顶大顶厚的布罩围了起来。

不久，饭菜已经摆好，就只是一盘馒头，一壶酒，一罐小米稀饭，另外有四碟小菜，无非是山蔬野菜之类，并无荤腥。女子拿起酒壶，替他斟满一杯，自己也斟了一点，陪他喝过，便告辞道："先生请用饭，我稍停再来。"说罢，径自进房去了。

四

申东平饿了多时，反而不甚饿了，上炕先把一壶酒喝完，又吃了两个馒头，便觉得饱了，小米稀饭只喝几口，倒是四碟菜蔬，吃得干干净净。

中年汉子又舀了一盆热水来，东平洗过手脸，便在这所房内徘徊溜达，舒展肢体。忽见墙上挂着一幅诗屏，草书的字写得龙飞凤舞，气韵不凡。上款题的是"四峰柱史正非"，下款写着"黄龙子呈稿"。那草字虽不能全识得，还可猜中十之八九，大约是这样的：

曾拜瑶池九品莲，希夷授我《指玄篇》。
光阴荏苒真容易，回首沧桑五百年。

诗中的意思，非仙非佛，倒也有些意味，那月洞窗下书案上，有现成的纸笔，东平便把原诗抄下来，好回去向衙门里的朋友夸炫。

诗已抄完，抬头看见那月洞窗子外，月色有清有白，映着层层叠叠的山峰，一步一步地高上去，真如仙境一般；山中没有尘嚣的气氛，此时更觉得一点倦意也没有了，东平心想："如此良夜，在山间林下散步一回，岂不大妙！"

方动念间，又想道："这山不就是我们刚才来时的那山吗？这月不就是刚才踏过的那月吗？为何来的时候，便那样阴森惨淡，令人惊心动魄？此刻山月依旧，何以就令人心旷神怡呢？"

正在叹息不已，忽听身后娇滴滴的声音说道："饭用过了吧？怠慢得很。"东平慌忙转头，见那女子又换了一件淡绿带花的棉袄，配上青布宽脚裤子，站在门边，后面一个从人也没有。

申东平仔细看她，愈觉得眉似春山，眼如秋水，两腮丰满，如同棉布裹了丹砂，从白里隐隐透出一点红晕来。不像流行的打扮，把那胭脂涂得像猴子屁股那样猩红。唇颊之间，似笑不笑的；眉眼之际，又颇有矜持的样子。令人又是爱，又是敬，不禁看得呆了。

那女子也不介意，嫣然一笑道："贵客请炕上坐，暖和些。"

东平茫茫然在炕沿上坐下，喉头哽着，说不出话来。不久，那苍头又进来问姑娘道："申老爷的行李放什么地方呢？"

女子道："老太爷前日离开时吩咐过，请客人在他的榻上睡，行李就不用解了。跟随的人都吃过饭了吗？你叫他们早点歇息，还有——驴子喂了没有？"

苍头一一答应，最后说："都安排好了。"

女子又道："你去吩咐厨房煮茶来吧！"

申东平见她吩咐得中规中矩，暗暗佩服，便站起来推辞道："过路贱客，万万不敢在老太爷榻上冒渎了；刚才进来时，看见前面有个大炕，就同他们一道睡吧！"

女子道："先生不必推辞，这是家父吩咐的；不然，我这个山村女子，也不敢擅自招待客人。"

东平道："尊大人是在哪里做官吗？为什么要值日呢？叨扰半日，还没有请教贵姓呢。"

女子道："敝姓涂氏，家父在碧霞宫当值，五天轮一班，前天刚去宫里，还要两天才回来，并不是当衙门里的差。"

东平笑道："尊大人预知我们要来，又算出我们会遇上一场虚惊，真是神奇之人。"又问道："这屏上的诗，是何人做的，看来也是个神仙吧？"

女子道："是家父的朋友，常来这里聊天，这诗是去年在那张桌子上写的；你看这诗好不好呢？"

东平道："仙家的诗，当然是好的。"

女子道："这话倒也未必，他这首诗，又像道家的口气，又有佛教典故，未免驳杂不化。"

东平道："正要请教，这人究竟是僧？是道？为什么诗上这样写？"

女子道："既不是道士，也不肯做和尚，还是和我们一样俗装。他常说：'儒释道三教，譬如三个店面，挂了三个招牌，其实都是杂货店，柴米油盐都供应，只不过儒家的店面比较大，佛道的比较小一点，内容都是一样的。'又说：'凡宇宙间的道，总可分为两层：一层叫做"道面子"，一层叫做"道里子"；所有三教的道里子都是相同的，只有道面子互相不同。如和尚剃了头，道士挽了髻，远远一看，就分得清清楚楚，哪个是和尚，哪个是道士。假如有一天，和尚都留起长发，也挽了一个髻子，披件鹤氅，那些道士却剃了头发，穿着袈裟，一起走到街上，人人要颠倒过来称呼，叫那个和尚为道士，叫道士为和尚。'又说：'所以，这道面子虽有分别，那道里子都是一样的。'他老先生口里这么说，作诗也就不拘三教，随便吟咏，被客人笑话了。"

东平道："高论高论，佩服之至。只是，我还有些不懂，既然三教的道里子都是一样，倒要请教这同处在哪里？异处在哪里？若说儒教店面最大，又是从哪一点来证明呢？姑娘也听他说过吗？"

女子道："这道理我也听他说过；大概三教相同处，都是要劝人为善，引人到大公无私这一点上。因为人人急公忘私，天下就会太平；人人营私忘公，天下就会大乱，所以'公'这个字是最重要的。儒家店面最大，就是因为孔子公到极处；你看孔子一生遇到多少反对的人，像长沮、桀溺、荷蒉丈人等，都不十分佩服孔子，孔子反而赞扬他们不已。如果是佛道两教，就有了偏心，唯恐后世人不崇奉他的教，就编造出许多天堂地狱的话来吓吓人。不过，这还是为了劝人行善起见，不失为公。近来有一派新教，竟然说崇奉他的教义，就可以消灭身上的一切罪孽；不崇奉他的教，就是魔鬼信徒，死了必被打下地狱。这就是'私'了。至于外国许多宗教战争，为了争教会生存，不惜兴兵交战，杀人如麻；试问与他的行善本心合不合呢？所以就愈小了。

"只可惜儒教失传已久，汉儒拘守章句训诂，把微言大义都抹灭不谈了。到了唐朝，没有人提及；韩昌黎是个不通文墨的角色，胡乱说说还可以，偏偏他还作篇文章，叫做《原道》，真正原到道的反面去了。你看他说：'君不出令，则失其为君；民不出粟米丝麻以奉其上，则诛。'照他的说法，那桀纣很会出令，又很会诛民，那么桀纣就一点错也没有，反是他们的老百姓活该被杀死了，这岂不是是非颠倒吗？他自己不懂得'道'，弄不清孔孟的旨意，却又要急急去辟佛老，佛老没辟成，反而又与和尚做朋友。后世的人，都学他的样子，觉得孔孟道理太费事，不如弄两句辟佛老的口头禅，就算是圣人之徒，图个省事，弄得朱夫子也出不了这个范围，把孔孟的儒教弄得小而又小，以至于绝了。"

东平听了这段话，真是闻所未闻，心想：这是人间的议论吗？为什么和过去所见所听的都不相同呢？口里却不服气，道："韩文公认识的道理不明，这也罢了；宋儒错会圣人意旨的地方，也不能说没有；但是，宋儒阐明正教的功德，难道可以一笔抹杀吗？比如'理''欲'二字，'主敬''存诚'等字，虽然都是古代圣贤相传的老话，一经宋儒提出，后世的人，才能更深刻地体会，这点成绩就不小了。就算说是'人心由此而正，风俗由此而淳。'也不为过。"

那女子嫣然一笑，秋波生媚，向东平深深望了一眼；东平见她翠眉微动，仿佛要抛出什么东西来，那口唇半开半闭，却不说话；只觉得幽香满鼻，不禁神魂飘荡。

那女子又微微一笑，这才伸出一只白如玉，软如棉的手来，隔着炕桌上，握着东平的手。

握住之后，说道："请问先生，这个时候，比你小时候在书房里，老师握住你的手，要打手心时的感觉，哪一样好呢？"

东平这时候被她把手一握，如同雄鸡翅膀被人用绳子缚紧一圈，面红耳赤，再也吐不出一个半个字来。

女子又道："凭良心说，你现在心里爱我的成分，比当年爱你的老师，哪一样多呢？圣人说得好：'所谓诚其意者，毋自欺也。'这好色乃是人的本性，宋儒偏偏要说好德不好色，不是自欺是什么？自欺欺人，最不诚实，他偏偏又要说保持诚心，这就更不对了。

"圣人说情说礼，只是讲：'发乎情，止乎礼义。'并不叫人不要好色，违背自己的本性。比如今晚，先生到来，我不能不高兴，这就是发乎情；先生来的时候，疲倦得不得了，现在又谈了这么多话，应该更累了，反而精神饱满，可见心里也很高兴，这也就是发之于情的缘故。现在我们孤男寡女，深夜在一间房中，并没有谈到不可告人的事，不就是'止乎礼义'了吗？这就是圣人的本意。像宋儒编造种种骗人的话，来束缚人的本性，圣人之意，都给他说偏了。但是，宋儒固然很多不对，也还有几分对的，若像现在那些学宋儒的人，简直就是乡愿而已。"

话犹未了，苍头送上茶来；东平连忙抽回手来，正襟坐好。苍头把茶盅放在他面前，又把另一只放在女子那边桌上，反身出去，就像什么也没有看见一样；东平稍低着头，却眯着眼看苍头的表情，发觉毫无异样，才放下心来。

那女子接过茶来，并不喝下，先漱了一回口，又漱一回，都吐到炕池里去，笑道："今天好好的却谈到道学先生上去，恐怕那臭腐的气味弄脏了舌头。从现在起，只许谈风月了。"

东平要应"诺！"却梗在喉头，发不出声来，看那桌上，是个旧的瓷茶盅，衬出淡绿的茶色，端起来呷了一口，已是清爽异常，咽下喉去，觉得一直清到胃肠里去。那舌根两旁，津液汩汩地涌出来，喉头的苦涩，都被冲开了。连喝两口，似乎那香气又从口中反窜到鼻子上去，说不出的好受，便问道："这是什么茶叶？这么好吃！"

女子道："茶叶没有什么出奇，只不过是本山上自生的野茶，味道比较厚些；倒是这水，是从东山顶上汲来的泉水，泉水的味道，愈高的地方愈好，所以这水就很珍贵了。又是用松枝做柴，沙瓶煮水，两者都是特别配合的，所以好吃了。你们外面人吃的，都是人工培养的种茶，味道就已经薄了；再加上水火都不得法，味道自然差得远。"

五

说到这里，只听窗外有人喊道："屿姑，今天有贵客，怎么不招呼我一声呢？"

女子听到叫声，站下炕来，掀帘问道："龙叔，这样晚了还过来呀？"

说着，那人已到了门口，只见他身上穿着一件深蓝色大棉袄，蓝颜色已洗涤多次，有些发白。胸肩和左襟，都有补丁的痕迹。头发直直披在两边肩上，看来好久没梳过；也不穿马褂。年纪像五十多岁的人，脸色红润，须发俱黑，见了东平，拱拱手，说："申先生来了多久啦？"

东平道："也有两三个钟头了。请问先生贵姓？"

那人道："隐姓埋名，早就不用了；现在以黄龙子为号。"

东平道："幸会！幸会！刚才已经拜读大作了。"

女子道："一起上炕来坐。"

三人重新上炕坐定，黄龙子先上，在炕桌里面坐下，东平和女子，仍然左右对面坐着。

黄龙了道："屿姑，你说请我吃笋，笋在哪里？拿来现在吃。"

屿姑道："前些时候要去挖，偶然忘记，被漆六公都挖走了；龙叔要吃，自己去找漆六公商量吧！"

黄龙子仰天哈哈大笑。

东平见他当着外客的面毫不拘束地开玩笑，心里已有几分喜欢；便把刚才那份羞报的心情收起，觉得自己也自然得多了。

黄龙子又道："屿姑，看来他还不知道你的名字，不妨跟他说吧！"

屿姑道："好呀！龙叔爱做人情，为什么自己不说？"

黄龙子道："她叫仲峛，有个姐姐叫伯璠；我们长辈都叫她峛姑峛姑姑惯了。申先生初来，也叫她峛姑吧！"

东平道："不敢冒犯。"

黄龙子又向东平道："申先生累不累？如果还不想睡，今晚正好畅谈一夜，不必早睡，明天迟迟起来，也没关系。柏树峪那地方，路很危险，非常不好走；又有这场大雪，山路看不清楚，一不小心跌下去就会送命。好在我们已经通知刘仁甫，他今天晚上收拾行李，大约明天中午可以赶到集上的关帝庙，你明天吃过早饭，到那里等他就好了。"

东平听说已有安排，又是诧异，又是惊喜，比那女子握住他手，还要欢喜三分；便开口道："今日得遇诸仙，三生有幸，一点都不累了。"又说："请教上仙诞降之辰，是在唐朝，还是在宋代？"

黄龙子又大笑道："怎么说呢？"

东平也笑道："刚才拜读尊作，明明上面说'回首沧桑五百年'。可见年纪不止五百岁了，不是唐宋时候诞生吗？"

黄龙子道："'尽信书，不如无书'，这是我游戏人间之作，你拿它当一篇《桃花源记》读好了。"说罢，就举杯品起茶来。

峛姑见东平杯中的茶已经喝完，就举起小茶壶替他斟满，东平连忙伸手拦住，道："不敢当！不敢当！"便要接过来自己斟。

此时，忽听窗外闷雷般的"唔"了一声，东平吃这一惊，两手一撒，连壶带人都摔倒在炕上。只听那"唔"声，又连了两声，纸窗都颤动起来，飒飒作响；屋梁上飞尘也簌簌地落下。想起路上的光景，东平不觉汗如雨下，浑身乱抖。一壶茶倒在炕上，倒全被他用衣服擦干了。

屿姑别过头，又不好发笑；把唇用力咬了两下才忍住。黄龙子过去将他扶正坐好，才说："这是虎啸，不要紧的，山上的人家看这种东西，就像你们城里人看驴骡一样，并不怕它。平常人固然要躲避老虎，虎也要躲避人，所以，老虎伤害人也不是常有的事，不必怕它。"

边说着话，屿姑已把茶壶拿出去，东平喘过气来，方问黄龙子道："听这声音，离此尚远，为什么窗纸都会震动，屋尘也会震落呢？"

黄龙子道："先生也知道虎还离得很远吗？"

东平满脸通红，低头嗯声应了。

黄龙子又道："这就叫做虎威，因为四面都是山，一声虎啸，四面响应，所以声音就大了。这一阵子，起码在一二十里以外，如果到了平原，就没有这个威势了。好像做官的人，无论为了什么事，受气为难，只是回家对着老婆孩子发发威，在外边绝不敢讲半句硬话，也是不敢离开那个官；和那虎不敢离山的道理一样。"

东平连连点头说："不错！不错！"便不敢再多说了。

六

黄龙子回头不见屿姑，便对窗外喊道："屿姑！屿姑！"

那屿姑却从前面进来，手里举着两个一般模样的小茶壶，脸上仍是笑吟吟的。东平伸出手去，看了她脸上的笑，又讪讪的不敢去接。屿姑把两壶都放在炕桌上，才上炕坐下。三人又谈了半天，把茶饮完。

黄龙子道："屿姑，我出门多日没听你弹琴了，今天难得有贵宾在，何不取出来弹一曲，连我也沾光听一回。"

屿姑道："龙叔，你这是何苦呢？我那琴弹得怎样，别惹人家笑话了。申公在省城里，琴弹得好的多着呢！何必听我们乡下人荒腔走板的胡闹。倒是我去取瑟来，龙叔鼓一调瑟吧！这还稀罕点儿。"

黄龙子道："也好，就这样子：我鼓瑟，你弹琴吧！搬来搬去，也很费事，不如一起到你的洞房里去吧。好在乡下女孩子不比衙门里的小姐，闺房不准人到。"

说完，便走下炕来，穿了鞋子，拿了蜡烛，对东平挥手说："请里面去坐。"又对屿姑说："屿姑引路。"

东平不敢先走，回头看屿姑的神情，似乎并不介意，才向黄龙子点点头，径自低头穿鞋子。

屿姑下了炕，接过蜡烛先走，东平第二，黄龙子第三。走过中堂，掀开了门帘，进到里间，有上下两个榻，上榻摆了衾、被、枕头之类；下榻堆着许多书画。朝东的一个窗户，窗下摆了一张方桌；紧紧靠着下榻。上榻旁边，有个小门，屿姑对东平道："这就是家父的卧室。"

进了榻旁小门，便是一条回廊，一边却有窗户，地下腾空铺着木板。向北一转，有个玻璃窗子，向东再一转，也有个玻璃窗子，朝下看，却看不到底。

正在行进间，头顶上只听砰砰霍落，几个大声，又听到叮叮咚咚，打在屋瓦上的声音；脚下阵阵摇动，东平吓得魂不附体，怕是山倒下来，黄龙子在身后说道："不要怕，这是山上的冻雪被泉水冲化了，滚下一大块来，连雪带水，所以有这么大的声音。"

说着，又朝北一个大转，便是一个洞门，脚下已经踩到泥土地了。

进了洞门，才知道这个洞房比外面还大；四面墙壁，有三面都是石壁；只有向外的一侧，用石块堆起，上面安着窗户，可以看见星月。

洞内陈设很简单，有几张树根做的座椅，大大小小，都不相同，已经坐得磨得精光。桌儿是占藤天生的，既非方，也非圆，算一算，竟有十几个棱角。

东壁横放着一张单人床榻，是枯槎结成的，上面铺着绣花枕头和被褥。榻旁放了两三个黄竹箱子，想必是盛衣服书画的；榻北竖着一个曲尺形书架，放了许多书，都是自己随手穿钉，还没有把书头裁掉。洞内并没有灯烛，北边墙上嵌着两颗浑圆夜明珠，有手掌那么大，但是光色微微发红，并不十分明亮。地下铺着地毯，还算软厚，走起来没有太大的声响，那双夜明珠中间，挂了几件乐器，有两张瑟、两张琴，其他有认得的，也有些是不认得的。

申东平把洞内瞧了清楚，暗暗记下，想回去时好对人说。那屿姑知道他的心意，用烛台四处照过，才吹熄了，放在窗户台上。只听外面"唔唔"又叫了七八声，接连又是许多声，窗纸却不震动。

东平道："这山里的老虎真多。"

屿姑笑道："乡下人进城，样样不晓得，恐怕人家也会笑你吧！"

东平也笑道："哦！外面唔唔地叫的，不是虎吗？"

屿姑道："这是狼嗥，虎哪有那么多呢？虎的声音长，狼的声音短，很好分别。"

两人谈话之间，黄龙子已经移了两张小长几，取下一张琴，一张瑟来。屿姑又去搬了三张凳子，让东平坐一张，自己和黄龙子各坐一张凳子便嘈嘈切切地调起弦来，调好了弦又商量了几句，才开始弹。

起初不过是轻挑慢剔，已觉得悠长柔细，各有妙处。一段以后，琴音瑟音互相一应一和，还只觉得清脆动听而已。两段以后，琴瑟的声音渐渐糅合在一起：瑟的声音高些，琴的声音就低些；瑟的声音长又慢，琴的声音就又快又短，彼此相应。粗听好像弹琴和鼓瑟的人，各有各的曲调；细细地听，又好像一对黄鹂，此唱彼和，问答相间。

渐渐的，琴音快时，瑟音就有快有慢，不一定都是慢了；仿佛琴音中间夹了几声瑟音；又好像瑟音中间带了几声琴音。四段五段以后，轻快交缠的音节逐渐减少；都是用重指法来批拂，一声一声相催迫，磊磊落落，苍苍凉凉，令人说不出的感慨。六七八段，又不用重指法，下指的速度也慢了下来，一声声听得十分清楚，如同平江远水，逸兴千里。

东平本会弹琴，所以听得明白；因为瑟是从前没听过的，格外留神去听。才知道瑟的妙处也是在左手；看他右手发声之后，左手在弦上前后拨动按压，那余音也就随着手指摇摇颤颤地变化起来，真是闻所未闻。初听时，还在计算他的指法、节拍；既而，耳中只听到乐音，眼中已经看不见指法了；再听下去，连声音、指法都没有了。只觉得自己的身体飘飘荡荡的，如同驾着云雾在风里流转。直到在恍惚杳冥之中，听见铮鏦几响，凌乱万分，接着琴瑟俱息，东平这才惊觉，站起来道："妙曲，妙到极处。小弟也曾学过两年，见过许多高手，看来毕竟没有一个是真正的琴师。请教这叫什么曲名，有谱没有？"

屿姑道："这曲了名叫《海水天风之曲》，是从来没有谱的。不但这曲子在尘世没有，就是这种两人合弹的法子，也是山中古调，外人所不知道的。你们所弹的，都是独奏的曲子；如果两个人同弹一曲，彼此的宫商都相同；这个人弹宫声，那个人也弹宫声，那个人用商声，这个人也必定用商声，不敢变化为徵或羽。即使三四个人一块儿演奏，也是这样。其实是同奏，并非合奏。我们所弹的曲子，一人弹，与两人弹，迥然不同。一人弹的叫自成之曲，两人弹的叫合成之曲，所以此宫彼商，彼角此羽，互相协应，而不求相同，所以好听了。"

东平听了，仿佛有些不明白，却也没有话说。

屿姑道了声"失陪"，立起身来，走到西壁的一个小门前，开了小门，对外面大声喊了几句，不知道什么话，听不清楚。

黄龙子也站起来，把琴瑟一一挂在壁上，东平于是也起来走到壁前，仔细看那夜明珠，到底是什么做成的。

谁知走到明珠下面，东平脸上便感到一团热气，再伸手一摸，那夜明珠竟是热的，会烫人手，心里怀疑道："这是什么道理呢？"看黄龙子琴瑟已经挂好，便问道："先生，这是什么珠呢？"

黄龙子笑着答道："古书上说的骊龙之珠，你不认得吗？"

东平又问："骊珠怎么会热呢？"

黄龙子道："这是火龙所吐的珠，自然热的。"

东平说："就算是火龙珠，哪里能够找到这样大的一对呢？再说，虽然它是火龙吐的，难道永远这样热吗？"

黄龙子道："那么，我说的话，你是不相信了，既不信，我就把这热的道理解释给你听。"说着，便把那明珠旁边的一个小铜塞子一转，那珠壳便像两扇门似的左右张开来了。原来珠壳里面是个很深的油池，当中用梅花线卷成灯芯，外面用千层纸做个圆桶形，上面还开着小烟囱，从壁间通气出去，同洋灯的道理一样，但是不及洋灯精致，所以不免有些黑烟沾着。东平看过，也就笑了。再看那珠壳，原是用特大的蚌壳磨出来的，所以也不及洋灯用玻璃来得透明。

东平道："与其如此，何不买个洋灯来点，省事多了。"

116

黄龙子道："荒山僻野，哪有洋货铺子呢？这油就是前山出的，和你们点的洋油是一样东西，只是我们不会制造，所以油质比较差，油色太浊，光也不足，还要把它嵌在墙壁里点才行。"说过，便把珠壳关好，仍旧是两颗夜明珠。

东平又问："这地毯是什么做的呢？"

黄龙子道："是蓑草和麻做的。这是屿姑的手工，山地潮湿，所以先用石块铺了，再铺上一层蓑毯，人才不会生病。"

七

东平看见壁上挂着一样东西，像是弹棉花的弓，却接了许多细弦，不知道是什么乐器，就问："这个叫什么名字？"

黄龙子道："这是箜篌。"

东平用手拨弄拨弄，并不十分响亮，便向黄龙子道："我从小读诗，就听说过箜篌，却不知道是这个样了，请先生弹两曲，让我见识见识可好？"

黄龙子道："一个人弹没有什么趣味，我看看时候早不早，如果能再请个客人来，就热闹多了。"走到窗前，朝外望了一望，自言自语道："还早还早，恐怕桑家姊妹还没有睡呢？去请一请看。"便向屿姑道："申公要听箜篌，不知道桑家阿扈能来不能？"

屿姑道："稍等一下，苍头送茶来，我叫他去问问看。"于是三人各自坐下。

稍停，苍头捧了一个小红泥炉子进来放好，又出去拿了一个水瓶子，一个茶壶，几个小茶杯，统统放在矮桌几上。屿姑说："你到桑家，问扈姑胜姑睡了没有？能不能来？"苍头答应去了。

此时三人在靠窗的梅花几旁坐着吃茶；东平背靠着窗台，有些倦意袭上来，轻轻阖上双眼养神。又过了几分钟，远远地听见有笑语声；然后回廊上咯噔咯噔，有许多脚步声，才一眨眼，已经到了门口。苍头先进来说："桑家姑娘来了。"黄龙子和屿姑忙迎接上去；东平也站起来，却不便走上前去，独自站在后面微微笑着。

仔细看去，两个女孩的容貌，不甚分别；前面一个约有二十岁上下，身上穿的是紫花短袄，紫色的底，黄色的花；下面穿了一条燕尾青的裙子，头上反梳着一个髻，斜斜地偏在脑后。后面的一个，只有十三四岁的模样，穿的是翠蓝色的袄子，浅红白花的裤子，头上正中挽了一个髻子，插了枝翠玉花簪，像片慈菇叶子，吹落头上，走一步，颤一步，仿佛要掉下来一样。

屿姑拉着两女的手进来，说："这位是城武县申老父台的令弟，今夜赶不到集店，在这里借宿；恰好龙叔也来，彼此谈得高兴，申公要听箜篌，所以有劳两位芳驾……"

两人向东平望了一眼，都说："岂敢，岂敢，屿姑吩咐的话，谁敢不听！"三人笑闹过了，才坐下；黄龙子和东平也坐下。

屿姑又指着穿紫衣的，对东平说："这位是扈姑姐姐。"指着年幼穿翠衣的道："这位是胜姑妹子。她们都住在我们隔壁，平常最投缘的。"

东平顺着屿姑的手势，看那扈姑，玉颊丰称，细眉匀长，眼睛好像银杏，口边又有两个深窝；唇是红的，齿是白的，无一样不是贴衬得恰到好处。那胜姑清清瘦瘦，娉娉婷婷，在清丽中不脱顽皮的气质。二人竟是各有各的好处。

苍头上前摇了摇水瓶，先把茶壶注满，放在火炉上，才退了出去。

屿姑取了两个杯子，替各人敬过茶。黄龙子道："天已不早了，请开始吧！"

屿姑到壁上取下箜篌，递给扈姑，扈姑不肯接，说道："我弹箜篌不及屿妹，还是屿妹自己弹吧！"

胜姑也说："屿姑弹箜篌，我摇铃，扈姐吹角，你看我们的铃和角都带来了。"

黄龙子大笑道："甚好！甚好！就这么办。"

胜姑被他一笑，撅着嘴道："龙叔只管欺负我们孩子家不懂事，还笑呢！我们姐妹都分派工作了，龙叔要做什么呢？早早告诉我们吧！"

黄龙子道："不做，不做，我管听。"

胜姑道："不害臊，谁稀罕你听！"

扈姑道："龙吟虎啸，你就吟吧。"

黄龙子："水龙才会吟呢，我是田里的土龙，不会吟。"

屿姑说："有了法子了。"

东平听他们谈得十分热闹，自己一句话也插不上，不禁有几分自惭，又见那黄龙子耍赖，不知道三姐妹要如何对付他，这时听屿姑说有法子了，便睁大眼睛等着。

只见屿姑把箜篌放下，跑到洞门外，噔噔噔地远去，一会儿又噔噔噔地回来，手上拿了一堆长长短短的石片，在黄龙子面前竖起来，说："你一面击磬，一面作啸，帮衬帮衬点声音吧！"

分派已定，扈姑从腰边带子上取下一支角来，光彩夺目，像五色玉一样，先缓缓地吹起来。

这角的形状，和巡街兵吹的海螺，虽很相似，却有五音变化，不像那巡街兵，只会呜呜地响。再看她手指或起或伏，或掀或按，凝神细看，才知道这角上面有个吹孔，旁边有六七个小孔，和笛箫的道理一样。那角声吹得呜咽顿挫，悲壮不已，又比笛音稍胜几分。

这时屿姑早已将箜篌取下，靠在膝上，侧着头在听那角声的节奏。胜姑将小铃取出，原来她的铃用了一个小小的布囊装着，所以走路时没有声音，这时取出来，左手掀了四个，右手掀了三个，也凝神看着扈姑。

待扈姑角声一阕将了，胜姑就将两手举起，七个铃儿同时响起；铃音当中，又有一种声音，苍苍凉凉的，说不出的奇怪。东平转头看时，那屿姑将箜篌举起，偏侧着头，贴近箜篌，用心地弹来，把许多头发覆在膝上。

渐渐的，铃声越来越小，角声反而由低转高；箜篌起初还叮咚可辨，渐渐愈走愈快，和角声相和，如狂风乍起，亘日不息，屋瓦仿佛都要震裂了。那七个铃在紧要的时候，也滴滴溜溜地乱响，非常好听。

这时黄龙子左手猛按桌几，右手捏了剑诀，斜斜上指，口里发出浑长的啸声。瞬息之后，啸声与角声、弦声、铃声相互应和，彼此都分辨不出来了；耳中只听到风声萧飒，夹杂着兵马行进声、大旗豁豁声、干戈敲击声、鼓角悲鸣声。过了半小时，黄龙子举起磬击子来，在磬上铿铿锵锵地乱打了一阵，却又像合律中节似的，都打在节拍里头；然后箜篌声渐渐不像初时那样快了；角声也渐渐低下来了，只剩下清脆的磬声，琤琤不已。又过了片刻，胜姑站起来，两手笔直地伸高，用力摇了一阵铃，这时，各种乐声才倏然而止。

东平拱手道："有劳诸位，感谢之至。"

众人都道："见笑了。"只有胜姑不言不语，独自拿了铃子，胡乱摇着。

东平道："请教这曲子叫什么名字？为什么有军队杀伐之声？"

黄龙子道："这曲叫《枯桑引》，又叫《胡马嘶风曲》，本来是军乐，所以有杀伐之声。凡是箜篌奏的曲子，没有和平柔媚的调子，多半是凄凉悲壮，让人热血沸腾，或者哀伤欲泣的。"

谈话之间，各人已把乐器收拾好，屿姑的箜篌弹得入神，头发和衣服都有一点零乱了，便和扈姑、胜姑携手到别的房间去梳理。不久，三人回来，又说了一些话，两位姑娘都要告辞。东平对黄龙子说："我们也到前面坐吧，此刻已过了午夜，屿姑娘大约也要睡了。"

说着，五人同到前面来，仍从回廊上走。这时窗上并没有月光，窗外的峭壁，上半截雪光灿亮，下半截已经乌黑；十三夜的月亮落得较早，已经斜斜地沉到西山了。走到屿姑父亲的房间，屿姑道："二位就在这里坐吧！我送扈姊姊、胜妹妹出去。"

过了一会儿，屿姑回来，黄龙子说："你也回去吧，我还要再坐一会儿。"

屿姑向东平吩咐道："申先生就在榻上睡，不要客气。"才告辞进去。

八

黄龙子目送着屿姑走进甬道，回头深深叹了一口气，说道："刘仁甫是个好人，可惜他的性情太真率，在城市里恐怕住不久长。大概他和你们有一年的缘分，一年以后就难说了——其实，一年以后，局面也会有变动。"

东平半信半疑道："一年中会有什么变动呢？"

黄龙子道："小有变动而已。五年以后，各种风潮渐起，十年以后，局面就大大不同了。"

东平道："是好是坏呢？"

黄龙子道："自然是坏—— 但是，坏即是好，好即是坏，非坏不好，非好不坏。"

东平道："这话我就不懂了，好就是好，坏就是坏，被先生这样一说，简直把我送到糨糊缸里去了。"

黄龙子道："要说得明白也不难。那'三元甲子'之学，想必你也晓得。最近这个甲子，与以前三个甲子不同，叫做'转关甲子'，你听过没有？"

东平道："听说过，还不甚明白。"

黄龙子道："先生不是不明白，是没有多想一想。这'转关甲子'六十年中，要把以前的旧秩序完全改变。你想想：那同治十三年甲戌，是第一变；光绪十年甲申，是第二变；甲子是第三变；甲辰四变，甲寅五变，五变以后，诸事才安定下来。若是咸丰甲寅生的人，活到八十岁，这六甲之变，都能亲身经历，倒也是个极有趣味的事。"

东平点点头道："前三甲的变动，我大概也都见了。甲戌穆宗毅皇帝升天，朝政为之一变；甲申那年法兰西军舰攻打福建，安南自主，大局又为之一变；甲午年找国陆海军败给日本，俄德两国出面调停，大收渔翁之利而去，局面又变化一次。这些都是已经发生的事，请问后三甲的变动如何？"

黄龙子道："再往后就是北拳南革之乱了。这个北拳之乱，从戊子年兴起，甲子年渐盛，到庚子年发展至极点，一爆而发。前后不过二十年。它的信徒，上自宫廷，下到将相都有；至于愚夫细民就不用说了。它的主义是'压汉人，驱洋人'，一爆发就被消灭。

"那南革之乱，从戊戌年始，到甲辰年渐盛，到庚戌年大爆发，声势很大，但最后也会渐渐被消灭的。它的信徒，下自士大夫，上至将相都有，主义是'逐满人，兴汉人'。

"南、北两大乱事，都是千年难得一见的大劫数，但也都是开启新文明的金钥。你看，北拳之乱以后，渐渐就影响了甲辰的变法；南革之乱，也酿成甲寅的变法；甲寅以后，文明大著，中国和西洋各国之间的猜疑，满人和汉人之间的仇恨，完全都会消失。譬如竹笋解箨，你满眼看过去都是箨叶子，一片零乱，但是真苞已经隐藏在里面了。从甲辰起，十年之间，箨甲渐解，到甲寅全部脱落，就进入文明华敷之世。不过，这时候虽说文明灿烂，还不能够与他国齐驱并驾，要再等十年，到了文明结实之世，才可以自立。从此以后世界文化的重心，便由欧洲新文明，移转到我们三皇五帝的旧文明，全人类便会进入大同世界。但是这样的境界，还离我们很远，不是三五十年内可以看到的。"

东平听了，欢欣鼓舞，道："照先生这么说，中国的前途是很好了。但是我实在不明白，上天既然这样安排，为什么又要生出北拳南革这些恶人，做什么呢？岂不是瞎捣乱吗？"

黄龙子摇头长叹，一言不语，稍停才缓缓道："你以为南革北拳这些人都是突然产生的吗？错了！错了！我打个比方给你听：上天有好生之德，由冬而春，由夏而秋，都是万物生长的季节，到了秋天，林木川原，百草百虫都繁茂得不得了。如果他老人家再使个性子，硬充好人，不出几年，地球上便装不下这些了，又到哪里去找块空地，来容纳他们呢？所以就让那风霜雨雪出世，拼命地一杀，杀得干干净净的，再让上天来好生——这北拳南革，就是风霜雨雪之类。"

东平大为同意，忽听背后有人喊道："龙叔今天为什么发出这样精辟的议论，不但申先生没有听说，连我也没有听过。"

二人回头，看见屿姑掀帘进来；把刚才的装束，换成一件花布小袄，窄管裤子，还穿了一双灵芝头的拖鞋，俏盈盈地站在门口。

黄龙子道："屿姑怎么还不睡呢？"

屿姑拿了小儿，在东平身旁坐下，道："本来要睡了，远远听见龙叔谈得高兴，所以赶来看看。"又向申东平道："申先生累了吧？"

东平一回头，正好接着她那双眼珠儿，黑白分明，像刚从水里捞起似的，不禁看得傻了，再看她盈盈款款地笑着，一身灵魂儿也跟着她笑，愣了片刻，才突然惊觉，低下头来，小声地说："不累。"

屿姑嫣然一笑，催促黄龙子道："龙叔，您再讲下去吧！"

黄龙子笑道："被你一打断，连接不上了。"

屿姑道："那请你再说一遍北拳南革的因缘吧！我正不明白呢。"

黄龙子道："也好！'拳'，譬如人的拳头，一拳打下去，痛苦也就算了，没什么要紧。当然，一拳打得不凑巧也会害人送命的。但是只要能躲得过去，也就没事。将来北拳的那一拳，也几乎送了国家的性命，非常危险；但它毕竟只是一拳，容易躲过。

"若说那'革'呢，就不太简单了。革字上应卦象，《易经》说：'泽火革，二女同居，其志不相得。'——你想，家里倘有一妻一妾，两人互相嫉妒，这个人家还会兴旺吗？起初，两人都想独占一个丈夫，不免要争夺一番；等到晓得不可能了，就开始破坏，心想：我没有的，你也不能有；这一来，做丈夫的就万分痛苦。开始因为爱丈夫而争，争了以后，即使损伤丈夫也顾不及了；再争下去，或许断送了自己的生命也不顾了。这就叫做妒妇的本质；圣人只用'二女同居，其志不相得'九个字，就把这南革诸公的肖像勾画出来，比那照相的还要清楚。

"那些南革的领袖，本来都是官商人家的子弟，并且很多是聪明出众的人才，只因为所禀的是妇女的阴嫉之性，对国家便有无限的祸害。况且，由嫉妒而生破坏，并不是一个人做得来的，少不得同类相呼，渐渐地越聚越多，拜盟结党，再加上有些人家的不肖子弟，掺杂在内，更闹得如火如荼。

"这里面有的是已经中过进士，点过翰林，在京里做官，就谈朝廷革命；有的读书不成、做官无望的子弟，就学两句'爱皮西提衣'（A、B、C、D、E）或'阿衣乌爱窝'，信口高谈家庭革命。一谈了革命，他就可以不受天理国法人情的拘束，岂不是十分痛快的事吗？他哪知道：太痛快了，不是好事。吃得痛快，伤胃，喝得痛快，损肝。像现在那班人不管天理，不怕国法，不近人情，种种放肆，眼前虽然痛快，将来必有人灾鬼祸，绝不能长久。"

申东平道:"南革既是破败天理国法人情的乱党,为什么还有人相信他呢?"

黄龙子道:"你想这天理国法人情,是到南革的时代才破败的吗?错了!久已亡失了。《西游记》是传道的书,满纸荒唐,都是寓言。他说那乌鸡国真正的国王,在八角琉璃井里受苦,坐在金銮殿上的是个假王。现在的天理国法人情,都是乌鸡国的假王破败的,所以要借着南革的力量,把假王打死,然后慢慢地从八角琉璃井内把真王请出来。等到真天理国法人情出来,天下就太平了。

"索性我再把这个分判真伪的秘诀,尽数奉告,请牢牢记住,将来就不会落入北拳南革的大劫数了。——《西游记》上说,要分辨真王假王,叫太子问母后便知道了。母后说道:'三年之前温又暖,三年之后冷如冰。'这'冷暖'二字,便是分别真假的凭据,因为讲公利的人,全是一片爱人的心,所以发出来的是口暖气;那讲私利的人,全是一片恨人的心,所以发出来的是口冷气。这公利和私利,便是最大的分别。

"北拳和南革,都是讲私利的,不过,还有分别。'北拳'是借着鬼神之名来夺私利的;'南革'主张无鬼神,也是出于私利之心。说有鬼神,就可以装妖作怪,蛊惑乡愿,倒还为祸不大;若说无鬼神,就可以不敬祖宗,不怕阴谴,一切违背天理的事都可以去做,这影响就大了。'南革'的人,必须住在租界或外国,才能逞出他反背国法的本事,又必须痛骂有鬼神,才能表现他反背天理的勇气，必须说忠臣良吏是奴性，叛臣贼子是豪杰，才能快意地使出他反背人情的手段。他们都很有辩才，你听他们讲到精彩的地方，也会觉得心动，哪知道世道人心都被他们搅坏了。

"总之，这种乱党，在上海和日本出没的，还容易辨认，有的藏在北京或其他大都市里的，就很难认出。不过，你只要牢牢记住，凡是事事托于鬼神的，就是北拳一党的人；极力主张无鬼神的，就是南革党人。倘若遇上这两种人，赶快敬而远之，以免惹来杀身之祸。"

东平和屿姑静静地听黄龙子高声议论，真是佩服得五体投地。等黄龙子一番话说完，窗外晨鸡，已经喔喔啼了。屿姑道："天已不早，应该睡了。"

九

东平一觉睡醒，只觉得红光满室，没来没由地泼了一身，慌忙爬下床来，看见太阳已爬得老高，睡在对面榻上的黄龙子不知道什么时候醒来走了。房间外的老苍头听到响声，便盛了一盆热水进来，漱洗完毕，又端来几盘山蔬清粥做早饭。东平道："不用费心了，烦你替我向姑娘道谢，我现在就要赶路呢！"

说着，屿姑已经走进来，笑道："申先生吃过饭再去吧！昨天龙叔说过，刘仁甫要在午牌时候才到关帝庙，你早去也没有用。"

东平依言用了饭，又坐了片刻，才带了从人，径向关帝庙赶去。不久，便到一个山集，集上店面不多，两边摆地摊卖些农家

128

器具，及乡下日用物件的，倒有人烟稠密之感。东平问明关帝庙所在，走到庙口，那刘仁甫已在庙前等候。两人略作寒暄，东平便将老残的介绍信取出，递给仁甫。

刘仁甫也不推辞，便同申东平到城武县；申知县对他十分礼遇，数月之后，果然平静无事。

第五章

冻河夜话，问愁娥，堤决生灵

一

却说老残和申家兄弟分手以后，申东平到了桃花山；老残也到东昌府住了几天，路上没什么好玩的。想起和文章伯他们约好除夕夜在省城见面，便收拾行李，动身回省城。

这时已经快进入腊月，远近树上的老叶子都落了，却不时可以看到新生的嫩芽，疏疏稀稀的，想是要到春雪溶化时，才完全长出新芽来。尽管这样，已经觉得有些生趣了。不想越往北走，天气越坏；最后几天，索性刮起北风。

老残顶着北风，一日，到了齐河县城南门外，眼看天色已暗，不能再走，思量着找一家客店过夜。走了大半条街，只见家家都有许多人出入，老残到一家店门口张望了许久，那店伙也不过来招呼，又走了几家，都是如此。

老残心想："这是什么意思？"

继之又想："这一趟回来，经过许多地方，大多十分荒寒，从来没有像这样热闹的，难道这里发生了什么事吗？"

当下也不忙着住店，便走到一家饭厅，要了几碟小菜，一壶酒，自斟自饮起来。不久，听到背后有人大声喊道："好了，好了，快打通了。大概明天一早，我们就可以过去了。"

另一人慢吞吞地道："这就好了。"说话里仍掩不住兴奋。

老残回头看了一眼，都不认得。那大声叫嚷的是个二十岁上下的年轻人，另一位大约五十多岁，都是平常人家的打扮。老残也不怎么留意。

只听那人又说道："这次幸亏是东昌府李大人，急着要见抚台回话，不能过去，特地派了几名河夫打冻，否则谁也别想过去。"

另一人也说："今天打了一天，大概可以过去了，只是夜里不能歇手，一歇手，还是冻上。"

两人谈了几句，那人似乎是刚从外面进来，一边喊冷，一边讨酒喝。

老残听了几句，才知道原来是黄河结冰了。付过账，信步走到黄河边上，看见河边还有几只渡船，被河冰冻得死死的，哪还能动呢？

再往下游走了几步，天便黑了。只见远远的河上，有许多灯笼；仔细一看，原来不单是灯笼，而是两条船。船上各有十来个人，都站在船沿上；有时跑到船头，有时跑到船尾，不知道在做什么？老残看了一会，方才醒悟，原来这两船人正在打冰，隔了太远，看不清他们用什么在打。

老残看天色已黑，仍旧回到大街，逛到一家店门口，问道：

"有空房间没有？"

店家说："都住满了，请到别家吧！"

老残说："我已经走了几家，都没有房间。你帮个忙吧，随便一间就好。"

店家道："真的没房间了。"

正在争执间，由里面走出来一个人，道："这位先生，这个店里实在已经住满了；您老到东边那家店去问问，它今天下午走了一帮客人，您老赶紧去，或者还没有住满呢！"

老残闻声看去，原来是刚才在店里看过的。老残向他打了一个千儿，道："谢谢指点，请问尊姓？"

那人道："我姓黄，就住在东家那个店里，碰巧来这里访个朋友，所以知道那边店里还有房间。"

老残又重重道谢了，才和他一起过去。

那姓黄的边走边说："这几天，刮了好一阵子的大北风，从大前天起，河里就淌凌，凌块子有间把屋子大，摆渡船不敢走，恐怕碰上凌，把船弄坏。到现在已经过了三四天，等着过河的人越来越多，各家各店里都客满了。"

老残道："原来如此。"

不一会儿，进了东边那家店里，那姓黄的向伙计道："这是我的朋友，请你设法设法吧！"

店小二道："呀！您老真是好造化，我们店里今天早晨还是满满的，因为有一帮客，内中有一个年老的，在河沿上看了半天，回来说：'这河短时内是打不开了，不必在这里死等，我们赶到雒口看看有法子没有？到那里再打主意吧！'是下午一点左右开车去的，所以还有一间空房。"

那人见店小二应承过了，自己也就辞别进去。老残道了声再会，便跟在店小二后面，进了房间，洗完了脸，把行李铺好，和衣躺下。

躺了片刻，心里记挂着河上结冰的情形，便把房门锁上，步行到河堤上看。

只见那黄河从西南方面流过来，到这里正好转了一个弯，再过去便向正东的方向去了。

河面并不十分宽，两岸相距不到二里，真正有水的地方只不过百多丈宽的样子，倒是水面上的冰，堆得重重叠叠的，高出水面有七八寸厚。

再往上游走了一二百步，只见那上游的冰，正一块一块地慢慢移过来，到了这里，被前头的拦住，走不动，就停住了。

不久，后来的冰，又赶上先来的，只挤得咴咴地响。

哪知后面的冰又被更后面的狠狠一挤，就窜到前冰上头去；前冰被压着，就渐渐低下去了。

河水本身，不过百十丈宽，当中一道大溜，约莫不过二三十丈，其余的都是平水。这平水之上，结着一层冰，冰面本是平的，被吹来的尘土盖住，反而像沙滩一样。

中间那道大溜仍然奔腾澎湃，有声有势，把那走不过去的冰挤得直向两边乱窜。

那两边平水上的冰，被当中乱冰挤破了，又往岸上跑，最远的能挤到岸上五六尺远——多半还在岸边，层层叠叠地堆起来，像个小插屏似的；仿佛沿河筑了一条长长的玻璃堤子。

看了一个多钟头的工夫，这一截的冰，又挤死不动了。再往上游看，中流仍是一股巨溜，大概不久也会冻结。

老残心里惦记着打冰的人，抬头望去，那两艘打冰船还在下游——比刚刚站的地方还远。老残慢慢走回去，只见那堤上的柳树，一棵一棵的影子，都已经照在地下，原来月光已经放出光亮来了。

这时北风完全停了，倒是冷气逼人，比起有风的时候，还厉害些。远处那两艘船还在打，每艘船上点了一个小灯笼，远远看去，仿佛一面是"正堂"二字，一面是什么就看不见了。

再看那南面的山，一片雪白，映着月光，分外好看。那一层一层的山岭，本来就不大分辨得出，又有几片白云夹在里面，所以看不出是云还是山。

及至定神看去，方才看出哪个是云，哪个是山来。虽然云也是白的，山也是白的，云也有亮光，山也有亮光，只因为月在云上，云在月下，所以云的亮光，是从背面透过来的。那山却不然，山上的亮光，是由月光照到山上，被那山上雪反射过来，所以光是两样子的。但是，也只有稍近的地方可以分辨得来。山脉一直绵延到东边，越望越远，渐渐的天也是白的，山也是白的，云也是白的，就分辨不出什么来了。

这晚，已经到了十二三，月光照得满地灼亮，煞是好看；而天上的星星，却一颗也看不到了，只有北边北斗七星，还留着几个淡白的点子，还看得清楚。这时正是腊月天，北斗星斜倚在紫微垣的西边，长的是勺，在上面；方的是魁，在下面；老残心想："岁月如流，眼见斗勺又快要指向东方了，人又要添增一岁了。一年一年这样瞎混下去，将来怎么了局呢？"

又想到现在正逢国家多事之秋，那班王公大臣，只是害怕受处分，抱着多一事不如少一事的心理，弄得百事俱废，将来又是个怎么样的结局呢？国家的境遇如此，大丈夫应该奋起做一番事业了。想到这里，不觉滴下几行泪来。也就无心观玩景致，慢慢走回店去。

一面走着，觉得脸上有样东西附着，用手一摸，原来两边各挂了一条滴滑的冰柱。起初不懂什么缘故，既而想起，老残也就笑了，原来就是方才流的泪，天寒，立刻就冻住了。地下必定还有许多冰珠子呢！

老残闷闷地回到店里，也就睡了。

二

次日早起，再到堤上看看，见那两艘打冰船，不在河边上，已经被冰冻住了。问了堤旁的人，知道昨晚打了半夜，都没有效果，往前打去，后面冻上，往后打去，前面冻上，所以后半夜就歇手不打了。老残想："等冰结得牢了，再从冰上过去吧！"

闲着无事，老残便折回城里散步一会儿，大街上只有几家铺面，铺面的后头，连瓦屋都不太多，显出一片荒凉寥落的景象。因为北方的城市大都是如此，看了也不觉得十分诧异。逛了一会儿，没有什么趣味，便走回客店。

回到房中，打开书箧，随手取了一本书来看，正好拿到一本《八代诗选》；这是在省城里，替一个湖南人治好了病，那人当谢仪送的。省城里忙，未曾细看，随手就放在书箱子里，趁今天无事，何妨仔细看它一遍。看了半天，老残想："这部书颇负盛名，看来选的还是不惬人意。"便把书放下，走到店门口。

在店门口站了一会儿，正要回房，见一个戴红缨帽子的家人，走近面前，打了一个千儿，说："铁老爷几时到齐河县来了？"

老残道："我昨日到的！"嘴里说着，心里只想不起这是谁家的家人，在哪里见过。

那家人见老残愕着，知道是认不得了，便笑说道："小人叫黄升，敝上是黄应图黄老爷。"

老残道："哦！是了，是了。我的记性真坏，我常到你们公馆里，怎么就想不起你了呢！"

黄升道："您老贵人多忘事罢了。"

老残笑道："人虽然不是贵人，忘事倒实在多。你们黄老爷来多久了？住在什么地方呢？我也正闷得慌，想找他谈天去！"

黄升道："敝上是河工总办张大人委派的，在这齐河县里，买八百万应用的材料，现在东西也买全了，验收委员也验收过了，正打算回省销差，不巧这河又结上冰，还得等几天才能走呢！您老也住在这店里吗？在哪间屋里？"

老残用手向西指道："就在那边的西屋里。"

黄升道："敝上就住在朝南的上房里；前儿晚上才到，前些时都在工地上，等验收委员验过了，才搬进这儿的。刚刚他在县里吃午饭，吃过了，王大人留着说话，不放他走，晚饭还不一定回不回来吃呢！"

老残打听一下，原来这齐河县知县姓王，号子谨，也是江南人，与老残同乡，虽是个进士出身，倒不糊涂。老残也没有别的事可问，便点点头，等黄升走了，才回到房中。

且说这黄应图是什么人呢？黄应图字人瑞，只有三十多岁年纪，江西乐清县人。他的哥哥点过翰林，现在做了御史，与军机大臣达拉密是至交好友。这黄人瑞在去年捐了个同知，今年来山东河工衙门投效；因为有军机大臣的八行信，抚台格外照顾，所以备受优遇。眼看大案保举出奏，就是个知府大人了。论人品呢，倒也不十分俗气，在省城时，老残与他颇有往来，所以互相认得。

到傍晚，老残又看了半本诗，天色已经暗得看不见了，老残起身，正想去向店伙讨根蜡烛，只听房门口有人进来，嘴里喊道："残哥！残哥！久违了！久违了！"老残慌忙答应，原来是黄人瑞自外进来，彼此作过了揖。

人瑞道："残哥还没有用过晚饭吧？我那里虽然有人送了个一

品锅，几个小菜，恐怕不中吃；倒是早上我叫厨子用口蘑炖了一只肥鸡，大约还可以下饭，一起到我屋子里去吃饭吧！古人说："最难风雨故人来。"这冻河的无聊，比风雨更难受；好友相逢，这就不寂寞了。"

老残道："甚好！甚好！既有佳肴，你不请我，我也要过去吃的。"

人瑞看桌上放着一本书，顺手拿起来一看，说："这么暗，怎么看得见呢？"走到房门口，映着天光看了，知道是一本诗集，就说："残哥还读诗吗？我几个月不看了。"随便看了几首，丢下来说道："我们到那边屋里坐吧。"

于是两个人出来——老残还把书整理一下，拿把锁将房门锁上，才随人瑞到上房里来。

上房有三间屋子，一个里间，两个明间，里间的门上挂了一个大呢绒夹板门帘，中间安放一张八仙桌子，桌子上铺了一张漆布。

人瑞问："饭好了没有？"

家人说："还要再等一刻钟，炖的鸡还不十分烂。"

人瑞道："先拿小菜来吃酒罢。"

家人应声出去，一霎时转来，将桌子架开，摆了四双筷子，四只酒杯。老残问："还有哪位？"人瑞道："等一会儿，你就知道了。"杯筷安置妥当，家人又出去找椅子，原来房里只有两张椅子。人瑞道："让他们去忙，我们到炕上坐坐吧！"

明间西头本来有一个土炕，炕上铺着芦席；黄人瑞又命家人，在炕中间铺了一张大老虎绒毯，毯子上放了一个烟盘子。

烟盘两旁，两条大狼皮褥子，当中摆着两盏太谷灯。那烟盘里摆了几个景泰蓝的盒子，两支广竹做的烟枪，两边各有一个枕头。

人瑞让老残在上席坐了，自己在一旁躺下，叫黄升过来把太谷灯点亮。

老残看他点灯，叹道："你看这个灯，样式又好，火力又足，光头又大，五大洲数它第一。可惜出在中国，若是出在欧美各国，这第一个造灯的人，各大报纸一定要替他宣扬，国家就要给他专利的证明了。无奈中国没有这个条例，使这些聪明的人声名埋没，实在可惜。"

人瑞道："正是！正是！"说着，就拿起烟签子，挑烟来烧，说："残哥，你还是不吸吗？其实这个东西，假如说吸得旷时废业的，当然是不好；若是不上瘾，随便消遣消遣，倒也是个妙品，你何必拒绝得这么厉害呢！"

老残道："我吸烟的朋友很多，想要上瘾的，一个也没有，都是说消遣消遣，就消遣进去了。等到上瘾以后，不但消遣的乐趣没有了，还有无穷的祸害。我看你老哥也还是早早戒了，不消遣为上策。"

人瑞道："我自有分寸，不会上瘾的。"

说着，只见门帘一响，进来两个妓女：前头一个大约十七八岁，鸭蛋脸儿，后头一个才十五六岁，瓜子脸儿。进门以后，双双朝炕上请了两个安。

人瑞也不起身，含着笑说："你们来了。"朝里指道："这位铁老爷，是我省里的朋友。翠环！你就伺候铁老爷，坐在那里吧！"

那个较年长的早就挨着人瑞在炕沿上坐下了。那十五六岁的却呆站着，不好意思坐。老残就脱了鞋子，挪到炕里边去，盘膝坐了，让她有位子好坐，她才侧着身，羞答答地坐下。

老残对人瑞道："我听说此地很久就没有这个，怎么现在也有了？"人瑞哈哈大笑，搂着翠花道："不错，此地原来没有这个；她们姐儿两个，本来是平原镇二十里铺做生意的，她养母是这里人，最近回到本乡，才带回来的。在此地本不做生意，是我闷得无聊，叫店里找来的。这个叫翠花，你那个叫翠环，都是雪白皮肤，很可爱的；你瞧她的手，包管你满意。"

翠花缠着人瑞，努嘴不让他说下去，又侧过脸对翠环说："你烧口烟给铁老爷吸！"人瑞道："铁老爷不吸烟，你叫她烧给我吸吧！"就把烟签子递给翠环。翠环躬着腰，烧了一口，上在斗里递过去，人瑞"呼呼"作响吸完。

翠环接着烟斗，要再烧时，家人已把一品锅连同几样小菜摆好，说："请老爷们用酒吧！"

人瑞直起身来，说："来！来！喝一杯吧！今天天气很冷。"一方让老残上坐，一方自己在对面坐下，才命翠花坐在上横头，翠环坐在下横头。

翠花拿着酒壶，把各人的酒加一加，放下酒壶，举起筷子来。老残看了，慌忙也去拿筷子，只慢了一下，翠花已经夹了一筷子的菜，放在他碗里，老残忙说："请歇手吧！我们不是新娘子，自己会吃的。"翠环听了，看他一眼，也不说话。那翠花已是笑嘻嘻地转向人瑞布菜了。

当翠花为人瑞夹菜时，老残也给翠环夹菜，翠环急得站起身来，说："您老歇手，这实在不敢当的。"人瑞替翠花夹了一筷子，翠花说："我自己来吃吧！"就用勺子接了过来，放在碗里，并不动口；老残、人瑞再三劝二人吃菜，二人只是答应，却不动手。

人瑞忽然想起一件事，把双掌一拍，说："来人！"只见门檐外走进一个家人来，离席六七尺立住脚，人瑞招招手，叫他走近，在他耳边低低说了两句话，那家人连声应道："是！是！"回头直直走出去。过了一刻，门外进来一个穿蓝布棉袄的男人，手里拿着两个三弦，一个递给翠花，一个递给翠环，嘴里向翠环说道："老爷叫你吃菜呢！好好地伺候老爷们。"翠环仿佛没有听清楚，朝那男子看了一眼，那人道："叫你吃菜，你还不明白吗？"翠环点头道："知道了。"就拿起筷子来，夹了一块火腿给黄人瑞，又夹了一块给老残，老残说："谢谢！"翠环微微一笑，低下头去。

翠花道："老爷们喝酒，我们姐儿唱两曲，给老爷们下酒。"说着，两人把三弦子理好，一递一段地唱了几支曲子。

三

人瑞用筷子在一品锅里捞了半天，看没有一样好吃的，便笑着向老残道："这个一品锅里的东西，都有外号，你知道不知道？"

老残说："不知道。"

他便用筷子一一指着说："这叫'怒发冲冠'的鱼翅；这叫'百折不回'的海参；这叫'年高有德'的鸡；这叫'酒色过度'的鸭子；这叫'恃强拒捕'的肘子；这叫'臣心如水'的汤。"说着，彼此大笑了一会儿。

翠花、翠环两人又唱了两三支曲子；家人才捧上自家所炖的鸡来，人瑞道："酒喝够了，就盛热饭来吃吧！"家人当即盛进四碗饭来，翠环立起，接过饭碗，送到各人面前，泡了鸡汤，各自吃了。

饭后，擦过脸，人瑞说："我们还是炕上坐吧！"家人撤去残肴，四人都上炕去坐。老残侧卧在上首；人瑞在下首；翠花倒在人瑞怀里，替他烧烟；翠环坐在炕沿上，无事可做，拿着弦子，"嘣儿！""嘣儿！"地拨弄着玩。

人瑞道："残哥，我好久没看到你作诗，今天总算'他乡遇故知'，你也该作首诗，我们拜读拜读。"

老残道："这两天来，我看见冻河，很想作诗，正在那里打主意，被你这一阵胡搅，把我的诗也搅到那'酒色过度'的鸭子里去了。"

人瑞道："你快别'恃强拒捕'，我就要'怒发冲冠'了。"说着，彼此呵呵大笑。

老残又道："诗是有的，不过要等明天改好才给你看。"

人瑞道："那不行，你瞧这边有斗大一块新刷过的粉墙，就是为你题诗预备的。"

老残摇头道："留给你题吧！"

人瑞把烟枪往盘子里一放，说："我听人说，诗兴稍缓即逝，这回不能听你的。"就立起身来，跑到里间去，拿了一支笔，一块砚台，一锭墨出来，放在桌上，说："翠环！你来磨墨！"翠环当真倒了点冷茶，磨起墨来。

没多久，翠环道："墨磨好了，您写吧！"

人瑞又取了个布掸子，说道："翠花掌灯，翠环捧砚，我来掸灰。"把一支笔递到老残手里。

翠花举起蜡烛台，人瑞先跳上炕，站到新粉的一块墙底下，把灰掸了，翠花、翠环也都站上炕去了。人瑞招手道："来！来！来！"

老残笑说道："你真会闹，罢了！罢了！"也站上炕去，把毛笔在砚台上蘸好了墨，呵了一呵，就在墙上七歪八扭地写起来了，翠环恐怕砚上的墨冻住，不住地呵气，那笔上还是裹了细冰，笔头越写越肥。

顷刻写完，人瑞大声念出来：

地裂北风号，长冰蔽河下。后冰逐前冰，相陵复相亚。

河曲易为塞，嵯峨银桥架。归人长咨嗟，旋客空叹咤。

盈盈一水间，轩车不能驾。锦筵招妓乐，乱此凄其夜。

念完，说道："好诗，好诗。为什么不落款呢？"

老残道："怎么落款呢？是了，这上房本来是你住的，就题个'江右黄人瑞'吧。"

人瑞道："那可要不得，冒了个会诗的美名，担了个召妓饮酒革职的处分，有点不合算。"说着，跳下炕来。

老残便题了"补残"二字，也跳下炕去。

翠环姐妹放下砚台烛台，都到火盆边上去烘手，看看炭已经快烧完，又取了些生炭添上。

老残立在炕边，向黄人瑞拱拱手道："打扰太久，我要回屋子睡觉去了。"人瑞一把拉住他，抢道："不忙，不忙！天色还早着呢！你等我吸两口烟，长点精神再谈谈。"

老残看看走不了，只得再行坐下，翠环此刻也相熟了些，就倚在老残腿上，问道："铁老爷，您这诗上说的是什么话？"老残一一解释给她听，如何写景，如何抒情，如何如何感叹，都说了一遍。

翠环低头想了一想，道："你说得真是不错，但是诗上也可以说这些话吗？"

老残道："诗上不可以说这些话，那么该说什么话呢？"

翠环道："我在二十里铺的时候，过往客人见得很多，也常有题诗在墙上的，我最喜欢请他们讲给我听，听来听去，大约不过两个意思：一些大爷们，总无非说自己才气怎么大，天下人都不及他，都不认识他；还有一种人呢，就无非说哪个姐儿长得好，和他怎么样的恩爱。那些老爷的才气大不大呢？我们是不会知道的，只是过来过去的人，怎么都是些大才，想找一个没有才的来看看都看不着，这可怪了。我说一句傻话，既是没有才的这少，俗语说：'物以稀为贵'，岂不是没才的倒成了宝贝吗？这且不去管它。

"那些说姐儿们长得好的，其实无非就是我们眼前的几个人，有的连鼻子眼睛都长不正呢！他们的诗句，不是拿来比作西施，就是比作王嫱；不是说她'沉鱼落雁'，就是说你'闭月羞花'。王嫱我不知道她是谁，有人说就是昭君娘娘，我想，昭君娘娘和那西施娘娘，难道都是这种平庸的样了吗？一定靠不住了。

"至于说姐儿怎样跟他好，恩情怎样重，我有一回偷偷地去问了那个姐儿，那个姐儿说：他住了一夜，就麻烦了一整夜。天高时向他讨点银子做赏钱，他就抹下脸来，直着脖子大声乱嚷说：'我正账昨天晚上就给过了，还要什么赏钱不赏钱！'那姐儿就再三央告着说：'正账的钱呢，店里伙计扣一分，掌柜的又扣一分，剩下的全是领家的妈拿去，一个钱儿也落不到手上，我们的胭脂花粉，跟身上穿的衣裳，都是自己钱买，光听听曲子的老爷们，不能向他要，只有这留住的老爷们，可以开口讨两个伺候的

145

辛苦钱。'再三央告着，他给了两百钱一个小串子，往地下一摔，还要撅着嘴说：'你们这些强盗婊子，真不是东西，混账王八蛋！'你想有恩情没有？因此，我想作诗这件事，是很没有意思的，不过造些谣言罢了。您老的诗，怎么不是这个样子呢？"

老残笑说道："各师父，各传授，各把戏，各变法。我们师父传授给我的时候，不是这个传法，所以和他们不同。"黄人瑞刚把一筒烟吸完，放下烟枪，说道："真是人不可貌相，海水不可斗量，'作诗不过是造些谣言'，这句话真被这孩子说着了呢！幸好我不会作诗，不然造些谣言，还要被她们笑话。"

翠环道："谁敢笑话您老呢！俺们乡下没有见过世面的孩子胡言乱语，得罪了您老，您老大人大量的，可别怪我，给您老磕个头吧。"就侧着身子朝黄人瑞把头点了几点。

黄人瑞道："谁会怪你呢！实在说得不错，像这样的话，过去还没有人说过，可见当局者迷，旁观者清。"

四

老残道："烟也抽过了，不知道你还有什么话说，不然我可要回去睡了。"

人瑞道："不用忙，且等我先讲个道理给你听。我问你，明天你有事吗？"

老残道："有事怎样？没事又怎样？"

人瑞道："好，我再问你：河里的冰，明天能开不能开？"

老残道："不能开。"

黄人瑞道："冰不能开，冰上你敢走吗？明日能动身吗？"

老残说："不能动身。"

黄人瑞道："既然不能动身，明天早起有什么要紧的事没有？"

老残道："没有！"

人瑞道："既然如此，你忙着回屋子去干什么？我对你说：在省城里，你忙我也忙，总想畅谈，总没有空儿，今日难得相逢，我又素来佩服你的，我想你应该怜惜我，同我谈谈，你偏偏急着要走，怎叫人不难受呢！"

老残道："好，好，好，我就陪你谈谈。我对你说吧！我回屋子里也是坐着，何必矫情要走呢？是因为你已经叫了两个姑娘，正好同她们说说知心话，或者说两句笑，玩闹玩闹，怕我在这里不方便。其实我也不是道学先生，想进孔庙吃冷猪肉的人，作什么伪呢？"

人瑞道："说正经的，我也正为她们的事情，要向你商量呢！"

说着，站起来把翠环的袖子抹上去，露出上臂来，指给老残看，说："你瞧这些伤痕，教人可怜不可怜呢？"

老残看时，有一条一条青的，有一点一点紫的。人瑞又道："这是膀子上如此，我想身上更惨了！翠环，你就把身上解开来看看。"

翠环这时两眼已注满了汪汪的泪，只是忍住不叫它落下来，被人瑞这么一说，却滴滴地连掉了许多泪，口里含糊着，只说：

"看什么呢！"人瑞向老残道："你瞧这孩子傻不傻，看看怕什么呢！"还要取笑她两句，却被翠花一扯，才住了口。老残也说："算了，你别叫她脱了。"翠花又回头朝窗外看看，然后低声在人瑞耳边，不知说了两句什么话，人瑞点点头，就不作声了。

老残看翠环那样，心想："这都是人家的好儿好女，父母养他们的时候，那种疼爱怜惜，自不消说。谁知抚养成人，或因年荒饥馑，或因父亲好吸鸦片烟，或好赌钱，或被官司拖累，逼到万不得已的时候，就糊里糊涂，将女儿卖到这门户人家，被鸨母虐待，受诸般苦楚。"因此，又是愤怒，又是伤心，不觉眼角里也潮湿起来了。

此时大家默无一言，静悄悄的；只见黄人瑞家人带着一个人从外边进来，朝炕上行了礼，便把一卷行李送到里间房里去了。不久，那家人出来，向黄人瑞道："请老爷向铁老爷借过房门钥匙来，好送翠环行李进去。"

老残忙道："不用了，一起搁到你们老爷屋里去。"

人瑞道："我早吩咐过了，钱也已经都给了，你这是何苦呢！把钥匙给我吧！"

老残道："不行！我从来不干这个的。钱给了不要紧，该多少我明天还你就是了。既已付过钱，她老鸨子也没有什么可说的，不会难为她了，怕什么呢！"

翠花道："才不呢，您老当真的叫她回去，跑不了一顿饱打，说她得罪了客人。"老残仍不答应。翠花便向翠环道："你自己央

148

告铁爷，可怜可怜你吧！"

老残道："我也不为别的，钱还是照数给，只不过让她回去，她也安静，我也安静。"

人瑞知道老残的硬脾气，口里也不答话，只拿一双眼睛看着翠环，那翠环歪过半边身子，把脸儿向着老残，道："铁爷！我看您老的样子怪慈悲的，怎么就不肯可怜可怜我们孩子呢！你老屋里的炕，大小有一丈二尺多长，您老铺盖再大，不过占三尺来宽，还多着九尺地呢！就舍不得赏给我们孩子避难一宿吗？倘若您嫌我不好，只求包涵一点，赏个炕角蹲上一夜，这恩惠就很大了。"

老残无奈，只得伸手在衣袋里将钥匙取出，递给翠花，说："听你们怎么胡搅去吧！只是我的行李，千万不要乱动。"翠花站起来，递给那家人，又向那家人吩咐了一遍，那人才辞出。

四人又重新坐好，老残用手抚摸着翠环的脸说道："你是哪里人？鸨母姓什么呢？几岁卖给她的？"

翠环道："俺这妈姓张……"说了一句，就不说了，从袖子里取出一块手巾来擦眼泪，擦了又擦，只是不作声。老残道："你别哭啊！我问你几句，也是替你解闷儿的，你不愿意说，就是不说也行，何必这样呢！"

翠环抬起头来，说道："我自小没有家。"

翠花道："您老别生气！翠环就是这脾气不好，所以常挨打，其实也怪不得她难过，两年前，她家还是个大财主呢！去年才卖到俺妈这里来，她因为从小没吃过这种苦，所以处处不讨好，其实俺妈在这附近，算是顶和善的呢，她到了明年，恐怕要过今年这个日子，也没有了。"

说到这里，翠环竟掩面呜咽起来。翠花急道："嘿！翠环，你可是不想活了！你瞧老爷们叫你来，是为了开心的，你这一哭不是得罪人吗？快别哭，快别哭！"

老残道："不必！不必！让她哭哭也好，你想她憋了一肚子的闷气，到哪里去哭？难得我和黄老爷……"

黄人瑞在旁大声嚷道——也不管打断老残的话："小翠环！好孩子！你尽管哭吧！劳你驾把你黄老爷肚里憋的一肚子闷气，也替我哭出来吧！"大家听了这话，都不禁笑了起来，连翠环遮着脸也扑哧笑了一声。

五

原来翠环本来知道，在客人面前，万不能哭的，无奈她个性刚强，越不能哭，她越要哭。又被翠花说出她两年前还是个大财主，触起她的伤心，眼泪就不由地直迸出来，要强忍也忍不住；等到听老残说："她受了一肚子闷气，到哪里去哭？"便打定主意哭个痛快。翠环心里又想："自从落难以来，就没有人这样体贴过，哪里想到有今天呢？可是世界上的男人，并不是个个都拿女儿家当粪土一般作践的，只是不晓得，这样的人世上多不多？我今生还能遇见几个？想来既能遇见一个，恐怕一定还会有的。"刹那之间，有万亿个念头流转盘算着，早把刚才的伤心忘记了，反而侧着耳朵，想听他们在说什么。忽然被黄人瑞喊着，要托她替哭，怎么不好笑呢？所以她含着两泡眼泪，笑了出声，顺便偷偷地觑看了老残一眼。

黄人瑞本想逗她，看了这个情形，搂着翠花，越发笑个不止。翠环此刻心里一点主意也没有，看见他们傻笑，也糊里糊涂地笑了一会儿。

老残道："哭也哭过了，笑也笑过了，我还是不明白，怎么两年前她还是个大财主？翠花！你说给我听听！"

翠花道："她是俺那齐东县的人，她家姓田，在齐东县门外有两顷多地，在城里还有个杂货铺子，她爹妈先生了她，还有一个弟弟，今年才五六岁，此外，就是一个老奶奶。俺们这大沟河边上的地，多半是棉花田，一亩地至少值一百多串钱，她有两顷多地，不就是两万多串钱吗？连上铺子的利钱，就有三万多了。俗说力贯家财，有一万贯就算财主，她有三万贯钱，不算大财主吗？"

老残道："这样说来，她家有三万贯家财，日子是很好过的了，怎么会一两年间就穷到这个地步呢？"

翠花道："说起来还不是一两年的事，根本只有三天——前后三天，就家破人亡。"停了一停，又说："这是前年的事情。俺这黄河不是三年两年的闹水灾吗？庄抚台为这件事焦虑得不得了，听说有个什么大人，是南方有名的才子，他拿了一本什么书给庄抚台看，说：'这条河的毛病是河道太窄，非放宽不能治好，必须废掉民埝，退守大堤。'这话一出来，衙门里的人，个个说好。抚台就说：'这些堤里百姓，怎样安排呢？要先给点钱把他们迁开才行。'谁知道那些总办的王八蛋大人们说：'可不能叫百姓知道。你想这堤埝中间有五六里宽，六百里长，总有十几万家，一被他们知道了，这几十万人守住民埝，还废得掉吗？'庄抚台没办法，点点头，叹了一口气，听说还掉了几滴眼泪。这年春天，就赶紧修了大堤，在济阳县南岸，又打了一道隔堤。谁知道这两样东西，就是杀死几十万人的一把大刀。可怜俺们小百姓，哪里知道呢！

"转眼就到六月初，只听人说：'大水到啦！大水到啦！'那守堤的队伍，不断地两头跑，大家还不在意；河里的水，一天涨一尺多，隔天又涨一尺多，不到十天工夫，大水就比埝顶低不太多了。——比起那埝里的平地，还高上一两丈。到了十三四里，只见那埝上的报马，一会儿一匹，不断地来来往往。到了第三天中午，报马都不见了，各营盘里号角吹得像天要崩了似的，所有的队伍都开到大堤上去。那时就有些人感到情况不妙，说：'不好！恐怕会出问题，赶紧回去预备搬家吧！'"

老残道："难道她家就没有有见识的人，预先警觉到吗？"

翠花道："也许有吧，但是谁知道这一夜里，三更半夜时，又下起大雨，只听到稀里哗啦，那黄河水就像山一样地倒下去了。那些村庄上的人，大半还在屋里睡觉，呼的一声，水就进去，惊醒过来，连忙就跑，水已经过了屋檐；天又黑，风又大，雨又急，水又猛，您老想，这时候有什么法子呢？

"到四更多天，风也息了，雨也止了，云也散出一个月亮，澄明澄明的；那些村庄早已看不见了，只有靠民埝近的，还有的就是那些抱着门板或桌椅板凳的，漂到民埝前，爬上了民埝。还有那些原来住在埝上的人，拿了竹竿子抢着捞人，也捞起来不少。这些人得了性命，喘过一口气来，一想到全家人都冲散了，就剩下自己，没有一个不是号啕痛哭，喊天顿地。哭丈夫的，疼儿子的，喊爹叫妈的，一片哭声，共有五百多里路长，您老看惨不惨呢？"

翠环接着道："城外的家里，我也不太清楚。那天我和母亲在城里睡，半夜里听见人嚷说：'水淹进来了！'店里还有不少伙计，都连忙起来。这一天本来很热，人多半是穿着薄衣服，在院子里睡的，雨来的时候，才进屋子去，刚睡了一会儿，就听外边喊起来了，说：'城门开了，俺们到城外守小埝去！'店里的人都去了；那时，雨刚停住，天还阴着，我和娘在房里念佛，只听得大街上人声越来越多，我在门口一看，只见原来出城守埝的人又跑回来。县官也不坐轿子，混在人群里跑进城来，上了城墙；不久，我又听一片嚷声说：'城外人家不许搬东西！叫人赶紧进城，就要关城门了，不能再等了。'娘和我也爬上城墙去看，城里已经有许多人用蒲包装泥土，准备堵城门。大老爷在城上喊：'人都进了城了！赶紧关城门！'城墙里本有预备的土包，关上城门，就用土包从后头堵上了。俺妈就问我，看到爹和齐二叔没有？"

说到这里，翠环眼眶里泪水便溢出来了，停了一会儿，才抽抽噎噎地说下去："过了些时，云彩已经回了山，月亮很亮很亮，俺妈看见齐二叔，就问我爹，又问他：'今年怎么这么厉害？'齐二叔说：'真奇怪，往年倒口子，水下来，初时不过尺把高，最多也不过二尺多高，没有超过三尺的，再大的水，总不到半点钟的工夫，水头就过去，其余的不过二尺多深。今年这水真霸道，一来一尺多，一眨眼就过了二尺，县里大老爷看势头不好，恐怕小埝守不住，叫人赶紧进城，那时已经将近有四尺的光景了。这是历年来没有的。'齐二叔避着不提我爹，我就知道不好了，果然后来再也找不到了。"

老残道："后来呢？你家的铺子怎么了？"

翠环用手背抹了眼泪，道："俺妈问齐二叔我爹呢？齐二叔不说，俺妈就哭了，说：'我知道了！'那时只听到城墙上一片人声，喊着：'小埝漫啦！小埝漫啦！'一霎时，人们都呼呼地往下跑，俺妈哭着往地上一坐，说：'俺就死在这里，不回去了。'俺没法，只好陪在旁边哭。

"又听人说：'城门缝里漏水。'就有无数人到处乱跑，也不管是人家，是店，是铺子；抓着被褥，就拿去塞门缝子；抓着衣服，也全拿去。不一会儿，把咱街上估衣铺的衣服，布店里的布，都拿去塞了城门缝。渐渐听说：'不漏水了。'又有人嚷道：'土包太少，恐怕挡不住大水。'立刻就有人到饭店和粮食店里去搬粮食口袋，往城门后去堆，一会儿就搬空了；俺们店里的棉花，隔壁纸店里的纸，也被搬个干净。俺在墙头上都看得清清楚楚的。

"那时，天也明了，俺妈也哭昏了，俺也没法，只好坐在地上守着。耳朵里不断地听人说：'这水可真了不得！城外屋子已经过了屋檐，怕不有一丈多深，从来没听说过有这么大的水。'后来店里有几个伙计上来，把俺妈和俺扶了回去，回到店里，情形更糟，伙计说：'店里整布袋的粮食，都被拿去填了城门洞，仓库里的散粮被趁机打劫的人，抢了一个精光，光剩些泼洒在地下的，扫了扫，只剩了两三担而已。'店里原有两个老妈子，她们家也在乡下，听说这么大的水，想来老老小小也都没有命了，都哭得想死不想活。

"一直闹到太阳快要落山，伙计们才把俺妈灌醒，大家吃了两口小米稀饭；俺妈醒了，睁开眼看，说：'老奶奶呢？'他们说：'在屋里睡觉，不敢惊动她。'俺妈说：'也得请她老人家来吃点呀！'待伙计去了又来，才晓得她老人家不是睡觉，是吓死了。俺妈听见，哇的一声，刚吞下的两口稀饭，跟着一口血块了，一起呕吐出来，又昏过去了。大家救了好半天才醒来，已经痴痴呆呆的，同疯子一样。"

说着，翠环又掉下泪来。

老残对人瑞说："这件事，我也隐隐约约听人说过，没想到凄惨到这种程度。究竟是谁出了这主意？拿的是什么书，你老哥知道吗？"

人瑞道："我是去年才来的，这是前年的事，我也只是听人说起，不知道确实不确实。据说是史钧甫史观察提的议，拿的是贾让的《治河策》，他说：'当年齐国与赵、魏，以河为界，赵、魏两国靠山，地势较高，齐国土地低下，齐人就在离河二十五里处做堤防，河水向东流到齐地，淹不过去，就回过头来淹赵、魏；于是赵、魏两国也做堤，也是离河二十五里。'那天，庄宫保问幕僚有何意见，他就把《治河策》的这几句指给宫保看，说：'可见战国时两堤相距是五十里地，所以没有河患。今日两岸民埝之间，相距不过三四里，就算是大堤的距离，也是不足二十里，比起古人，还没有它的一半。如果不废民埝，河患断无已时。'

"宫保说：'这个道理，我也明白，只是这两堤里面，都是村庄，民埝一废，岂不是要破坏几万家的生命财产吗？'史观察又指《治河策》给宫保看，说：'请看这一段话：反对的人必然持着这种理由说：如此做的话，将会毁坏城市、良田、民房、坟墓，数以万计，使百姓怨恨政府。贾让认为：从前大禹治水，高山挡住去路，就打通它，所以凿龙门，开伊阙，毁折砥柱山，敲破积石山；连天地山川之灵，为了救人，都可以毁坏，何况这些城郭田庐；都是人工所为，何足挂虑呢？再说，小不忍，则乱大谋，宫保以为夹堤里的百姓、庐墓、生产可惜，难道年年决口，就不会损伤人命吗？这是一劳永逸的事。所以贾让说：大汉朝四方控制万里，难道还要和黄河争这一点土地吗？这次治好黄河，不再泛滥，使老百姓得到安定，千年之后，都不会再生水患，所以称它为上策。我想，汉朝的疆域，不过号称万里，尚且不愿与河争地，我大清疆土方圆数万里，如果反而与河水争地，岂不是叫前

156

贤笑我们后生吗？'

　　"史观察又指着诸同事，批评道：'贾让这治河三策，如同经典一般，可惜从汉朝以来治河的没有一个是会读书的人，都不懂得贾让《治河策》的精义，所以黄河永远治不好了。宫保若能行此上策，不只是贾让在两千年后，得一知己，将来功垂竹帛，万世不朽呢！'宫保皱着眉头道：'不过，第一件要紧的是，怎样安置这十几万家百姓的去路？'那人道：'为了治河，与其年年花费许多钱，不如另筹一笔款子，把百姓迁移出去，一劳永逸。'宫保说：'也只有这个办法，比较妥当。'后来听说筹了三十万银子，预备迁移居民，后来为什么不迁，我却不知道了。"

　　人瑞说完，便问翠花道："你又是怎么听说的呢？"

　　翠花道："一部分是过往的客人喝酒时说出来的，一部分是我看到的，那年我也在齐东县，就住在民埝上俺三姨家；第二天一早，看见满河都是死人，俺二姨也怕了，叫人去雇船想搬家，就是雇不到船。"

　　老残道："船呢？上哪里去了？"

　　翠花道："都被官里拿来分送馒头去了。"

　　老残道："送馒头给谁吃呢？"

　　翠花道："这馒头的功德可就大了，那庄子上的人被水冲走的有一大半，还有一小半都是一看见水来就爬上屋顶的，所以每一个庄子的屋顶上，总有一百几十个人，四面都是水，到哪里去摸吃的啊，有饿得急了，被救起又跳进水里自杀的，听说也不少。

亏得有抚台派的委员，驾着船各处去送馒头——大人三个，小孩两个——第二天，又有委员驾着空船，把他们送到北岸，这不是正好吗？我们一家就乘着船走了。谁知就有那些笨蛋，蹲在屋顶上不肯下船。问他们为什么？他们说在河里有抚台给他们送馒头，到了北岸，就没有人管他吃住，就会饿死了。其实抚台送了几天，也就不送了，他们还是饿死，你说这些人傻不傻呢？"

六

老残向人瑞道："这件事真正荒唐透顶！究竟是不是史观察提的议，还不能确定，但是，创这个议的人，一开始倒没有什么坏心，也没有丝毫为己害人的私见，只是因为光会读书，不懂人情世故，所以一着手便错了。孟子说：'完全相信书本上的知识，还不如完全没有读书。'就是这个道理。唉！不只是河工这样，天下的事，坏在大奸臣手上的，顶多只有十之三四；坏在不通事故的君子手上的，倒有十分之六七呢。"

老残又问翠环道："后来你爹找到了没有？还是就被水冲去，不回来了呢？"

翠环用手背擦着眼泪，道："一定是被水冲走了，如果还活着，怎么会不回家来看我们呢？"

老残轻轻拍着她的背，又劝了许多话，这才渐渐收起眼泪，没想到翠花一开口，她又哭了。翠花说："到了明年，她要再过今年这种日子，也没有了。"

158

老残忙问道:"哦? 怎么说呢?"

翠花叹了一口气,道:"俺这个爹,才死没有多久,丧事花了一百几十吊钱,是向蒯二秃子借的,前日俺妈赌钱赌输,又借了二三百吊钱,总共欠了四百多吊,马上就是腊尾了,这个年眼看着过不去,所以前几天蒯二秃子来讨钱时,俺妈就说要把翠环卖给他。这蒯二秃子家,也是开妓院的,是出了名的厉害,一天没有接客,就要拿火钳子烙人。"

老残道:"有这样的事? 后来怎么不卖了呢?"

翠花道:"怎么不卖? 价钱还没有说妥而已。俺妈要他三百两银子,他只愿意出六百吊钱,所以双方谈不拢。您老想,现在到新年,还剩有几天呢? 这日历眼看着一页页地薄了,假使到了年底,俺妈还能不答应吗? 这一卖,翠环可就有她难受的了。"说着,也滴下泪来。

老残看看翠花,又看看翠环,只觉得天地间伤心的事情,无过于此了;转头看黄人瑞,只见他笑吟吟的,并不难过,便道:"人瑞兄,难道你有什么妙计,可以救翠环吗?"

黄人瑞道:"残哥! 我有什么办法妙计? 这件事倒要你费费心呢!"

老残想了一想,道:"说的是,眼看着一个老实的孩子,被送到鬼门关里头去,实在可怜。算起来不过三百银子的事情,我在省城里还有些银子,我们凑个数目给她,倒也不难。"

黄人瑞道:"银子的事,不用你操心,我早就准备好了。要同你商议的，不是这件事。"

老残咦道："有了银子，还要什么？"

人瑞一笑道："银子既有了，还要你老兄出个名字，买下她来。我们做官的，买妓为妾，是会被革职的。"

老残连忙道："不成！不成！我万万不能要她，你再想法子吧！"

翠环一边哭，一边听，听到这里，慌忙跳下炕来，向黄铁二人磕了两个头，说道："两位老爷菩萨，救命恩人，舍得花银子把我救出火坑，不管做什么丫头老妈子，我都情愿。"说到这里，便又号啕痛哭起来。

老残道："翠环，你不要哭了，让我好替你打主意；你把我们哭昏了，就拿不出好主意来了，快别哭了！"

翠环听罢，赶紧忍住泪，咕咚咕咚向他们每个人磕了几个响头，老残连忙将她搀起，谁知她磕头时用力太猛，把额头碰了一个大包，包又破了，流了许多血。

老残扶她坐下，说："这是何苦呢！"又替她把额头的血轻轻擦去，让她在炕上躺下，自己仍旧和黄人瑞商量，两人都不肯出名。

只听翠花冷笑一声，从旁插嘴道："两位老爷无意相救，就不必戏弄我们小孩子了，既然有心，又何必推三阻四的呢？黄老爷既然不能出名，铁老爷也不肯出名，那么只说是替个亲戚办这事，谅俺妈也不会怀疑，这不就好了吗？"

老残笑道:"很好,这个办法,我们怎么没想到呢?"

人瑞也道:"就这么办!明天一早起来,就叫她们去喊她家的人,来谈个价钱。"

翠花道:"明天一早您别去喊,明早我们姐妹一定得要回去的,您老这一喊,倘若被他们知道这个意思,他们一定把环妹妹藏到乡下去,再来和您讲价,不怕您不肯多出,那就吃亏了。况且他们抽鸦片烟的人,也起得不早,不如等明儿下午,您老先派人叫我们姊妹来,然后去叫俺妈,那就不怕她了。只是,这件事千万别说是我说的,环妹妹是超生了的人,不怕她,俺还得在火坑里过活两年呢!"

人瑞道:"那自然!还要你说吗?明天我先到县衙门里,顺便带个差人来,倘若你妈作怪,就先把翠环交给差人看管,那就有办法制伏她了。"

翠花看看黄、铁两人,眼里有几分不信,也不便明说,只含糊地应了声:"好!"

四人又谈了些话,分别就寝。才睡下不久,只听到外面人声沸腾,大叫:"失火了!失火了!"老残找到黄人瑞,一同到门口看了,原来火还在两条街外,店家说没关系,两人看了一会儿,又回去睡。

次日下午,派人去接二翠,那人回道:"昨夜遭火,今天还在整理中,人手不足,无法送来。"黄铁二人相觑无话,只好再等几天。

第三天再去问，也是一样的话。老残想到邻近乡镇玩玩，便约好见面的日期，拿着串铃，一路而去。

第六章

又大案联翩，奇冤似海，谁救严刑

一

老残在旅店里住了三日，这天一早又到河堤上闲步，看见河上已经有许多人来往。那两艘打冰船，被冻在河里，并没有人在上面。老残想辞别黄人瑞，自己单身过河，又想到翠环的事，还待解决，一时放心不下。

回到店里，人瑞还没起床，老残便留了字条，自行出门去了。走到街上，心想："渡河是不必了，暂且只在这齐河县附近走走吧！"当下问了几个大集镇的名称和远近路程，便动身去了。

也不知道走了多远，只见一路上都是皑皑白雪，一户人家也没有，到后来天色渐渐昏暗，老残不由得暗自着急。再走了顿饭工夫，忽见远远的树林后面，有一点灯光，走近了才知道是个集镇。老残肚里又饿，身上又寒，当下大喜，急急赶上前去；忽听见前面路上有人大声谈话，仔细一看，原来是老少两人。

那老人声音中掩不住心头的喜悦，一边说话，还不时地夹着哈哈笑声，道："胡举人真是好人，这回可全仗他了。"那小的道：

"魏老爹！半天路走下来，只听你说这句话，究竟是怎样情形，怎不告诉我一下？"

街头雪光如昼，老残看他们的服色，像是人家的长工仆役；那年长的有六十多岁，年少的只有二十多岁。只听老人说："你大半年都在外面，家里的事当然不知道了。那天，贾的人来找我们老爷去，说是全家大小死了一十三口，老爷子匆匆赶到贾家，当时，人都已经扶到床上去了，桌上还留着一些吃剩的半个月饼。"

老残听说是命案，分外留意，那老人又说："贾探春那只骚狐狸，就和贾老爷过继来的那个儿子，两个人扯住老爷子，说是我们魏家用毒药谋害他家；后来县里的老爷来了，就叫仵作验尸，都说不像中毒死的，倒是那些吃剩的半个月饼里还有些砒霜，所以事情就变得不明不白了。"

那小的道："月饼是大街上四美斋做的，有毒没毒，可以叫他做证呀！"

老的道："月饼是四美斋做的，馅子可是我们家送去，所以县里也怀疑我们。"

小的道："这可冤枉我们了，老爷子每年做了月饼，送给他家，都没有事，怎么今年，我们小姐的姑爷刚死，小姐回娘家住几天，就发生月饼吃死人的事呢？"

老人叹口气，道："我才说呢！有这么巧的事？小姐才回来，那边就死了人？那贾探春又泼辣又凶，连哭带闹的，一口咬定是小姐和人……唉！唉！才害死公婆。县里一时也问不清楚，就把老爷和小姐一起收押入狱。"

老残心里已经明白了七分，只不知道这件案子怎么了结；听说这齐河县的太尊，姓王，名子谨，为人最是正派，破过不少疑案，在省城里听过他的官声很好。老残心里一阵盘算，那两人早已去远。老残跟上几步，那老人又说："本来，县里对贾探春的控词，还不十分相信，留在监里十多天，不肯审决；那贾探春天天到衙门前哭闹，一定要报仇。县里的王太尊自己不敢决定，便把详情报到上司，请上面派人会审。隔了几天，派来一位刚大人。这位刚大人一到，轿子才进衙门，就下令升堂，才升堂，一句话也不肯问，先把老爷上了一夹棍，又把小姐上了一拶（zǎn）子，两个人都晕死过去，可怜他们两人，吃了这样的苦刑，还是没有口供。刚大人大怒，把他们又分别收监。"

那小的说："今天在城里，你到胡举人那里去，我就到东门的酒楼里坐着等你，听人家说，刚大人清廉得很，怎么这样糊涂呢？你去托胡举人的事，究竟怎样呢？"

那老人拍了另一个人的肩膀，大声说："当然成！当然成！你走了后，我进去对胡举人说，如何如何冤枉，请他帮忙！我还说：'胡老爷！只要官司能结束，就算再花多少钱，我家也能照付。'胡举人说：'好！'便留我吃午饭，等他消息，自己穿戴衣冠，进衙门去拜会刚大人。

"不一会儿，胡举人笑嘻嘻回来，说：'刚大人已经允了。'我说：'菩萨保佑！这刚大人怎么允的？'那胡举人狠狠白我一眼，说：'我和刚大人的交情，素来是好的，我一开口，他还有不答应的吗？'我碰个软钉子，也没敢再问，便告辞出来。赶明儿一早，送六千五百两银票过去，托胡举人转送刚大人，老爷和小姐就没事了。"

那小的道："哎哟！要这么多银子呀！"

老者"哼"了一声，道："这还是少的咧！听胡举人说，刚大人原来要的还不止此数，他说：'十三条人命，一千两银子算一条命好了，明日你备齐一万三千两来，就可以了结无事。'也亏胡举人面子足，再三讲情，才让到六千五百两，这已经是天大的人情了。小老弟，休要嫌多，明天胡举人那里还要另外送一份重礼酬谢人家呢！"

说着，就转入一条横街进去。老残远远地站住，心想这刚大人清廉固然第一，残酷也是出名的，怎么会收受贿赂，着实奇怪！

二

过了一日，县城都没有什么动静。

第二日，老残走在大街上，把一副串铃摇得震天价响，就有两名管家模样的过来，问道："先生会治天花吗？"老残说："会！"管家领老残从小门进去，到了里面，原来病人是六七岁的小少爷，老残诊过脉象，又开了两帖药，命人去买来煎了服下，这才起身，准备告辞。

走到门口，老残听门子说老爷回来了，便在门里立着，见过面，略略寒暄两句，才知道这宅子的主人就是王子谨知县，王知县晓得是位大夫，便说："先生如不忙着走，烦你为我诊一诊，如何？"说着，便邀老残一起到书房坐下。伸出手来，让老残把脉。

老残诊了许久，道："只是太过劳累，气血亏虚，不碍事的。老父台精勤爱民，所以如此，佩服之至。"

子谨听他这样说，叹了一口气，道："先生料的不错，正是为了齐东村那件案子，几日来寝食不宁。"

老残道："前几日我曾听人说起一件疑案，想必就是了。不过，听说刚大人收了人家的钱，想来这案子已经了结，还有什么烦恼呢？"

子谨道："这个你却不知！那家人确实曾托胡举人送钱给刚大人，刚大人也收了。我想，这老头儿和他的小姐的案子，多半是冤枉的；眼前看到能够了结，也是十分高兴。今天上午，刚大人要升堂，我初以为他要当堂释放他们，哪知道结果却不是这样。

"当衙役把他们父女带到，两人都已经奄奄一息，好不容易才跪稳。刚大人先把六千五百两银票笔据和胡举人的片子，先递过来给我看，我一看，便觉得不妙。

"果然，刚大人等我看过，便笑嘻嘻地问那老儿：'你认得字吗？'那老儿供称，本是读书人，认得字。又问那女的认得字吗？也说认得。刚大人便走下来，把银票笔据拿给他们看。父女俩摸不着头脑，都说：'不懂，是什么缘故？'刚大人道：'别的不懂，也都罢了，这个凭据上写的名号，难道你也不认得吗？'叫差人：'你再给那老头儿看过！'两人又道：'这凭据是小人家里管事写的，但不知他为什么事写的。'

"刚大人哈哈大笑，说：'你不知道吗？等我来告诉你，你就知道了。前天有个胡举人来见我，说你们这一案，如何如何冤枉，叫我设法开脱，又说，如果开脱得成，银子花再多些也肯。我想你们两个穷凶恶极的人，用刑也是不怕的，不如趁势探探他的口气。我就说，胡举人，他家害了十三条人命，就是一条命用一千两银子来买吧，也要用一万三千两；就算一千两太多，对折起来，总数也要六千五百两，不能再少。胡举人连连答应，我还怕他听不清楚，再三叮嘱他，叫他把买人命的道理告诉你们管事的，如果心甘情愿，叫他写个凭据，连银子送来。第二天，他果然写了这个凭据来。'

"我在旁边听了，才恍然大悟，原来刚大人收人贿款，也是一个阴谋。只听他又说：'我告诉你，我与你们无冤无仇，为什么要陷害你们呢？你们要摸着良心想一想，我是朝廷的官，又是抚台特别派我来帮着王大老爷审理这案子，我如果拿了你们的银子，开脱了你们，不但辜负抚台的委任，那十三条冤魂，肯依我吗？我再详细告诉你们，倘若人命不是你谋害的，你们家为什么肯拿几千两银子出来贿赂我呢？这是第一条证据。倘若人不是你害的，我告诉他照五百两一条命计算，也应该六千五百两，这时候，你那管事的就应该说：'人命实在不是我家害的，如蒙委员代为昭雪，七千八千俱可，六千五百两的数目，却不敢答应。'为什么他毫不考虑，就照五百两一条命计算呢？这是第二条证据。我劝你们，早晚总得招认，不如从速招来，免得白白受些刑罚的苦楚！'"

说到这里，只见帘子一掀，来了一个人，口里道："子翁和谁说话呢？别提这事，真气煞人了！"

三

王子谨一听这声音，便笑着站起来相迎，道："人瑞兄，快请进来坐吧！"原来这人就是黄人瑞，老残回到客店里寻到他，此时，他穿着一件直缀的狐皮大褂，双手还笼在袖子里，缩着头，直呼"好冷！好冷！"一径走到火炉子边，才坐了下来。王、铁二人看他的样子，都哈哈大笑，人瑞道："休笑！休笑！"子谨看他两人似乎早已相识，正不知道怎么回事，连忙请问，人瑞道："子翁！这位就是我常向你提起的铁补残先生，你和他说了一会儿的话，怎么连人家的姓名都不知道呢？"

子谨听说，慌忙起立作揖道："哎呀！我只当先生是寻常大夫，没想到就是铁先生，失罪！失罪！兄弟不久前晋省，抚台大人还特别夸你一场，命我们遇见先生时，代他致意。"老残忙说："不敢当！不敢当！"便转向人瑞道："刚才你说：'气煞人了！'是什么意思呢？"

只见子谨在一旁，也愤然作色，人瑞就说："还是这老刚不好，他设计陷人也就罢了，偏偏又说：'你们在我这里花的是六千五百两，在别处花的还不知道有多少，这点我就不便深究了。'残哥，你想，这不是摆明了说子谨兄收人贿赂吗？"

老残点点头，说："正是！"

子谨说："那时人瑞兄恰好来看我，就在屏风后面坐等，恰好听见他说这句话。唉！如果单单是污辱我也还罢了，还有更甚的呢！"停了一口气又说："那个瘟刚连珠炮似的骂了半天，下面一点声音也没有，原来两人都吓得昏死过去了，等到救醒过来，父女两个连连趴在地上叩头说：'青天大老爷，实在是冤枉呀！'刚大人把桌子一拍，大怒说：'我这样开导你们，还是不招！左右，再替我夹起来！'底下差役炸雷似的答应了一声'嗻'，夹棍拶子朝堂上大摔，惊魂动魄价响。

"正要动刑，刚大人又道：'慢着！行刑的差役上来，我对你们讲。'几个差役走上几步，跪一条腿，喊道：'请大老爷指示。'眼睛还斜望着我，我向他们摇头，不作声，那刚大人瞪我一眼，好像在说：'你们都勾结好了吗？'我也不理他，只听他厉声说：'你们的伎俩，我全知道。你们看那案子是不要紧的，你们得了钱，用刑就轻些，让犯人不太吃苦；你们看那案情重大，是翻不过来的了，你们得了钱，就猛力一紧，把那犯人当堂治死，成全他个尸骨完整，本官又落了一个严刑毙命的处分，我是全晓得的。今天替我先拶贾魏氏，不许拶得她发昏，看看神色不好，就松刑，等她回过气来再拶。拶上她十天工夫，无论你什么英雄好汉，也不怕不招。'"

黄人瑞在一旁扮个鬼脸，道："好厉害，我在后面听了，也吓得什么……滚什么……滚。"老残笑道："不要打岔！后来又怎么了？"

子谨道："可怜一个贾魏氏，不到几个时辰，就熬不过了，哭得一丝半气的，又忍不得老父受刑，就说道：'不必用刑，我招就是了。人都是我谋害的，父亲完全不知情。'刚大人大喜，不觉就站起来了，说：'你为什么害她全家？'说话的时候还全身发抖。贾魏氏道：'因为妯娌不和，所以存心谋害。'刚大人道：'妯娌不和，你害她一个人就很够了，为什么毒她全家呢？'贾魏氏道：'我本想害她一人，因为没有机会下手，只好把毒药放在月饼馅子里，因为她最爱吃大月饼，让她先毒死，旁人就不会再受害了。'

"刚大人点点头，坐下，又问道：'月饼馅子里，你放的什么毒药呢？'贾魏氏供是砒霜。刚大人问：'哪里来的砒霜呢？'贾魏氏供：'叫人到药店里买的。'刚大人又问：'哪家药店买的呢？'贾魏氏供：'并不是我自己上街去买，是叫人买的，所以不晓得哪家药店。'刚大人又问：'叫谁买的呢？'贾魏氏供：'就是婆家被毒死的十三人中的一个，长工王二买的。'刚大人皱了几下眉头，道：'既然是王二替你买的，何以他又肯吃这月饼被毒死呢？'贾魏氏供：'我叫他买砒霜的时候，只说是要毒老鼠，所以他不知道。'刚大人又问：'你说你父亲不知情，但那月饼分明是你家送去的，你岂有不同父亲商量的呢？'贾魏氏供：'这砒霜是在婆家买的，买了好多天了，正想趁个机会放在小婶吃食的碗里，一连几天都无机可乘。恰好那日回娘家，看他们做月饼馅子，问他们何用，他们说送我婆家节礼，所以就趁人不注意的时候，把砒霜搅在馅子里了。'"

子谨说到这里，整个人的脸色白惨惨的，十分可怕，老残知道他的身子虚弱，又经过这几日会审受了不少气，今天又说了许多话，恐怕已经支持不下，便想起身告辞。

王子谨一见他站起，忙道："不急！不急！还没说完呢。"

老残道："是！"

子谨歇了一口气，又说："刚大人听完供词，心里那份高兴就不用说了，两眼笑眯成了一条缝，说：'我看你人很直爽，所招的一丝不错。只是我听人说，你公公平常待你极为刻薄，有这回事吗？'贾魏氏道：'公公待我如亲生女儿一般，再好也没有了。'刚大人仍旧笑着：'你公公横竖已经死了，你何必替他维护呢？'贾魏氏听了，抬起头来，柳眉倒竖，杏眼圆睁，大声叫道：'刚大老爷！你不过是要陷我一个凌迟的罪名，现在我已经如你的愿供了，你何必多说什么！我既然杀了公公，总是个凌迟处死，你何必要我再污蔑公公的名声？你家也有儿女呀！我劝你退后两步想想吧！'"

老残听了，点点头道："骂得好！不知那刚大人怎样下台的？"

人瑞道："子翁还学得不像呢！"

子谨笑笑，又道："刚大人当时也不恼怒，嘴角一撇，笑着说：'论做官的道理呢，原该追究个水尽山穷。但是既然你不肯说，也就算了，先把这个供画了押再说。'便下令画押，要等五天后再审。"

说完，老残和黄人瑞告辞而出。

四

老残回到旅店，忽想起串铃还在王子谨的公馆里，也不急着去拿，便和衣在炕上睡去。半夜醒来，觉得有些寒意，倚在枕上，回想今天王子谨的话，愈想愈有气。

老残想："这刚弼的清廉是有名的了，没想到却是这样糊涂。自古以来，都说赃官可恨，其实所谓的清官，为害比赃官还胜几分；赃官可恨，人人都知道；清官可怕，却很少人知道。那赃官自知立身不正，还不敢公然为非，清官自以为不要钱，天底下什么事不可做？处处刚愎自用，小则杀人，大则误国，天下事都败坏在这些人手里了。"

老残又想："像王子谨这样的好官，刚弼都怀疑他收了别人的银子，可见那些以清官自命的人，眼中看得别人都是浊的，他才神气起来，以为什么事都可以任性由己，妄为一场了。"

又想了一些其他的事，才迷迷糊糊地躺下来睡着了。

次日一早，黄人瑞就推门进来，大呼道："残哥！有事找你呢！"

老残道："什么事呢？"

"齐东村那个案子，有法子没有？"

老残道："有什么法子可想，昨晚我算计了一夜，看来这冤狱是无法平反的。"

人瑞道："错了！错了！昨晚我也睡不着，却想起一个人来，你想是谁？就是白太尊白子寿，此人的人品学问，最为人推服，这瘟刚他是清廉自命的，白太尊的清廉，恐怕比他还靠得住。眼前宫保又信任他，如果能说动宫保，派他来主审，就好办了。只不过……"

老残道："只不过什么？"

人瑞道："只不过这件事情，我们几个当差吃粮的都要避点嫌疑，总不成做官的人，反而和老百姓联合起来对付同僚。"

老残看他一个乐天的人，做出这副愁眉苦脸的样子，也觉得好笑，便道："眼前事情到了这地步，恐怕也只有请白太尊一行了。你们不能出面，就由我出面也罢，等会儿我详细写封信禀明宫保，请宫保派白太尊来复审。不过，假使宫保不信我的话，那就没有办法了。天下冤枉的事儿多着呢，只是碰在我辈眼中，不能不管，就尽心尽力替他做一下也就是了。"

人瑞道："事不宜迟，笔墨纸张都预备好了，请你老人家就此动笔吧。"

老残漱洗一番，凝一凝神，就在桌前坐下。揭开墨盒，拔出笔来，铺好了纸，拈笔便要写下；哪知墨盒子已冻得像块石头，笔也冻得像枣子，一画都写不下去。

人瑞把墨盒子捧到火盆上烘，老残将笔拿在手里，向着火盆一边烘，一边构思；霎时工夫，墨盒里冒白气，下半边已经融了。老残蘸墨就写，写两行，烘一下，写了一点钟光景，才把信写好，加了个封套，打算请人瑞派人送去，哪知人瑞早已走得不知去向。老残知道他一向不早起，这次清晨而来，一定是彻夜没睡，这时回去睡回笼觉的。想想，心下也着实感动。

老残又想："人瑞的手下，都起身得迟，不如同店家商谈，雇个人去。只是这黄河结了冰，恐怕难以过去。"便唤店伙进来，把雇人的意思说了。店伙说没问题，便出去找人。

不久，那店伙同了一个人来说："这是我兄弟，大老爷要送信，他可以去。他送过几回信，很在行，到衙门里也敢进去，请大老爷放心。"

老残问那人何时可以送到，那人说，从齐河县到省城，不过四五十里路，晌午以前可以送到。老残便要他下午取得收条回来，讲明雇银是十两。那人十分不情愿，说："平时的话，十两也够了，现在黄河冰冻，船只不通，跑凌过去，十分危险的。"老残不得已，再添了五两，才打发去。

五

那人去后，老残拿出一本诗选，随手翻着读了几首，再也读不下去；便向店家交代说，一有回信，马上到衙门口喊我一声，便转身出去。

175

到了衙门口，看见出出进进的人很多，老残知道又有堂事，不知道今天要审的是什么案子。进了仪门，有人认得他是知县大人的朋友，也不拦他；老残见大堂上阴气森森，许多差役两旁排列着，不由自主地打了一个寒噤。因为站在差役身后，前面发生的事情他也看不见。只听堂上一人喊道："贾魏氏！你要明白，你自己的死罪已定，已是无可挽回。你却竭力开脱你那父亲，说他并不知情，这是你的一片孝心，本官也没有不成全你的。但是你不招出你的奸夫，你父亲的命就保不住了，你想，你那奸夫出个主意，把你害得这样苦，他倒躲得远远的，连饭都不替你送一碗，像这等无情无义的人，你还抵死不肯招出来，反而让生身老父替他担着死罪。圣人说：'天下的人都可以做丈夫，父亲却只有一个。'原配丈夫，为了父亲，尚且顾不得他，何况只是一个相好的男人呢！我劝你招了的好。"

只听底下有人嘤嘤啜泣，堂上又说了什么也听不清楚，忽然耳边有人叫声："铁老爷！"老残回头一看，却是黄升，黄人瑞老爷的家人。原来黄人瑞常到衙门来，家人也是可以随便进出的。

这天晌午，黄升在衙门口闲坐，看见老残店里来了个人，缩头缩脑地往里面探望，就有当差的上前问，那人口里只说："找铁老爷。"却说不出哪位铁老爷，正在纠缠不清，黄升听见了，也走来问："什么事找铁老爷？"那人认得黄升，就把老残交代的话说了，黄升接过书信，晓得事情重大，便到衙门里寻老残，果然见着老残。

老残一看，是个马封，上面盖着紫花大印，心中已暗暗喜欢，见里面有两封回信：一封是庄宫保亲笔，字比核桃还大；一封是文案先生袁希明的信，说白太尊现署安泰，即派人代理，大约六七日可到。并说宫保深盼阁下，稍候几日，等白太尊到，商酌一切云云。

老残收信看信，就没仔细去听堂上的动静，这时看完了抬起头来，忽听堂上喝道："你还不招吗？不招，我又要动刑了。"

底下那人一丝半气地说了几句，听不出什么话来。堂上又喝道："愿意招供了吗？正该如此。左右，叫她画供上来。"

又听一个书吏上去回道："贾魏氏说：'是她自己做下来的事，大老爷怎样吩咐，她怎样招，若叫她捏造一个奸夫出来，实在无从捏造。'"

堂上把惊堂木一拍，骂道："这个淫妇，真正刁狡，拶来！"

堂下无数的人人叫了一声"嗷！"

只听跑上去几个人，把拶子往地下一摔，霍绰一身，惊心动魄。

老残听到这里，怒气上冲，也不管公堂重地，把站堂的差人双手用力分开，大叫一声："站开，让我过去！"

差人一闪，老残走到中间，只见一人手提贾魏氏头发，将头提起，另外两个差人正抓着她的手，在上拶子。老残走上前，将差人一扯，说道："住手！"便大摇大摆走上暖阁。两个差人看这光景，不知如何是好，果然住手退开。老残见公堂上坐着两个人，下首是王子谨，心知上首那人就是刚弼了，便先向刚弼打了一躬。

子谨遥遥看见老残排开差人，心里一急，慌忙站起。

刚弼本不认得老残，并不起身，也不还礼，大声喝道："你是何人？敢来搅乱公堂，拉他下去。"

众差役看老残青衣小帽，八分像个乡下佬，原有几分轻视，不待刚弼下令，就有几个人要上来拉他，哪知才只上前两步，就看见本县大老爷豁地站起，公差们是吃什么饭的？早知道这人必定大有来历，就没有一个人敢走上来。

老残见刚弼满面怒容，连声吆喝，倒有意要和他开玩笑，便轻轻地说道："你先别问我是什么人，且让我说两句话，如果说得不对，堂下有的是刑具，你就打我几板子，夹我一两夹棍，也不要紧。我且问你，一个垂死的老翁，一个深闺的女子，案情暂且不管，你上他们这些手铐脚镣，是什么意思？难道怕他们逃了吗？这是制强盗的刑具，你就随便施于良民，天理何存？良心何在？"

王子谨看到老残在公堂里出现，已经十分纳闷，此时又听他在那里疯言疯语，想道："糟了！这人和我不过一面之情，却仗着我的情面到这里胡闹，当堂和老刚较量起来，一会儿老刚发作起来，我却是要帮他呢？还是不帮呢？"便喊道："补翁先生，请厅房里去坐，此地是公堂，不便说话。"

刚弼气得目瞪口呆，又见子谨称他补翁先生，恐怕有点来历，也不敢过于抢白。老残知道子谨为难，便走过西边来，对子谨也打了一躬。子谨连忙还礼，口里直说后面厅房坐。

老残笑道："不忙。"却从袖中取出庄宫保的那个复信来，双手递给子谨。子谨见有紫花大印，方始恍然大悟，双手接过，拆开一看，便高声读道："示悉：白守待札到便来，请即传谕刚、王二令，不得滥刑。魏谦父女取保回家，候白令复讯。弟耀顿首。"

一面递给刚弼去看，一面大声喊道："奉抚台传谕，叫把魏谦父女刑具全行松放，取保回家，候白大人来再审。"王知县几日来郁闷之情，大喊之下，一扫而空。

底下人听了本县老爷的话，一齐答应了一声"嗻！"又大喊："当堂松刑啰，当堂松刑啰。"许多人七手八脚把他父女手铐脚镣，项上的铁链子，一下子松个干净。教他们上来叩头，替他们喊道："谢抚台大人恩典！谢刚大老爷、王大老爷恩典！"

那刚弼看信之后，正在敢怒而不敢言，又听到"谢刚大老爷、王大老爷恩典！"如同刀子戳心一般，早坐不住，退往后堂去了。

子谨向老残拱手道："请厅房里去坐，兄弟略为交代此案，就来奉陪。"

老残道："请先生忙吧，弟还有他事，先告退了。"遂走下堂来，仍旧大摇大摆地走出衙门去了。

老残一径回到店里，独自坐着，心想："前日听到玉贤种种酷虐，无法可施，今日又亲眼看见了一个酷吏，却被一封书信救活了两条人命，比吃了人参果还快活哩！"

过了两个钟头，只见人瑞从外面进来，口里说："好！好！这样天大的一场好戏，也不叫我瞧瞧。"便在老残身边的炕上坐下。

老残笑道："什么好戏？我怎么不知道。"

人瑞道："还说呢！你才离开公堂，我便到了，看见王子谨王太尊在上面，忙着吩咐书吏给魏谦父女取保。等了一阵子，事情忙完，我两人到里厅去；只见那瘟刚已经叫家人检点过行李，准备回省。一场好戏，都看不到了。"

老残道："不好！听人说，宫保的耳朵最软，恐怕他一回省，就要再出岔子。"

人瑞道："子谨翁也想到这一层，所以极力留他，他坚持要去，子谨说：'宫保只有派白太尊复审的话，并没有叫阁下回省的示谕，这件案子还没有了结，你这样去回省销差，岂不是同宫保怄气？恐怕不合你主敬存诚的道理。'你想，这瘟刚平生最爱讲程朱之学，这下子被人家用话一套，果然不走了，实在好笑。"

六

第二天下午，白太尊就赶到齐河县，王子谨已经带人在黄河边上等候迎接。不多时，只见白太尊飘飘然从冰上走过来，身旁只带了两个随从，也不带行李。

子谨迎着，请安完毕，才道："大人辛苦了。"

白公回了一礼，说道："子翁何必出来接呢！兄弟自然会到贵衙门去拜见的。"

子谨连声说"不敢"，白公看他说话的神情，分明是十分高兴；但两个眼窝里，都还留着黑圈，又显得疲惫憔悴，心想："不知道是怎样的大案子，看来这王知县已经尽心尽力了。"

这时河边的茶棚早已挂上五彩条绸。王知县与白公二人，便在茶棚小坐歇息。白公问道："铁君走了没有？"子谨道："还没有走。宫保信上说等大人来到，一起商量的，所以还在。"

白公道："这样最好，不过，现在我还不方便去看他，恐怕刚君起了疑心。"

两人吃了茶，早有县里的人准备好官轿车马；白公便坐了轿子，从人都上了马，直奔县衙而来；少不得升旗，放炮，奏乐，开正门等一应礼节，进了衙门，就在西花厅暂住。

刚弼在县署里，听说白公到来，本想和王子谨一同去接；又想着王子谨在这个案子里不知道得了多少好处，心里讨厌他的为人，便不愿和他同行。等到白公安置妥当，才穿好衣帽，带了手本去请见。

见面之后，两人原是旧识，互相问过近况，便谈起魏家的案子。白公先前在路上，曾经问过王子谨，子谨为了避嫌，所说极有限；白公听得一知半解，正摸不着头脑。哪知刚弼却以为王子谨必然把案情陈述过，不肯原原本本地说，只拣那些得意之处，大加渲染，最后说道："宫保不知道听了谁的胡言乱语，竟然怀疑起我了。白大人，依卑职看来，这件案已成铁案，绝没有疑问。"

白公道："怎么见得呢？"

刚弼道："怎么不见得呢？这魏老家里有钱，送卑职一千两银子，卑职不肯收；他就说情愿送六千五百两，卑职仍不肯收，所以他就买通了人，到宫保处颠倒黑白，真是岂有此理！"

白公笑道："刚兄的清廉，远近驰名，可惜这里的百姓，却不知道；这钱——你当然是不要的，但怎么知道有人被买通呢？"

刚弼愤愤地说："这齐河县的百姓，实在刁恶得很，听说有个卖药的郎中，拿了魏家许多银子，到处兴风作浪，写信给宫保颠倒是非；还听说，这个郎中拿了银子，天天和妓女厮混。不止这样，听说这个案子如果当真翻过来，人家还要谢他几千两银子，所以这郎中不肯走，专等拿这笔谢仪。白大人，我们做朝廷的官，断断不可中了这种人的奸计；不但不中他的计，也应该把他提了来讯问一堂，定他应得的罪状才好。"

白公道："老哥的高见，令人佩服；不过，兄弟今晚要把全案先看过一遍，明天把案内人证提来问过，再作道理。或者还是照老哥的意思去判也不一定，只是现在还不敢先有成见。"说着，呵呵一笑，又道："像老哥既聪明，人又正直，凡事都先成竹在胸，自然无往不利。兄弟天资愚下，只好就事论事，细心推求，除此之外，就没别的法子了。"

刚弼听白公的口气，似乎讥讽的意思多些，但他平日颇为自负，这一点小小的不快也没放在心上。两人又谈了一些闲风景，才各自休息去了。

七

次日上午，差人来报，道："一干人犯与人证提到。"并请示何时开堂。

白公与王、刚二人俱在花厅中谈天，当即由白公传令道："人证已齐，堂上设三个座位。"转向二人道："请二兄同往。"

刚、王二人连忙说："请大人自便，卑职等不敢陪审，恐有不妥之处，理应回避。"

白公道："两位不必过谦，兄弟愚鲁，怕有照顾不到之处，正要借重二位兄长提挈一番。"

二人也不便再推辞，便换了朝服朝冠，一同到大堂坐下。

白公先前还笑语连连，进了大堂，便不再开口了。二人见他神色凛然，也都肃默不语。

第一位，朱笔点了原告贾幹。

"你叫贾幹？"白公问：

"是的。"底下答道。

"今年几岁？"

"十七岁。"

"是死者贾志的亲生子，还是过继的？"

"是嫡亲的侄儿，过继给亡父的。"

"是几时承继的？"

"因亡父被害身死，次日入殓，无人料理，由族人公议入继的。"

"入殓的时候，你在场不在场？"

"在场。"

"死人将要入殓的时候，脸上有没有异样？"

"没有，白皙皙的，和平常看到的死人一样。"

"有青紫斑没有？"

"没有看见。"

"骨节僵硬不僵硬？"

"并不僵硬。"

"既不僵硬，你摸过他的胸口没有？有热气没有？"

"有……是别人摸的，说没有热气，我不敢摸。"

白公停了一下，继续问道："月饼里有砒霜，是什么时候发现的？"

"入殓第二天才知道的。"

"是谁看出来的？"

"是姊姊看出来的。"

"你姊姊怎么知道月饼里头有砒霜？"

"本来也不知道有砒霜，只因为疑心月饼里有毛病，打开来细看，就发现当中有粉红色的斑点。有人说是砒霜，后来去找药店的人来看，也说是砒霜。所以知道是中了砒霜的毒。"

白公命文案详细记录，有疑问的地方又补充了几句，才说："知道了，下去吧。"

差人将他带下，又传四美斋掌柜上来。

"你叫什么？你是四美斋的什么人？"白公问。

"小人叫王辅庭，在四美斋当掌柜。"

"魏家订做的月饼，有多少斤？"

"做了二十斤。"

"馅子是魏家送来的吗？"

"是！"

"他订做月饼，只用一种馅子，还是两种？"

"一种。都是冰糖芝麻核桃仁的。"

"你们店里卖的有几种馅子？"

"五种。"

"有冰糖芝麻核桃仁的没有？"

"也有。"

"你们店里的馅子，比起他家送来的馅子哪个好呢？"

掌柜的道："是他家的好些。"

白公问："怎么知道他家的好呢？"

答："小人也不知道，是做月饼的师傅尝过以后说的。"

白公问："哦，你店里师傅先尝过馅子，没发现有毒吗？"

"不知道。"

白公点点头，说："知道了，下去吧。"

刚弼听到这里，站起来朝白公一揖，唤道："白大人！"白公头也不回，又将朱笔一点，道："带魏谦。"

魏谦走上来，连连磕头，嘴里喊着："大人哪！冤枉呀！"

185

白公说："住口！我不问你冤枉不冤枉。你注意听，我问你话你就答；我不问你的，不许开口。"

两旁衙役见堂上口气严峻，便"嘛！"一声，喊个堂威。这时天色已到巳午之交，因为下雪的关系，没有一丝阳光，新雪的白光，从壁间和堂口映射进来，使原本阴暗的公堂，平添了一股寒意。

魏谦背向堂口跪着，不住地颤抖着磕头，口里念念有词，也不知在说什么。子谨望着他的侧影，呆呆地想，转脸看白大人，只见他脸上半边映着天光，半边脸却埋在沉沉的阴影里，煞是威严，心里暗道："我平常坐堂的时候，也是这么威严逼人吗？怎么自己一点都不觉得呢？"

只听白公问魏谦道："你订做多少斤月饼？"

"二十斤。"

"你送贾家多少斤？"

"八斤。"

"还送别人家没有？"

"送了小儿子的丈人家四斤。"

"其余的八斤呢？"

"分给自己家里的人吃。"

白公"嗯"了一声，微微一笑，已经想好主意了，当下又问道："你今天是一个人来的吗？"

"还有几个家里人随同我来。"

186

"吃过月饼的人，有在这里的没有？"

"家里人人都分到月饼，现在同来的人，没有一个不是吃过月饼的。"

白公向差人说："你去查一查，有几个人跟魏谦来的，全部传上堂来。"

差人跑下去传唤，那边魏谦同来的人，本有七八个，听说堂上要传问，早就有四五个溜得快的，躲进围观的人丛里，不敢出来。只有一个上了年纪的走得慢些，旁边两个中年汉子陪着他，也走不开，三人站在那里，等着差人过来，不知是福是祸。

须臾传到，差人回禀道："这是魏家的一个管事，两个长工。"

白公问道："你们都吃了月饼吗？"

三人同声道："都吃了。"

白公喝道："胡说！月饼里有砒霜，你们吃了月饼，怎么没事呢？"

那管事的答道："真的吃了月饼，并没有砒霜。"

白公道："也好，我问你，你们每人吃了几个？据实报来。"

管事的说："我分了四个，吃了两个，还剩两个。"

两长工说："我们每人分了两个，当天都吃完了。"

白公问管事的："还剩两个怎么不吃呢？"

管事的答道："还没有吃，就出了贾家的案子，听众人说是月饼毒死的，所以就没敢再吃，留着好做见证。"

白公道："很好，月饼带来了没有？"

187

"带来了，在客栈里。"

白公说："很好！"转身向王县令说："烦劳你派个人同他去取来。"子谨答道："是！"

差人去后，白公叫魏谦同长工下去一旁等候，又传了四美斋的王辅庭掌柜；调划已定，才向刚弼道："圣慕兄有何高见？刚才不便请教，多有得罪。"

刚弼心想，人都被你放了，还说什么请教？好在月饼呈来，立刻分晓，当下也不争辩，只得淡淡地说："不敢。"

不久，差人带着管事的，连同两个月饼，都呈上堂；王子谨也叫人把前些时候提交的证物——有砒霜的半个月饼去取出来。

白公将这两种月饼，详细比对过了，又送到刚、王二人面前，道："这两个月饼，从外面看来，确实是一样的，二位意下如何？"二人看过，都说："是。"

这时四美斋掌柜已跪在堂下了，白公将两种月饼交给他，叫他验看，并问："这两个都是魏家向你订做的，是不是？"王辅庭仔细看了看，说："一点不差，两个都是在我家订做的。"

白公笑了笑，叫他把月饼掰开，再详验一下，仍是同样一句话。白公又道："你肯具结作证吗？"

王掌柜道："小人具结。"

白公在堂上将那半个新掰开的月饼，仔细看了，问刚弼道："圣慕兄要看看吗？"说着，递了过去。

刚弼在堂上，听了各人的供词，心中已经大为着急，看到那些月饼，恨不得抢过来指出其中的砒霜，好让白公和王子谨等人没话说，哪里晓得，各人看过，都说"无毒"；此时白公递了过来，明明是不应该伸手去接的，他也管不得这么多，立时接过来看，实在也看不出什么砒霜。

白公又道："圣慕兄，请仔细看看，这月饼馅子是冰糖芝麻核桃仁做的，都是含油性很高的东西，如果砒霜是事先加的，一定会和馅子黏在一起，你看这一个——砒霜和别的东西绝不黏合，可见是后来才加入的。

"何况四美斋供明只有一种馅子，现在把这有毒和无毒的月饼比较一下，除了加砒霜外，其他表皮和馅子都是一样的，证明四美斋的话是正确的。既是一样馅子，别人吃了不死，贾家吃了都死，可见这贾家的死，并不是因为吃下月饼中毒，两位认为怎样？"

白公义道："如果是一般汤水之类，临时把毒药掺入，那也是有的，月饼这东西，断断没有做好以后再加砒霜到馅子里的可能，是不是呢？"王子谨用眼角睨了刚弼一眼，说："是！"刚弼心中甚为难过，到了这个时候，又说不出反对的理由，只好也随着答应了一声："是！"

白公此时方传一应原告被告上来，当面对魏谦说："本府已经审明，月饼中并没有毒药，你们父女无罪，可以具结了案，回家去吧！"魏谦磕头去了。

那贾幹本是个无用的人，不过是他姊姊支使他，硬要他出面而已，现在看魏家父女已经无罪释放，心里七上八下，恨不得没有来走这一遭才好；听到上头白公唤他的名字，只吓得魂不附体，趴在地下，不住地磕头。

白公道："贾干，你既然过继给你的亡父为子，就应该细心推究这十三个人怎样死的，自己没有法子，也该请教别人，为什么把砒霜加进月饼里去，故意陷害好人！定是坏人教唆你——从实招来，是谁叫你诬告？你不知道律法上有诬告反坐这一条吗？"

贾干听到"陷害"两个字，就吓得哭成一团，呜呜咽咽地说道："我……什么都不……知道，都是姊姊叫……我做的。"

白公道："月饼里有砒霜，也是你姊姊说的吗？"

贾干答："是……的，我什……么都不知道。"

白公道："依你这么说起来，非传你姊姊到公堂，否则这砒霜案子是问不出来的了。"

贾干这时也不哭了，伏在地上，肩头乱抖。

白公大笑道："你幸亏遇见了我，倘若是个'精明强干'的委员，这宗月饼疑案才了，砒霜的案子又得闹得天翻地覆了。我却不喜欢轻易把人家的妇女提上公堂，抛头露面。你回去告诉你姊姊，说是本府说的，这砒霜一定是事后加的，到底是谁加进去的，我暂时还不忙着追究，因为你家这十三条人命的死因，是个大大的疑案，必须先查个水落石出，所以加砒霜，只好慢慢再追究了，你记得牢吗？一句一句要告诉你姊姊，知道吗？"

贾干连连磕头，道："大人明鉴！大人明鉴！"

白公当即叫他具结，临下去时，又喝道："你再胡闹，我就要追究你们加砒霜诬告的罪名。"贾干连说："不敢了，不敢了！"便有两个差人扶他下去。这才击鼓退堂。

八

白公和二人退下堂来，跨进花厅门槛，只听当中停放的一架大自鸣钟，正"当！当！"地敲了十二下，仿佛在迎接他们似的。

王子谨道："请大人宽衣用饭吧！"

白公道："不忙。"朝门外微微一笑。

子谨回头看去，原来刚弼低垂着头，慢腾腾，无精打采的，已经落后了好几步，不觉好笑。

等刚弼进来，白公便道："二位且请坐一坐，兄弟还有话说。"

二人坐下，白公向刚弼道："这案兄弟断得有道理，没道理？"

刚弼道："大人的明断，自然是错不了的；只是卑职有一点不明白，魏家既没有杀人，为什么肯花钱呢？卑职一生，就从来没有送过别人一个钱。"

白公呵呵大笑，道："老哥没有送过人钱，何以上司也会器重你？可见天下人不全是见钱眼开的哟。清廉的人，本来是最令人佩服的，只是有一个毛病，总觉得天下都是小人，只有他一个是君子，这个念头最害事不过，老兄也犯了这个毛病，莫怪兄弟直言。至于你说魏家花钱，那是乡下人没见识，不足为怪。"

白公又向子谨道："现在正事已了，可以派个人拿我们的片子，请铁公来叙叙。"

子谨听说，便起身到书房写片子。白公笑向刚弼说："圣慕兄，恐怕还不知道这个人吧？就是你刚才说的那个卖药郎中，姓铁名英，号补残，是个有见识的人，学问十分渊博，性情十分平易，从不肯轻慢于人。老哥连他都当作小人，所以我才说你未免过分了。"

刚弼道："莫非我们省里传说的老残，就是他吗？"

白公道："正是！"

刚弼又道："听人家说，宫保要他搬进衙门去住，他不肯；要替他捐官，保举，他都不要，半夜里抛下行李逃走了，就是这个人吗？"

白公道："正是这人，阁下还要提他上堂来审问吗？"

刚弼羞得满面通红，道："那真是卑职的鲁莽了。"

忽见门帘掀起，王子谨重又回来，向白公道："大人请更衣吧！"白公道："大家换好衣服，好开怀畅饮。"

王、刚二公各回本屋，换了衣服，仍到花厅，恰巧老残也到，先向子谨作了一个揖，然后向白公、刚弼各人都作了揖，四人到炕上坐下。

老残道："刚才走来，一路上人人都说：'昨日白太尊到，今日提讯，已经很快了，那贾魏两家，都预备至少住十天半个月，哪知道未及一个时辰，已经结案，何其神速！'佩服！佩服！"

白公道："岂敢！前半截容易的差使我已经做好了，后半截的难题可要落在补翁身上了。"

老残微笑着摇头说："这话从何说起，我一不是大人老爷，二不是小的衙役，关我什么事呢？"

白公道："不关你的事。子翁，给宫保的那封信，恐怕是别人写的吧？"

子谨笑道："这事补翁最清楚了，还是问他吧！"

老残无奈，只得说："是我写的，难道应该见死不救吗？"

白公道："这不就是了，未死的应该救，已死的就不应该昭雪吗？你想，这种奇案岂是寻常差人能办的事？不得已，我才请教你这个福尔摩斯。"

老残道："我没有这么大的能耐，你要叫我去也不难，请王大老爷先补了我的快班头儿，再发一张牌票，我就去。"

说着，饭已摆好，王子谨道："请用饭吧！"

白公道："黄人瑞不是也在这里吗？为什么不请他过来一道吃。"

子谨说："已经派人去请，大约快到了。"话声将落，人瑞已到门上，见白、刚二公在座，也就收起一副爱开玩笑的本色，正正经经地进来作揖。

这一顿饭，自然是老残首座，白公二座，边吃边谈，各人都极为酣畅，只有刚弼觉得面子上不好看，独自吃了几杯闷酒，就推说头痛，告辞下去，众人也不留他。

饭后，白公又把重托的话说了一次，请老残务必把这十三条命案，是否服毒，还是别有因素，查访明白，交代完毕，下午就过河回省销差。

次日，刚弼、黄人瑞也回省城去了。

第七章

借箸更谋长策，沉冤事，探访分明

一

济南，自古就是一个大都会，大清山东巡抚衙门，就设在这里，极为繁华。

老残看了那教堂一眼，放缓了脚步，走进东前道一家药房，掌柜的迎上来，尚未开口，只听店里一人欢声叫道："残哥！好久不见了，上个月听说你来过省城，怎么不来坐坐？这回游历了什么地方？说一点来助长助长我们的见闻吧！"

原来，店里那人才是真正的店主，姓王名超儒，本是个秀才，后来看到西药的效用神速，恨中国没有学习，就弃儒从医，到西洋学了几年医药之学，和刘仁甫、文章伯、德慧生、老残等人，都是旧识。王超儒在济南开了这间"中西大药房"，是济南城内唯一贩卖西洋药品的。

这日，他正从里屋出来，要拿一瓶药品进去化验，正巧遇见老残进来，当即拉住他的手，往屋里跑去，边走，口里边嚷："克神父！克神父！你看谁来了？"

老残一听，诧异道："哪一位克神父呢？"

超儒道："就是转角那座教堂的神父，叫克扯数，英国人，既通西医，又懂我们的诗词，你见了一定喜欢。"

没走几步，已经到了一间房间，老残回头看看，看见东边墙上挂着中式的周身经穴图，西边墙上挂着两张西洋的人体解剖图；房子里只有几只旧椅子，两张大桌子。两张桌上都排列着许多小玻璃管，有的空着，有的不知装着什么液体。靠墙的那张桌子坐着一个金黄头发的中年外国人，正全神贯注地瞧着试管里的变化。

超儒让老残在自己的桌边坐下，聊了一些重逢的话题。不多时，克神父也走过来，抱歉道："多谢怠慢！多谢怠慢！"超儒听了这话，笑着向老残道："他的中国话还算好的呢！"老残点点头，说："是呀！"

三人坐下，超儒又替他们介绍一番，老残就把齐东村的案子前前后后详细说了一遍。超儒道："这就奇了，这十三个人同时死去，都没有服毒的征象，怎么可能呢？"

老残道："正是这样，所以要到贵店来，看看西洋有没有这一类的毒药。"

超儒摇摇头，道："有没有我不知道，我这店里只卖一些上海转售进来的熟药，陌生一点的药，一瓶也没有。不瞒你说，我们卖的药，各种成色效能我是知道的，没有你所说的那一种。"

再问克神父，也是摇头说："想不起。"

三人又讨论了许多化学名词，彼此想了半天，克神父又回到教堂里查了许多书，还是没有解决。老残不得已，只好留下齐河县的住址，请克神父一有消息，便遣人通告。

辞别超儒，看看天色渐晚，赶不回齐河县，老残心上有事，闷闷地走着，无意间走进一条窄巷里来，抬头一看，原来是姚云松家的后门。这姚公是当今庄宫保手下的红人，掌管文案的，为人还算正直，老残曾受他推荐过，这次悄悄回省，本想不打扰别人，既然走到这里，也就想顺道去看看。

转到前面，就有人进去通报云松，留着吃了晚饭，又说了一些话，才说到齐河县的事，姚公说："昨晚白子寿回来，已经见过宫保，把那件事情原原本本说了，并说托你去暗访那十三条人命的真相，宫保高兴得不得了，没想到你这么快就进城了，明天你去不去见宫保呢？"

老残心里还在盘算着访药的事，沉吟着说："我还不想去，改天吧。"一手坑着茶林盖子，发出叫铮的声音。

姚公道："也好，等你把案子访明了再说。"

老残又坐了一会儿，便要告辞，姚公道："再坐坐吧！你知道那天宫保看了你曹州的信，怎么说吗？"

老残道："不知道，你说说看吧！"

姚公道："那天我接到你的信，就把原信呈给宫保，宫保看了，难受了好几天，天天都说：'这玉贤辜负我了！这玉贤辜负我了！'还说今后再也不明保他了。"

老残道："宫保既然知道玉贤不好，何不把他撤职，调回省来，还让他继续荼毒百姓，这就不对了。"

姚公笑道："你究竟不是官场中人，不明白做官的心理，哪有几天前才专折明保，几天后就撤职回省的道理呢？天下的督抚这么多，你看哪一个不是护短的呢？我们这宫保已经是很难得的了。"

老残点点头，心想，官场的恶习，一日不除尽，吃亏的永远是平民老百姓，一时心里难过，也就不再说话了。

二

齐东村在华北大平原里虽算不上是出名的乡镇，居民还不少，再加上每个月的八号、十八号、二十八号三天都有市集，附近几十里以内赶集去的总也有千把人，这股热闹劲儿，就够乡下人夸的了。

所以，问起齐东村来，邻近齐河县的几个县，无人不知，无人不晓。

但是，如果只是这样，还不能吸引人，因为在整个华北，像这样的村镇，多得数不清。这齐东村有个著名的地方，就是周朝齐东野人的老家。读书人读过《庄子》，没有不知道他的，乡下人听戏文，也都晓得的，所以一传十，十传百，名气就很大了。

这天，太阳明晃晃地立在半空中，照着村里的一条大街，和十几条小街，下了许多天的雪，今天是第一次放晴，每条街上都挤满了人。

有坐在门口晒太阳的老人，也有赶着鸭鹅来卖的年轻农夫，还有各色各样的赶集者。热闹人声沸腾。

老残摇着串铃的手，也特别加了几分气力，总觉得声音哑哑沉沉的，连自己听来都觉得没有精神。

从上午到现在，老残在这大街小巷里已经走了几十回了，他是昨天雇车从省城里，经过齐河县城，才转到这里来的。当夜就住在大街上的三合兴客店，今早才出来做生意，虽说是做生意，心里也不敢放下那件事。

在大街上又走了一回，肚子有点饿了，老残便到一个饭店里要了几盘点心，一个人吃着，心里想那魏家不知在哪条街上，要问店伙，又怕泄露了暗访的行迹。

饭店虽然不大，倒也蛮干净的，前前后后摆设了八九张桌子，都坐满了人。老残向身旁左右看看，不外是些赶集来的乡下人，心下也不十分在意，忽听后面有人说："小哥，你说魏家的父女都放出来了？"

"是啊！上次我们到这个集上来的时候，还关在大牢里，没想到这样快就没事了。"另一个说。

"听说是抚台亲自下来私访明白，才派一个叫做什么大人的出来判他们无罪。"又一个说。

"不对！抚台在省城里好好的，怎么会到我们这种小地方？怕是听错了吧？"

"绝对没错！是抚台化装成什么？……对了！化装成卖药郎

中出来查访的。"原来的那一个辩道。

"抚台大人亲自……"

老残还想仔细听下去，哪知左边一桌和右边那桌，都来了新客人，闹成一片，再也听不清楚。老残心想，他们道听途说，所知也极有限，又把自己误作宫保，恐怕其他各节，也是错误得极荒谬了，便没有再听的兴致，当下拿起串铃，出了店门，沿着大街向北走去。看到一条小横街上，有一座朱红的大门，却是刚才经过时没有看到的。老残便站住了脚，把一个串铃摇得惊天动地地响。

忽听"呀！"的一声，大门里面出来了一个蓄着胡子的老头儿，问道："你这先生，会治伤科吗？"

老残说："懂得一点。"

那老人道了声："请稍候。"便转身进去，半开着门也不关，一会儿，又走出来，说："请里面坐。"

进了大门，绕过一面桧木屏风，就是二门，再进去才是大厅，老残进了大厅便站住脚步；老人回头不见老残跟来，又道："请到里面坐。"直到了耳房里，才见到主人。原来不是别人，正是魏谦。

老残抬头一看，知道坐在炕沿上的老者就是魏谦，心里暗叫"不好！"只怕被他认出；再看那引路的老人，仿佛就是到胡举人家送银子营救主人的管事先生，知道他并不认识自己。

其实，那日魏谦在公堂上，心胆俱裂，怎么敢左右乱瞧？老残大闹公堂，他连眼角都不敢抬高一点，所以连老残的背影都没看过。老残却不知道还有这一层缘故，只怕被认出。只见那老者从炕上立起身子，口说："先生请坐。"并没有惊异的样子。

老残便问："您老贵姓？"

魏谦道："姓魏，先生您贵姓？"

老残已知他不认识了，便假意说："姓金。"

魏谦道："我有个小女，四肢骨节疼痛，有什么药可以治得好呢？"

老残道："要先看征候，才能下药。"

魏谦道："好。"便叫人通知后面的女眷。停一会儿，里面说："请老爷进来。"魏谦就陪同老残到内厅后面。

进了内厅，魏谦快步走到东厢房——厢房三间，两明一暗——把里间的帘子一掀，带老残进去。

只见一个三十多岁的妇女，颜容憔悴，瘦骨叫揶；右手边放着一只木几子，看见客人进来，便扶着木几，想勉强坐起，又像力不能支。

魏谦过去扶她起来，却扶不住，老残连声喊道："不要动，就躺在炕上把脉好了。"二人听了，才不坚持。

等贾魏氏躺好，魏谦便请老残坐在炕沿把脉，自己拿了一把凳子，坐在一旁陪着。

老残诊过以后，说："姑奶奶的病，是淤血太厉害引起的，请把另一只手伸出来让我看看。"

魏氏将两手伸在炕几上，老残一看，节节青紫，直透到骨里，心中暗暗叹息，口里却说："老先生，晚生有句不客气的话，不知道该不该说？"

魏谦道："尽管说，没有关系。"

老残道："我看令爱的病，像是受了官府的刑，如不趁早治疗，是会变成残废的。"

魏谦叹口气，道："可不是呢！请先生用心医治，如果好了，我会重重地谢你。"

老残开了一个药方子，说："用这个方子，大概十天内就可以见效了。我现在住在三合兴店里，万一有事情，可以来叫我。"说罢，辞别出来，从此每天来往，三四天后，就渐渐混熟了。

第四天，魏老留下老残在后厅吃酒，老残便问："府上这种大户人家，怎么会受官刑呢？"

魏谦道："金先生，你们外地人不知道，我这女儿嫁给贾家大儿子，谁知道没有几年，我这女婿就死了。他那个小姑子，村子里都叫她'贾探春'，人极不老实，年纪轻轻，就和西村的吴二浪子眉来眼去，有了意思。后来我那亲家也晓得了，这吴二浪子就托人来求亲。贾家估量这门亲事还可以做得，原来也是打算答应的，后来被我的女儿说了几句话，打破了。"

老残道："好好的一个大闺女怎么会叫做'探春'呢？你女儿又说了些什么呢？"

魏谦道："说起'贾探春'三个字，也不知道是哪个缺德鬼先叫出来，不过，事情也不是毫无因由的。贾家这个女儿，今年十九岁，人长得如花似玉，手脚又利落又能干。家里大小事情，都是她做主，两个老的反而不能主张。她平日又爱风骚，没有事就在门口站站，左右邻居都晓得。日子久了，有些轻薄的少年，就把'贾探春'三字叫开了。

"后来吴二浪子听到风声，也跑过来瞧，两人一拍即合。等双方家里人谈到婚嫁时，我女儿是个不知趣的笨人，在旁边插嘴说：'这吴二浪子，眼下家业虽然富裕，恐怕终究会保不住的。'亲家翁就骂她说：'媳妇家懂什么？不要乱说。'我女儿刚死了丈夫，被公公大声一骂，就哭了，说：'听人家说，吴二浪子在乡下已经姘上了好几个女人，又爱赌博，时常跑到省城里去大赌，动不动一两个月不回来。人人都这样说，又不是我自己说的。'亲家翁就问：'哪些人这样说的？'我女儿说是邻居的妇人说的。闹得乱哄哄的，吴家的长辈觉得面子上不好看，愤愤作色地走了，两家的婚事也就吹了。"

老残道："这样说也是正气的话，后来又怎么了？"

"从此以后，贾大妮子就恨我女儿恨入骨髓；后来她居然和吴二浪子勾搭上了，连她父亲也不知道。今年中秋节，她不晓得用什么药把贾家全家毒死，却反到县里告了我的女儿谋害全家。又遇见了千刀剐万刀剁的瘟刚，一口咬定，就是我家送的月饼里有砒霜。可怜我这女儿，不晓得死过几回了，听说凌迟的罪名都已经定了。好在天老爷有眼，抚台派了个亲戚来私访，就住在南关店里，访出我家冤枉，报了抚台，抚台立刻下公文，叫当堂松了我们父女的刑具，不到几天，抚台又派了个白大人来，真是青天大人，不到一个时辰，就把我家的冤枉全部洗刷净了。听说又派了什么人来，在我们这里密访这案子呢。吴二浪子那个王八羔子，我们在牢里的时候，他同贾大妮子天天在一块儿，听说这案子翻了，就逃走了。"

老残听他说到激动处，连连喘气，心下不忍，忙劝道："慢点说，缓口气吧！"又听他说到抚台派亲戚来私访，心想：店里人说是抚台私访，现在你说是抚台亲戚，看来人言传说，大半是不可信的。随之一想，自己的行径也太神奇，难怪乡下人谣言满天，胡乱猜测了。及至听到他说"又派了个人来密访这案子"，老残心里暗暗一震，看他话锋又转到吴二浪子，并没认出自己来，才又放下一颗惴惴不安的心。

稍停，老残又道："你们受了这么大的冤屈，为什么不反告他诬陷呢？"

魏老儿摇头道："先生，你是方外人，不知道的。这官司是好打的吗？我告了他，他反问我要证据，捉奸捉双，捉不住一双，他反过来咬我一口，谁受得了？老天爷有眼睛，总有一天会给他报应的。"

老人家的毛病，叨叨絮絮地又说了许多话，也不甚听得清楚。老残打断他的话，再问道："究竟是什么毒药，这么厉害？你们听人说过没有？"

魏老说："没有。"

老残看看问不出什么，又闲扯了一些别的话题，年老的人不中用，竟倚着炕几睡着了。老残便出门去了，也不去唤醒他。

三

老残辞出魏宅，月亮已高高地爬上树梢了。

走上几步，忽然道旁窜出一条花狗，老残被他一吓，上身站不稳，便跌在雪地上，雪面上结了一层薄冰，一滑便站不起来了。

正挣扎间，背后忽然伸出一双手来，在老残的手臂上紧紧抓住，再一用力，就站起来了。老残回头道谢，却是一个不相识的黑衣人，正用眼向老残示意，叫他不要说话。

那人扶着老残到了巷口，径自去了。老残回到客店，想了半天，不知道这个神秘的行人是谁，打开铺盖，躺在床上，却还不想睡。

又过了一个钟点，房门口忽然有些响动，又有几声敲门的声音。老残下炕开门，一看竟是街上遇见的黑衣人，大喜，便请他进来。那人回头仔细关好门，又向窗外巡视了一会儿，才走到老残面前，跪下行礼，道："小人是齐河县差役许亮，叩见铁老爷。听老爷吩咐。"

老残这才想起，王知县曾说要派个干练的差人陪老残办事，一直都不曾见过，原来是他，当下上前扶住他，道："许兄不必客气，我也不是什么老爷，不用行礼。"

许亮道："应该的。"坚持行了一礼，方起。

老残看他的身材不十分高，略嫌瘦弱了点，倒不像公人的样子，又瞧他走路的步伐，轻快无声，加上刚才在巷子里扶起自己的时候，力量确实惊人，知道他是练过功夫的，倒也不敢轻慢。

许亮道："铁老爷几时来的？许亮受王老爷指示，在这店住了三天，专等铁老爷吩咐。"

老残道："哦！这么说你怎么知道我到魏家的呢？"

许亮道："这也是凑巧，我刚到王二家，从那条路回来，看见一个人倒在雪地上，没想到是铁老爷，走近一看，才知道是您老。"又道："那吴二浪子在地方上的狐群狗党还真不少，所以在大街上不敢相认。"

老残道："原来如此。"又道："你刚才说到吴二浪子，难道你也知道这件案子和他有关吗？还有那个王二是谁呢？"

许亮向前一步，道："正是，小人听说吴二浪子和贾家小妮子有些不干不净。心想这件案子搞不好就落在他的头上破了，就天天潜往他家左右探听。那吴二浪子从事发以后，逃到城里去了，家中并没有防备。但是昨天下午，我刚从吴家庄出来，却听到几个形迹可疑的人，聚在庄子口说话，其中一人说：'二爷说，这事只有王二看到，必要时把他也做了。'另一人说：'王二那种角色，吓唬吓唬也就够了，谅他也不敢说出去。'我想靠近去听，他们也很机灵，看见陌生人就不再说了，所以后来的话就听不见了。

"我心想王二是个挑担卖水的小人，或许他一时撞见吴二浪子下毒也不一定，就赶到王二家里，王二挑水出去，不在家，我就向他老婆说，有人要害他的丈夫，他老婆眼泪汪汪地说，一定是吴二浪子那个丧心病狂的，害了别人不够，还要来害他们。不久，王二回来，我劝他出首作证，他不肯，一口咬定说不知道，我说：'你老婆都告诉我了。'他扭头骂老婆说：'你这老贱婢，说了什么了？'他老婆不敢说，被他打了一顿，我就把在吴家庄听到的话告诉他，他说：'不怕。'我只好出来。

"今天我再到王二家，看见两只水桶被劈得碎碎的，散在地上，他老婆在床头哭，再仔细看，原来王二躺在床上，说是不知道被谁打的。我再三地劝，他才答应作证，今晚就要去写供据，安排他的安全住处，正好遇见您老；您在这里等一下，我去办完事再回来禀报。"

老残静静听完，不住地点头，并说："我们一起去吧！接了王二以后，我还要请你去做一件事。"想了一想，又问道："你接了王二，有好地方藏他吗？"

许亮道："必须送回县城里。"

老残道："我带他回县城，你另外去一个地方。"

说着，许亮打开后窗，看看四处无人，便跳了出去，又慢慢扶着老残下来，避开了旁人，一径赶到王二家去。

许亮把王二叫起，说道："这位是铁老爷。"王二连忙叩头。

老残问道："吴二浪子下毒的时候，是你看见的？"

王二道："是，那天小人正在贾家挑水，看见吴二浪子到他家里去说闲话，他家正在煮面，吴二浪子趁左右无人，打开一个小瓶，往面锅一倒，回头就跑。小人心里有些怀疑，后来挑完水，贾家的人请我吃面，就不敢吃，不到两个时辰，就听到街坊上吵起来了，说姓贾的全家被毒死，这些都是实情。"

老残道："很好！"叫许亮拿出纸把上面的话都写了，让王二画押。

王二道："许老爷今天答应过，如果愿意作证的话，给我一百两银子的赏金，算不算数呢？"

老残和许亮交换了眼色，道："当然算数。"

王二道："空口说话，又没有凭据，事后你不给我一百两银子，我敢去向你要吗？"

老残向许亮道："你身上有没有现成银票，先给他吧。"

许亮取出银票交给他，说："我不怕你跑掉，先拿去吧！"

王二看着老婆收好银票，才跟老残他们出去；这时天仍未明，三人出了巷子，早有县里的差人化装成车夫等在那里，连夜载他们赶回县城去。

四

"再赌一次，一起算账。"吴二浪子白着一张脸，低声下气地要求着。

"算个鸟账！你眼前输的还拿不出来，要是再输了，你拿什么赔？"

"我家里有的是钱，从来没赖过人的账。输了，好歹也要输个整数，才好回去拿。"

"算了吧！吴二老爷，回去把你的那座金山银山捧来，别在那里说大话，喘大气了。"

吴二浪子气得脸色都白了，可也不敢大声发作，众人只是讪笑他，并不和他再赌。任他再三地要求，大家只是摇头。

正在争论间，那蓝布帘子被人掀起一阵风来，众人同时抬头看，都叫道："许大爷，早啊！"

来人道："早是不早啦，不过今晚不走，要赌个通宵。"来人朝桌上一瞥，又道："怎么？今天吴二没来呀？"

吴二浪子坐在墙角嗑瓜子，听到有人叫他，抬起头懒洋洋地说："许大哥，我在这里。"

那人道："怎么不下场呢？"

吴二浪子道："都输光了，许大哥，你下注，我替你分点红。"

那人道："吴二哥，你是有家有业的人，欠一点钱用，还愁借不到吗？怎么这样没志气，就不赌了呢？"

吴二浪子道："这……"

那人道："吴二哥，我手头还有几百两，你要用，先借给你也可以，但是我这银子三日内有个要紧的用途，你可别误了我的事。"

吴二浪子急着要赌，连忙说："不会耽误，不会耽误，三天内就还给你。"

那人就点了五百两银票给他，由他去赌，自己在旁边抽烟。

没多久，吴二浪子又来告贷，说："刚才的五百两，还了四百两的欠账，只剩一百两，下几注就输光了。"意思还要再借。

那人不肯，吴二道："大哥，大哥，你再借我五百两，我过去翻了本，立刻还你。"

那人道："要是不能翻本呢？我这些钱是明天一早就要用的。"

吴二道："明天就还你。"

那人道："口说无凭，除非你写张明天到期的期票。"

吴二道："行！行！行！"当即找了笔，写了笔据，交给那人，那人便又点了五百两银票，交给吴二浪子。

吴二拿了钱，又上去赌，哪知运气实在不好，五百两银子，经不得一个钟点，已经都飞到别人的台面上去了。这时候又来了一个姓陶的，叫陶三胖子，声音很大，就坐在吴二刚刚退下来的位置。陶三坐上去，第一次坐庄，就拿了三点，赔了一个通庄；第二次坐庄，拿了八点，还来不及高兴，上下庄的人都拿了九点十点，又赔了一个通庄，看看比吴二的运气还要倒霉几分。

这时吴二已经没有本钱，站在那里看着别人赌，看那陶三输得快，在一旁手痒不已。又去哀求那人说："好哥哥，许大哥，你再借给我二百两银子吧。"

那人这回不再为难，又借给他二百两银子；吴二这回小心下注，居然给他赢了四五百两，胆子大起来，再赌下去，没想到几个回合，又是输得干干净净。

那人在吴二下注时，已走到他的背后，等吴二输了最后一注，站起来时，便挤进来，把吴二的笔据拿来，往桌上一丢，说："押天门孤丁，你敢推吗？"

陶三说："笑话！谁不敢推？就是不要这种拿不到钱的废纸。"

那人说："难道吴二爷骗你，我许亮大爷也会骗你吗？"说着，跳过桌子，便要动手。

众人一齐劝解道："陶三爷，你赢不少了，难道这点交情都不顾吗？我们大家作保，如果你赢了去，他二位不还，我们众人负责追讨。"

陶三仍不肯答应，最后才说："除非许亮签名作保，可以考虑。"

许亮气极了，拿笔就画了一个大大的保，并注明确是正正经经的用途，不是赌账。

陶三拿过去看明白，才肯推出一条来，说："许亮，随便你挑张去，我都要赢你。"

许亮道："你别吹了，你丢你的倒霉骰子吧！"

一丢，骰子上是七点，许亮翻开牌来一看，是个天门九点，把牌往桌上一放，道："陶三小子，你看看你老子的牌。"

陶三看了看，也不出声，拿两张牌看了一张，另一张却慢慢地抽，嘴里喊道："地！地！地！"砰地一拍，翻出来，往桌上一放，说："许家的孙子，瞧瞧你爷爷的牌。"原来是副人地相宜的地和。

陶三一把将笔据抓过去，哼哼地笑了几声，还说道："许亮，你没有银子，我们历城县的衙门里见面。"

众人经过这一场打岔，兴头都没有了；许亮和吴二浪子更是垂头丧气，一伙人只好散了。

许亮、吴二两人到了门口，许亮还愤恨不平，道："陶三这小子，真是可恶。"说着，又埋怨吴二道："吴二哥，叫你别到这种地方来，你不信，现在连你的借据都输掉了，我明天一早有急用，向谁拿钱去？"

吴二憋了一口气在心头，忍不住也大骂道："许亮，你也不拿镜子照照，当初你吴二爷手气好，赢了多少，你呢？也不想想，才十天半个月，你就富裕了？家财万贯了？那些不是我吴二老爷的家当一点一点输过去的？借一点银子，就什么明天要用，后天要还，算什么兄弟情分！"

许亮也破口大骂："你这个瘟死外乡的落魄鬼，你家里有钱，是财主，为什么不回去拿？要向我这个穷鬼借。我认识你多久，不过半个多月，你包下那个小金子，十天半月不给钱，要不是我替你养着，早就饿死了。你要是有钱，就应该回家去拿，不必躲在这里装阔发威。"

两人一路骂，一路走，许亮没有别的地方好去，吴二也没有别的去处，便一起骂到小金子家去。

五

两人走到门口，许亮不愿和吴二浪子同行，便跑了几步，把吴二抛到后面，自己先去敲门。

这家娼寮，在省城里，不算十分出名的。鸨母姓张，养了两个女儿，大的叫小金子，不过二十岁；小的叫小银子，长得更加娉婷，只有十七岁不到。张妈手下还有几名妓女，都没有这两个女儿出色，越发专意地栽培她们。

那吴二浪子本是爱惹草拈花的水性汉子，大把大把的银子花在姑娘身上，并不吝惜，这小金子又加意缠住他，两人也就如胶似漆，誓死誓生起来，和平常人的夫妻没有两样，便连那个妹妹小银子，也被他玩上手，三人你欢我爱，无限甜蜜。

虽说如此，那吴二浪子毕竟是有家业的人，一个月半个月上一趟省城，还可以支应，小金子也习以为常。哪知从上月起，吴二就天天到她家来住宿，娼家的行径，开头几天没有不欢迎的，过了十天以后，吴二的手头就不像刚来那样阔绰了，不免又减少了几分热忱。

再说，被吴二这一住下，小金子在省城的客人听说了，都不肯再来，连带着小银子也生意清淡了许多，家里的人，就开始说长话短了。恰巧又来了个许亮，也指名要小金子，说是远方的盐商慕名而来。

你想，那吴二浪子怎肯把怀抱里的美人白白送给别人呢？不过看许亮财多衣鲜，自己又没有什么银子，看的白眼多了，乐得有人来供养她，自己也可以抽空沾点腥膻来吃，仔细算计，竟好像没有什么损失。

那许亮看吴二常常在门里走动，不但不讨厌他，还处处和他招呼。有时，许亮和小金子对桌喝酒，也招吴二进来作陪，吴二几时遇到过这样的好人，哪里不把他当作神明一样敬奉呢，所以刚才那场架，吵得实在不明不白，许亮一生气，不愿和他同行，自己先敲门进去。

敲了许久，只有小银子匆匆迎上来，带他到自己房里去坐，许亮道："小金子呢？"

小银子道："姐姐有客，大概快走了。"

半晌，小金子进来，便挨着许亮的身上，抚摸他的脸，道："小白脸，今天赢了多少钱？赏给我们几两花花吧！"

许亮没好气地说："输了一千多，哪还有钱？"

吴二随后进房来，看到许亮在，反身要走，小银子道："二爷赢了没有？"

吴二只得回头，没好气地说："不用提了。"

许亮道："别问了，赶紧拿饭来吃，饿坏了。"又说："吴二你也一道吃吧！"吴二应是。

不久，端上饭来，是一碗蒸鱼、两碗羊肉、两碗素菜、两壶酒；鱼和肉都是吃剩的，酒也是冷的。许亮皱眉站起来，大声说："这些怎么吃？"

小金子道："天晚了，厨房都睡了，随便吃吃吧。大爷有钱的话，还可以赏点银子，叫厨房起来准备，今天就将就一点算了，也好省省钱呀！"

两人气不过，饭菜也不吃，闷酒一杯一杯地灌了许多，不知不觉，都有了几分醉意。

过了一会儿，小金子出去了，小银子又坐了一会儿，也借故出去了，许亮坐着没趣，朝房门喊了一声："小金子！死到哪里去了？"

只听到隔壁房里传出闷雷一样的吼声，道："哪个王八羔子在那里放屁？有胆子的快来你陶三爷爷这里磕头，别躲在角落里鬼叫。"

又听那小金子娇滴滴的声音道："三爷，您坐嘛！哪里有人叫我呢？"

又听到"啪"的一声，夹着小金子的哭声，那人道："你也不是好东西，背着你三爷养汉子。"

那边小银子的声音又道："三爷，真的没有别人，不信你过去看。"

许亮在房里一听是陶三的声音，便怒不可遏，卷起袖子就要跳出去打架，被吴二拼命拉住，坐下来要骂，又被吴二拦住，道："许大哥，你不服气，我是知道的；可是现在借据在他手上，还是不要弄翻了脸才好。"

许亮道："俺老子可不怕他，他敢怎样对俺？"

那张老妈也跑来劝解道："你两位忍口气吧，这陶三爷是历城县的总捕头，在本县大人面前，红得发紫，从来没有人惹得起他；你二位别见怪，我们做生意的不敢惹他。"

许亮被众人一拦，一劝，酒气又涌上来，当下吐了一地，就无力再闹了。

又听那边屋里陶三不住地哈哈大笑说："小金子呀！爷爷赏你二百两银子；小银子呀，爷也赏你一百两银子。"

小银子道："比大姐少，我不依。"说着，只听到嗯嗯哼哼闹了一阵，又嘻嘻哈哈地笑了一回，小银子才说："谢三爷的赏。"

又听陶三说："不用谢，这都是今天晚上，我几个孝顺的孙子孝敬我的，一共孝敬了三千两银子呢！我那吴二孙子，还有一张笔据在爷爷手里，许大孙子做的保人，明天晚上还不还，看爷爷会不会要了他们的命。"

这边许亮吐过一阵，酒意也退了，向吴二道："幸亏刚才没有去和他斗，这个东西，实在可恨，听说他武艺很高，手头能对付五六十个人，凭我们是对付不了的。这口气怎么吞得下？"

吴二道："气还是小事，明天这一张银子的笔据，怎么办呢？"

许亮说："我家里是有银子，可是派个人回去拿，至少要四五天才能来回，远水救不了近火。"

正商议间，又听那小金子和小银子都在说什么"房里还有客"，声音太小，不太清楚。

侧耳去听，却又是陶三重重地嚷道："今儿你们姐儿俩都伺

216

候三爷，不许到别人屋里去，动一动，叫你白刀子进去，红刀子出来。"

小金子道："不瞒三爷说，我们俩今晚都有客，就是那个许大爷和吴二爷，他们先来好久了。"

只听那边翻桌子的声音，杯盘破碎声，狼藉不堪，又夹着陶三暴跳如雷的声音，说："放狗屁！三爷要的人，谁敢住，问他有几个脑袋？敢在老虎头上打苍蝇？那许大孙子和吴二孙子在哪里？你去问问他，敢不敢过来？"

小金子连忙跑过来，把银票拿给许亮看——正是许亮输的银票——声音低低地说："大爷，二爷，你俩多多委屈，让我们姐儿俩赚这两百两银子，我们长到这么大，还没有看过整百两的银子呢！你们二位都没有银子了，让我们挣两百两银子，明天买酒菜请你们二位。"

许亮气极了，说："滚你的吧！"

小金子道："大爷别气，多委屈你了，你二位就在我炕上躺一晚，明天他走了，大爷到我房间里来，再补你一次；妹妹也来陪二爷，好不好？"

许亮连连说："滚吧！滚吧！"

小金子也不甘示弱，口里骂着出去了："没用的东西，光杆着一身，也想充大爷呢！不要脸！"

许亮气白了脸，呆呆地坐着，一句话都说不出。

六

许亮呆了半晌，忽而摇摇头，忽而点点头，最后，才重重地吐一口气，道："兄弟，我有一件事情，想和你商量。"

吴二浪子道："什么？"

许亮道："二哥，我们都是齐河县的人，跑到省城里，却受他们这种气，你说值得吗？我不想活了，横竖明天一到，银子还不出来，被他拉到衙门里去，他又不让你见到县官，只用私刑把我们狠狠地一治，还有命在吗？不如出去找把刀子回来，趁他睡着时，用力一刀，把他剁死；万一将来被抓到，大不了抵命，总是死一次罢了。"

吴二浪子道："恐怕不妥当……"话犹未了，那边陶三又说："小金子，小银子，从今晚起你们两个都陪我，不要再理那两个孙子。吴二那孙子，是齐河县里犯了案子逃出来的逃犯，爷爷明天就把他解到齐河县去，看他活得成，活不成？许亮那小子是个帮凶，谁不知道。两个都是一路来的凶犯。"

小金子道："三爷，您醉了吧！许大爷怎么会是凶犯呢？"

那陶三又说："笑话！我几时醉了，那两个孙子，省里早就要抓了。来！来！小金子，别管他们，过来呀！"

许亮一听，片刻也坐不住了，翻身便走，吴二浪子扯住他，道："大哥，你打不过他的；真要杀他，我倒有个法子，只是你对天发个誓，我才能告诉你。"

许亮道："你看你，多么傻呀！如果你有法子，等我们弄死了他，堂上问起来，主意是我出的，人也是我杀的，我是个正凶，你只是个帮凶，难道我还会自己跟自己过不去，到处向人说吗？"

吴二想了想，确实不错，又想到明天这些银子是一定拿不出来，除了这个办法，再也没有其他的路了，便说道："大哥，我有一种药水，给人吃了，脸上不发青紫，随你是神仙，也验不出毒来。"

许亮诧异着道："我不信，真有这么好的药吗？"

吴二道："我怎么会骗你呢？"

许亮道："在哪里买？我们现在就去买。"

吴二道："没有地方买，是我今年七月在泰山一个山洼子里打猎，从一个山里人家手上要来的。我可以分你一点，不过，你可不要说是我给你的。"

许亮道："当然。"随即拿了张纸，写道："许亮与陶三怄气，故意要把陶三害死，知道吴二身上有上好药水，给人吃了，立刻丧命。许亮再三央求吴二，分给一些；吴二不得已才答应，杀害陶三的事，完全与吴二没有关系。"

写完，交给吴二，说："假使被人发现了，你有这个字据，就可以脱了干系。"吴二看了，也觉得妥当。

许亮道："事不宜迟，你的药水在哪里？我和你去拿。"

吴二道："就在我身上，方便得很。"伸手到衣服里摸了一下，就拿出一个小小瓷瓶子，开口的地方还用蜡油封了。

许亮笑道："这么小的一瓶，有什么用呢？"

吴二说："怎么没有用？你知道我怎么得到这瓶药的吗？七月底，我上泰山，从垫台县那条西路上山，回来时从东路回来，走的都是小路，一天晚上，走岔了路，借住在一家小店里，看见他炕上有个死人，用被窝盖得密密的。我就问他们：'怎么把死人放在炕上呢？'那老婆婆说：'不是死人，是我当家的。前几天在山上看见一种草，香得可爱，他就采了一把回来泡水喝，谁知道一喝就像个死人，我们自然哭得不得了，天幸那天我们山里的活神仙经过这里，听见哭声，跑过来看了说，你老头什么病死的？我就把草给他看，他拿去看了，笑了笑说：'这不是毒草，这叫千日醉，有救的。我去替你找一点草药来，你们看好身体，别让他坏了，再过四十九天，我送药来，一治就好。所以我们日夜小心看守，并不是死人。'我觉得有趣，就问他那草还有没有，他就给了我一小把，我带回来，熬成水，弄个瓶子装起来，当作宝贝玩，没想到今日正好用着了。"

许亮半信半疑道："有这样的事？万一这药水不灵，毒不倒他，我们就完了，你试验过没有？"

吴二急着辩道："百试百灵的，我已经……"

许亮道："你已经怎么样？你已经试过了吗？"

吴二道："不是我试过，我已经看见那一家中毒以后的样子，和死了一模一样，如果没有青龙子解救，早就埋掉了。"

二人正说得高兴，忽觉得房门口有些寒气吹进来，齐齐回头一看，不是别人，正是陶三站在门口，房门不知道在什么时候，已经洞开。

那许亮正要逃走，被陶三用右手在脖子后面一把抓住，另一只手已经把吴二按在桌上，口里大喝道："好！好！你们还想谋财害命吗？"

许亮一手握住药水瓶子，一手空出来去推陶三，哪里推得动他，正挣扎间，这家人已经把保正找来，众人七手八脚地把许亮和吴二捆了，陶三又选了几个壮丁把两人押解着到历城县衙门。

陶三进去，便不再出来；门上传出话来，说，今日夜已深了，暂且押在饭厅里，明日送监。幸亏许亮身边还有几两银子，拿出来活动活动，倒也没有吃到什么苦头。

七

次日一早，里面派人出来，说到花厅问案。差人将三人带上堂去，许亮、吴二两人都戴了刑具，陶三穿着公服，威风凛凛的，不时还踢许亮一脚。二人走到花厅，分别跪下。

主审的委员先问原告，陶三供称："小人昨夜在土娼张家住宿，因为多带了几百银子，被这许亮、吴二两人看见，蓄意谋财，商量要害小人的性命；适逢小人在窗外小解，听见奸谋，进去捉住，扭到堂下，求大老爷究办。"

委员又问许亮、吴二，你们两人为什么要谋财害命？

许亮供道："小的许亮，齐河县人。陶三欺负我们两人，我受气不过，所以想害死他。吴二说他有好药，百试百灵，他已经试过，非常灵验，可以给我。两人正在商量，就被陶三捉住了。"

吴二供道："监生吴着千，齐河县人。许亮被陶三欺负，与监生本来无干。许亮决意要杀陶三，监生恐怕闹出事来，就骗他说有好药，可以毒死陶三。其实，那只是缓兵之计，不可当真。"

委员问道："你的药呢？"

吴二道："那是千日醉，容易醉倒人，并不会害人性命。况且起意杀人是许大，有笔据在此。与小人无干。"

委员问："许亮，昨晚你们商议时，怎样说的，从实招来。"

许亮就把昨晚的话，一字不改地说了一遍，并且承认曾经写过一张字据给吴二。

委员道："如此说来，你们也不过是酒后乱性，说说气话，那也不能就算谋杀呀！"

许亮磕头说："大老爷明鉴，大老爷开恩！实在是一时在气头上想岔了。"

委员又问吴二，许亮所说的，是否切实？

吴二说："一字也不错。"

委员道："这件事，你们都没有什么大错。"吩咐书吏做了笔录。

那陶三在旁边磕头道："大老爷明鉴，他们两人商议要用药水下毒，怎么会没有呢？"

委员点点头，问许亮道："那瓶药水在哪里呢？"

许亮从衣服里取出来，呈交上去。委员打开蜡封的盖子，闻了闻，大笑道："这种毒药，谁都愿意吃的。"

便把药水给陶三、许亮和吴二看过，证实是这个药水，没错。众人闻了，都觉得香如兰麝，微带一点酒气，非常好闻。

委员等众人看过，交给书吏，说："药水没收，这两人移解回齐河县，等候发落。"

当晚，许亮带了那瓶药水来见老残，道："小人听老爷的计策，果然查出那吴二害人的药水。"说着，把药水呈给老残。

老残倒出来看看，颜色淡红，如桃花初放那样，香气浓郁，又比桃花更胜几分，用舌尖轻轻挑了一点，含在口里，稍微有一点甜味，满口清爽，叹道："这种药水，怎么会不教人久醉呢？"

看过，老残仍把药水用玻璃漏斗灌回瓶内，交给许亮，道："凶器、人证俱全，不怕他强赖了。明天你带回去，请贵上仔细审定就是了。至于这十三个人，据吴二所说的情形看来，似乎还没有死，仍有复活的希望；那青龙子和黄龙子有交情，我也见过几面，只是行踪无定，不易寻访，我明天就上泰山去，说不定能找到他，一块儿下来把十三个人救活，那就更好了。"

许亮答应而去。次日，老残果然上泰山，费了许多时日，才找到青龙子，一起到齐东村去救人，一场天大的冤枉从此烟消雾散。

宫保听说老残帮齐河县解决了这个大案，特地请他到署里相会，仔细询问了一场，又要给老残保举，老残坚持不肯，这才罢了。

第八章

趁新春花烛，匆匆双燕南征

一

老残辞别宫保，走在大街上，只觉得青天白日，处处都是好的，连那皑皑的雪地，也不觉得有什么冷了。心里一高兴，便把串铃狠命地摇了几百下，耳中忽听道："先生，您治病么？"

老残回头一看，是个五六岁的小孩，不禁哈哈大笑，道："小孩子，你家什么人病了呢？"

那孩子嘻嘻跑开，老残抬头看去，原来是黄人瑞，正坐在轿子里，远远地朝老残点头。那孩子钻进轿里，坐在人瑞膝上。

老残上前作揖，道："尊眷几时到济南的？这孩子几岁了，这么大。"

人瑞道："这是犬子，还有一个哥哥，都顽皮得很。"两人谈了几句闲话，人瑞又道："宫保差我到齐河县，还有一点公事要办。你左右没事，一道去吧。"

老残笑道："黄老爷有公事，我还是远远避开的好。"

人瑞也笑道："有这孩子在身边，只好谈谈公事，撇下私事。

要不然——呀，撇下公事，净谈私事，也是可以的。"

老残方才醒悟，道："原来如此。什么时候去呢？"

人瑞道："明天才走，老哥也好准备准备。"

老残笑着两手一伸，道："我有什么好准备的呢？"

却说那日翠花、翠环两人回到家中，大半房屋已经烧成灰烬，家里的人正在热灰上拨着找寻值钱的东西，乱得一塌糊涂；那天下午的局，就去不成了。第二天，老残他们又叫，家里还是婉拒；翠环一想："大概我是个倒霉的人，一辈子翻不了身的，才有铁老爷要赎我，就遭到这样的变故。"

过了三四天，不见黄、铁二人派人来店里喊她。一打听，原来二人都离开客栈了，翠环便想："那天晚上他们所说的话，必定是哄我高兴，当不得真的，要不然为什么不等我就走了。"

有时又想："那黄老爷爱说笑话，可能没有什么诚意；但是那位铁老爷心肠又好，又慈爱，一定是真心的。"

又想道："这次的机会再错过，便要被卖到蔩二秃子家，便是永无出头的日子了。"

东想西想，总是不妥，所以老残去了几天，她便哭了几天，幸好这些日子，里里外外，大家都忙，她又是爱哭惯了，也没有人理会她。年底她妈要把她卖到蔩二秃子家，也是因为天灾，暂时把事情搁住了。

这天中午过后，有人来说："南关的客人要找姑娘。"翠环正在房里接客，心里就七上八下，浑身不自在。等到那客人走了，翠花来喊她道："南关客栈上来叫我们两个，怕不是黄老爷他们又来了吧？"

二人来到客栈，进了上房，只见那炕上坐着一个人，笑眯眯的，不是黄人瑞是谁？翠环一见人瑞，眼泪就簌簌地落下，人瑞道："别哭！别哭！近来好吗？"

翠环道了一声："还好！"又呜咽起来。

翠花也掉了几滴眼泪，勉强笑道："黄老爷来了，铁老爷呢？也要来吗？"

黄人瑞道："铁老爷的车慢些，要迟点才到。"说着，拿出表来看看，说："这时也该到了。"

翠环听说老残要来才完全放下心来。三人叙了近况，只听门口有些脚步声，老残已经到了。

翠环看着老残，只是傻傻地笑，一句话也说不出来，老残问她："近来好吗？"她也没有听到。

翠花推推她道："你这妮子，老爷们今天来了，你又发什么昏？"翠环一惊，连忙站起来，不住地用手背去擦眼泪，其实泪水早就干了，什么也没擦着。

人瑞和翠花都笑了。老残道："你家里收拾好了吗？这次我们来，就是为了你的事情。"

翠环低着头说道："好。"就不再说话。

翠花道："前些时候，家里闹哄哄的，不能出来。后来听说两位老爷走了，便以为再也不能相见，没想到会有今天。环妹为了这事，哭了好几天。"老残别过头看翠环，只见她头垂得低低的，两条辫子滑落在胸口，露出白腻腻的一截后颈，说不出的好看。

人瑞道："好！好！你们都和铁老爷商议吧！叙旧吧！有铁老爷一手提拔你，可就没我的事了。"说着，便在炕上和衣躺下，一边用烟筒子轻轻敲着粉壁。

翠环听了这话，吃了一惊，猛抬头看了人瑞一眼，又向翠花看了，却不敢把脸对着老残。翠花微笑着，向翠环笑笑，才靠过去倚在人瑞身上，问道："黄老爷，您这话是开玩笑的？"

人瑞动也不动，冷冷地说："谁开你玩笑？"翠花还想再开口，忽见布帘一掀，黄升陪着一个人走进来，朝人瑞行了一礼，那人便拿出一个红纸封套交给人瑞。

人瑞接过纸套，只打开了一条缝来，看了一眼，便藏到怀里去，口中说道："知道了！"挥手叫黄升下去。黄升去了片刻，又单独进房来，说."请老爷到外面说两句话。"人瑞也不答话，板着一张脸随黄升去了。

这里翠花看着人瑞出去，也摸不透他为什么突然生起气来，又想到他对自己那样冷淡的脸色，是从来也没有的，不由得低声抽噎起来。

那翠环早已没了主意，只低着头捏着裤角。老残也不知道人瑞卖什么药，一时只好默默地守着两个女孩子，坐在炕上发呆。

二

人瑞去了大约半个时辰，只见黄升带着翠环家的伙计进来，要把翠环的铺盖搬走。

翠环大惊，问道："怎么回事？怎么回事？为什么不让我留在这里呢？"

黄升道："我不知道。"指挥那伙计快搬。

老残向那伙计说："翠环今天不回去，你把她的铺盖留下吧，不用拿走了。"

那伙计一言不发地看着黄升。

黄升忙道："铁老爷，这是敝上要他来拿的。您别为难他吧。"

老残走下炕来，说："你们先别忙，我去问问黄老爷，究竟怎么回事。"便要向外走去。

黄升连忙拉住他，道："不用去，不用去。"

正在慌乱间，黄人瑞却走进来，朝老残一揖，道："残哥，今天我们本来很高兴的，被翠环一个人弄得沉沉闷闷，还有什么快活的呢？不如先让她回去，再换个人来吧。"

老残正要开口，人瑞又摇手阻止他，说："这样好了，也不叫她现在就走，不过，晚上是不能留她了。黄升，你先陪她把铺盖取回去吧！"两人答应了，进房把铺盖取了去。

人瑞又向黄升道："今天气氛不对，这酒也不要吃了，连碟子一起都收拾下去吧！"

此时翠环再也按捺不住，料到今天一定凶多吉少，不觉泪流满面，跪到人瑞面前，说："我不好，您是老爷，难道不能原谅一些吗？您老赶我回去，我就不想再活下去了。"

人瑞道："我原谅得很哪！怎么不肯原谅。别和我说，这是你的事，我管不着，你自己去求铁老爷留你，我这里是不会留你的。"

翠环又跪到老残面前，说："铁老爷救我。"

老残连忙扶起她，道："快起来，快起来。"一面却向人瑞道："人瑞兄，你就让她留下好了，何必要这样捉弄人家小女孩子呢？"

人瑞道："残哥，本来我们在省城里讲好的，要来这里为翠环设法，对不对？"

老残道："是啊！为什么你现在又要她回去呢？"

人瑞一笑，道："我刚才彻底想过，凭我们两个人，只有放手不管这一条路可走。你想：要拉一个妓女出火坑，总要有个人出来负责，你不愿意出这个名，我也不愿出这个名，大家都不承认，这话怎么去跟她家谈呢？这是第一层顾虑。

"第二，假使把她弄出来，你也没有地方安置她，我也没有地方；假使让她住在店里，我们两个人都不承认，外人一定说是我弄出来的，绝对没问题。你再想，我刚刚得到这个好一点的差使，嫉妒的人很多，不要两天，这话马上传到宫保耳朵里，以后我就不用在山东混了，还想什么保举、升官呢！有这两层顾虑，所以这事是万万不能做的。那天的话，也只好不作数了。"

老残一想，黄人瑞这一席话也有道理，但是要说见死不救，实在也忍不下这条心，再看那二翠，翠环早已哭倒在炕上，翠花在她背心轻轻地拍着，脸上尽是轻鄙之色，还不时把目光投射过来。

老残左右为难，只得向人瑞道："人瑞兄，话虽然这样说，你看看还有什么两全的办法，总不能这时就罢手呀！"

人瑞道："我本来是有个法子，你又做不到，所以只好作罢了。"

老残急道："什么法子，你说出来，我们商量商量也好。"

人瑞道："其实也不难，只要你承认了要娶她为妾，这就好措辞了。"

老残呆了半晌，道："我就承认了，也不要紧。"

人瑞道："空口说白话，能作准吗？这件事是我经手去办的，我告诉别人，说你要的，谁相信呢？除非你亲笔写封信给我，那我就有法子说话了。"

老残皱眉道："写封信？怎么写呢？"

人瑞"哼"了一声，坐下道："我说你做不到，是不是呢？"

翠花也过来拉着老残的手，说："这也不是什么要紧的，您老就承担一次，动手写写吧！"

老残道："好！好！写！写！"向人瑞道："信怎么？写给谁呢？"

人瑞道："这是齐河县，当然写给王子谨兄。你就说：'妓女某人，本是良家女子，身世可悯，弟拟将她拔出风尘，纳为侧室。请兄台鼎力支持，身价若干，已如数付给……'我拿了这封信，就有办法。将来任凭你送人也罢，自己留下也罢，都是你的事，我也不会被人闲话；不然，哪有办法？"

两人正说着，只见黄升进来，说："翠环姑娘出来，你家里人请你回去呢？"

翠环一听，吓得魂飞魄散，抬起头来，朝老残呆呆地看，仿佛有无限的伤心幽怨，已经说不出一句话了。翠花转头擦过眼泪，背着老残，又呜呜地哭起来。

另一边，人瑞早已取出纸笔墨砚，把笔塞到老残手里。老残接过笔来，长叹口气，向翠环道："冤枉不冤枉，为你的事，要我亲笔画供呢！"

翠环听了，忽然开口，道："我给您老磕一千个头，您老就为难一次，救人一命，胜造七级浮屠。"语音里还带一点哭过的鼻音，翠花本来转身掉泪，听了这话，诧异地看翠环一眼，想笑又没有笑出来。

人瑞哈哈一笑，道："好！好！你们两个也笑一笑，过来看铁老爷写的字，好看得很呢！"

老残笑骂道："胡闹！胡闹！"不一会儿，信已写好，人瑞接过来，看了一遍，封好之后，命黄升等一会儿送到县里去。

三

黄升出去了一会儿，又转进来，向翠环道："你家里人在外面等你，快去吧！那人口气凶恶得很。"

翠环这时虽不再害怕，却仍不敢出去。

人瑞道："你现在去不要紧了，什么事有我在呢！"

翠花站起来，拉着翠环的手，说："环妹！我陪你去，你放心吧！没有事情的。"

翠环这才随她出去。

这里人瑞却躺在烟炕上去烧烟，嘴里有一件没一件地同老残闲扯，老残怎么听得下半句？不住地催促黄人瑞出去探探翠环的消息，人瑞却不理他。又过了一点钟左右，人瑞烟也吸足了，朝外头拍拍掌。

只见帘子掀起，黄升戴着全新的大帽子进来，说："请老爷们到那边去。"

人瑞说："知道了。"便站起来，拉了老残，说："那边坐吧。"

老残诧异道："那边？什么时候有个那边出来？我怎么不知道？"

人瑞哈哈大笑，道："这个那边，是今天变出来的。"

二人携手出房，走到东边的上房前，上了台阶，早有家人过来卷起暖帘，老残一看，那正中方桌上，铺挂了大红的桌裙，桌上点了一对大红蜡烛，地下铺了一条红毡；走进堂门，看见东边一间，摆了一张方桌，朝南面系着桌裙，在上席的地方，平列两张椅子，椅子上都铺着丝绒的椅披，桌上摆了各色果碟，有不少是平时难得一见的，西边是一间里房，挂了一条红色大呢的门帘。

老残诧异道："这是什么缘故？"

人瑞对他笑笑，朝里面高声喊道："搀新姨奶奶出来，参见他们老爷。"

只见门帘卷起，一个老妈子在左，翠花在右，搀着一个美人出来，满头戴的都是花，穿着一件红底青丝的外褂，葵绿色的袄子，下面系一条粉红裙子，却低着头。三人走到红毡子前，老残仔细一看，原来就是翠环。

老残叫道："这怎么可以！这怎么可以！"

人瑞道："你亲笔字据都写了，还狡辩什么？"

忽听身后一人道："补翁！这回叫不得你了。"老残回头一看，原来王子谨接到消息也来了。

人瑞大喜，不由分说，硬拉老残往椅子上坐。老残被他拉得不过，微微一弯腰，这里翠环早已磕下头去了，老残没法，只好也回了半礼。

又见老妈子说："黄大老爷请坐，谢大媒。"人瑞请王子谨坐了，算是大媒，自己也受了一礼，才让老妈子扶新人回房内。

翠花随即出来磕头道喜，老妈子等人也道完了喜。人瑞才拉老残到房里去，因为有王子谨在，老残也不好太过坚持，三人进房，原来房内新铺盖已陈设妥当，是红色和绿色的湖绉被各一条，红绿两色的大呢褥子各一条，枕头两个，炕前挂了一个红紫色的鲁山绸做的幔子。桌上铺了红桌布，也点了一对红蜡烛。桌旁又挂了一副大红对联，上面写着：

愿天下有情人，都成了眷属。

是前生注定事，莫错过姻缘。

子谨认得是黄人瑞的笔迹，笑着向二人说："人瑞兄真会淘气，这是西湖月老祠的对联，什么时候被你偷来了？"

黄人瑞道："就在今天。"又向子谨道："子谨兄，你说呢！"

王子谨笑着摸出一个红纸套，递给老残，说："这是贵如夫人原来的卖身契，还有新写的身契，各一张，总共奉上。"

人瑞笑道："残哥！你看我办事仔细不仔细？"

老残道："仔细！仔细！只是你何苦设这个圈套，把我蒙在鼓里？"

人瑞道："我不是对你说了嘛，是前生注定事，莫错过姻缘——我为翠环着想，救人要救得彻底，不这样做，总是不十分妥当。替你算算，也不吃亏，天下事就该这么做，才不会错。"说过，哈哈大笑。

又说："不用废话，我们肚子都饿得不得了，要吃饭了。"

于是五个人坐下来，把这席酒畅畅快快地吃了。你道五人是谁？老残和翠环，人瑞和翠花，另一个自然是王子谨了。众人尽欢而散。

席间老残又怂恿黄人瑞也收了翠花做侧室，仍由王子谨做媒。

不久，老残眼看时局将乱，山东的一场游历也差不多了，便带着翠环——已经改名环翠——回到江南老家，文章伯和德慧生在除夕夜等不到老残，也自行回到江南。诸人在江南见面时，已经是新春时节了。

总　论

关于《老残游记》

过去的几个月里，诸君或许正忙着自己的功课，或许正埋首贡献你的心力给这个社会吧，我却忙里偷闲，只携带了简单的行囊，就飘然远赴老残的旧游残梦里去了。

沿着老残哀怆凌乱的足迹，到了东昌府和蓬莱阁，看见那沧海鲸翻之中，破败无比的，象征着清廷命运的帆船。掩不住伤心之余，又到了济南城，在大明湖摘过莲蓬，在明湖居听过白妞说书。到曹州凭吊了玉贤的站笼，便转往桃花山中，听申东平和屿姑、黄龙子等人欢聚谈论。

那夜北风呼号，黄河冰封，雪花飞舞，在高升店上房里，在融融的红泥火炉旁边，听翠环诉说她的哀史。古老而阴暗的齐河县大堂上，看到了在刚弼威喝下伏地战栗的弱女；又有那老家人的行贿救主，吴二的纵色好赌，官场上形色的嘴脸……

倦游归来，不禁燃起了浓浓的惘怅。

刘鹗这部《老残游记》，只是一部单纯的写景记游之作吗？不是的。那么，是一部公案性质的小说，揭发一些显著的罪恶，来博取读者的趣味吗？也不是。刘氏运用了游记的体裁，揭露当时统治阶层中普遍的沦落，乃至于酷虐百姓的种种情状。他本是有坚定主张的人，写这部书，是他宣扬自己主张的一种做法。要了解这一点，就得从晚清小说的发展史迹谈起。

晚清小说界与《老残游记》的文学地位

中国古典小说，萌芽于《山海经》和六朝志怪故事，到了唐传奇才具有小说初型。南宋小说进入白话阶段，当时有许多话本；明代小说十分发达，《三国志通俗演义》《水浒传》《西游记》《金瓶梅》以及短篇小说《三言》《二拍》，都是传诵名作；到了清代盛期，更出现了《儒林外史》和《红楼梦》等经典之作；自此以后，小说的创作暂趋停滞，其间有《镜花缘》和《儿女英雄传》，重要性都比不上前者。

这种情形，到鸦片战争以后，渐渐有了变化。鸦片战争和太平天国运动，是清廷由盛而衰的两大关键，人民由承平世界而堕入战乱的恐怖之中，心理上就转向于逃避现实，麻醉自我。鲁迅在《中国小说史略》中指责这个时代说："细民暗昧，惟知啜茶听平逆武功。"在这种心理下，产生了许多《品花宝鉴》《青楼梦》《海上花列传》这一类的软性小说，和《彭公案》《三侠五义》这种公案与武侠杂糅的小说，把当时社会上黑暗和强暴的一面，诉诸某些具有超能力的人物上，以求得片刻自慰。

这段时间内，清廷和列强因通商启衅，屡战屡败，北京成为敌人攻夺之地；各地藩属如琉球、安南、缅甸，先后丧失；尤其是 1894 年为朝鲜问题与日本开战，海陆军一起大败，最后割地赔款，忍辱讲和。消息传来，有识之士，无不抱着改革的思想，高喊"维新救国"的口号；在政治上发生了戊戌变法运动；民间由于敌忾心得不到正常的导引，更爆发义和团事件，铸成庚子八国联军侵华的惨祸。

戊戌变法中最重要的一点就是"废科举"。原来当时科举考试的文章，是所谓的八股文。大多数通过科举，取得功名的文人，除了考试必读书籍之外，一生没有看过几部书的大有人在，更遑论追求世界新知了。至于全国绝大多数的庶民，无法读书写字，知识非常浅薄，更是普遍的事。像这样无知无识，守旧迷信的人，根本无法参与政治和社会的改革，国家便没有了生机。因此，梁启超等人才"启迪民智"的呼吁，梁氏说："今言变法，必自求才始，言求才必自兴学始，然今之士大夫，号称知学者，则八股八韵，大卷白折之才，十之八九也。本根已坏，结习已久，从而教之，盖稍难矣，年既二三十，而于古今之故，中外之变，尚寡所识，妻子、仕宦、衣食，日日扰其胸，其安能教？其安能学？故吾恒言他日救天下者，其在今第十五岁以下之童子乎？西国教科之书最盛，而出以游戏小说者尤夥，故日本之变法，赖俚歌与小说之力，盖以悦童子，以导愚氓，未有善于是者也。他国且然，况我支那之民，不识字者十人而六，其仅识字而未能文法者，又

238

四人而三乎！故教小学，教愚民，实为今日救中国第一义。"

梁氏侃侃而谈，由变法、兴学、求才，谈到如何启迪民智，以期培养他日能够救天下（中国）的人才，千言万语，归于小说；他又说："在昔欧洲变革之始，其魁儒硕学，仁人志士，往往以其身之所经历，及胸中所怀政治之议论，一寄之于小说，于是彼中辍学之子，黉塾之暇，手之口之，下而兵丁而市侩而农氓，而工商而车夫马卒，而妇女而童孺，靡不手之口之；往往每一书出，而全国之议论，为之一变。彼美英德法奥意日，各国政界之日进，则政治小说为功最高焉。"这段话，不免有过于夸张小说功能之处；但是对于小说的政治功能的热切盼望，无疑道出了当时维新改革论者的一大心声。尤其值得重视的一点是，梁氏这些见解，发表的时间；恰恰比《老残游记》早了五六年。《老残游记》的写作动机，显然是受到这一影响的。

在这种思潮之下，晚清小说的产量，达到空前未有的繁荣。当时小说数量究竟多少，始终没有精确的统计，据《晚清小说史》作者阿英的估计，最少在一千种以上。这些小说，主要发表在新闻纸（报）和专刊小说的杂志。传统的刻书方法，极其费事，刻书困难，当然妨碍了小说的发展；晚清拜西方科技之赐，印刷事业连带着新闻事业，一起发达。

新闻报和小说的密切关系，光绪二十三年（1897），天津《国闻报》创刊号所刊载的严复与夏穗卿合作的《本馆附印小说缘起》，即曾说明。同年尚有《演义白话报》创刊，该报文学性质甚高。此后相继刊行的不少白话报，首先行销于上海，渐渐推广遍及长江中、上游各省，然后远达开封、太原、哈尔滨、奉天、吉林、新疆各地，不下四十余种。这些新闻报，大都刊载小说。

至于专刊小说的杂志，最早的一种是梁启超办的《新小说》，始刊于光绪二十三年。继有李伯元主编的《绣像小说》半月刊，吴趼人创办的《月月小说》，《小说林》最晚出，这是主要的四大杂志，其他尚有多种。四大杂志当中，以《绣像小说》发行最久，共七十二期，《老残游记》最早的一部分就是在这上面发表的。

严格地讲，晚清的小说，应该冠以政治小说的名字。不论是作者也好，小说杂志的编辑也好（如《绣像小说》半月刊所揭示的《本馆编印绣像小说缘启》），都把小说视作社会改革的宣传工具。当时最著名的四部小说，都具有这个色彩，分别是：刘鹗的《老残游记》、李伯元的《官场现形记》、吴沃尧的《二十年目睹之怪现状》、曾朴的《孽海花》。这四部书都相当地暴露和纠弹了当时的政治，辞气极为露骨，笔调极为锐利，《老残游记》虽较温和，但在大体上看，并没有太大区别。这四部小说，鲁迅在《中国小说史略》里，并称为"清末四大谴责小说"，这种说法，是可以承认的。

至于《老残游记》实质上比其他三本温和的地方，是因为刘鹗的保皇改良主义的立场，主张在现有的秩序下诊病去疾，反对革命。他在原书第一回的自评上说："举世皆病，又举世皆睡，真正无下手处；摇串铃先醒其睡，无论何等病症，非先醒无治法。"

他将当世的罪恶，仅仅视为"病症"，所以他是相信着"治"的。再看看他在《二集自序》上说的："吾人生今之世，有身世之感情，有家国之感情，有社会之感情，有宗教之感情，其感情愈深者，其哭泣愈痛，此洪都百炼生所以有《老残游记》之作也。"所谓"哭泣愈痛"四字，不仅点出本书的写作动机，且兼把他的写作态度，明白示人。因此，我们虽然认定《老残游记》是一部谴责小说，至少仍须明白它是一本代表着温和的改良主义见解的政治小说。

《老残游记》作者的略历

蒋瑞藻《小说枝谈》引《负暄琐语》说："《老残游记》，虽篇幅稍短，而意趣渊厚，取境遒奇，底是作手。……著者白序洪都百炼生，闻之人云，系刘姓，名鹗，字云湍，丹徒人。"蒋氏语中，"闻之人云"四字，颇值注意。因当时撰作小说者，好用假名；对于作者真实名姓，反而需要多方探听。蒋氏得来的情报，也不完全正确。刘鹗曾经以云搏为字，而非云湍。以下再作详细说明。

刘鹗，原名孟鹏，字云搏；后改名为鹗，字铁云，又字公约；清咸丰七年（1857）生于六合（今江苏省仪征市西），宣统元年（1909）死于新疆迪化。清末考古学者罗振玉在他的《五十日梦痕录》集中，著有《刘铁云传》，可以参看；又刘鹗曾孙名"铁孙"者，在《老残游记二集·跋》中，也略及其身世；刘大绅的《关于〈老残游记〉》一文，对刘氏家族情形，叙述非常详明，文后附有刘厚泽的注释，也保存了不少珍贵的史料。刘厚泽还根据一些资料，反驳刘铁孙的说法。至于写成年谱的，有蒋逸雪一家。以上资料，均收录在魏绍昌所编的《老残游记资料》。

刘氏原籍为今之陕西省志丹县，出身于军人世家。先祖延庆公的第三子刘光世，随宋高宗南渡，在镇江府居住；二十二代孙刘成忠即刘鹗之父，于咸丰二年举进士，授翰林院编修，京畿道监察御史，参与河南治黄河有功，又曾助曾国荃剿平捻乱；著有《因斋诗存》《河防刍议》等书。刘鹗排行第二，有一兄（孟熊）、三姊。当时欧美学术输入伊始，洋务运动渐盛，刘家也购置了许多新旧书籍。

少年时期的刘鹗，对科举便不感兴趣；他的父亲要他准备应试，他却放旷不守绳墨；罗振玉在《刘铁云传》里说，当他年少时，听到刘鹗的足音，就得远远避开。刘鹗年纪渐长，始知悔悟，蛰居起来把家藏的书饱读一番，理学、道术、金石文字，甚至医卜算术之书，都广泛地涉猎，有"博杂"之称。

青年时期，他拿了家里的一些资本，就在淮安县的南市桥边做生意，专卖辽东烟草；由于没有经验，很快就失败了。随后他又到扬州，和一位姓卞的亲戚合开了一家医院；后来因为参加科举，离开扬州才停止。以后又到上海经营石昌书局，也失败了。

在一连串的经营和失败的过程中，他于二十四岁那年，经人介绍参谒了太谷学派的李光炘，对他将来的思想，影响甚大。再者，就是在三十岁的时候，家里用钱替他捐了一个“同知”的资格。由于这回捐官，使他后来能够被以“知府”任用，在总理衙门上班。

三十二岁这年，是刘鹗生命力最充分发挥的一年。那年是光绪十四年（1888），黄河在河南郑州一带大溃决，他听到消息，就跑到当时主管河南黄河的河督吴大澂中丞那里，志愿投效。吴中丞大为赏识，接受了他的治河方略，就留下他工作。他每天清晨起来，穿上短衣窄裤，骑着马，到处巡视，有时还下马帮助工人。修河筑堤的事，污泥处处，同僚们都远远地督察了事，因此，刘鹗的作风就赢得了工人们的好感；等到决口堵住，他的声誉也传遍了远近。这时政府计划测绘河南、河北、山东三省黄河图，吴中丞就派他做提调官。河图刚刚完成，山东地区的黄河又泛滥了。吴中丞便推荐他给山东巡抚张曜。张氏对他十分礼重，但是巡抚署中的幕僚人员，却和他意见相左。这时他才三十五岁，写下了《治河七说》《黄河变迁图考》《勾股天元草》《弧角三术》等书。以后他写《老残游记》，就是以这一段在山东的经历作为内容。

其后中日战争爆发，刘鹗正在淮安为逝去的母亲服丧，和罗振玉相会，对扼守山海关的清军的战略大力批评，并预言旅顺、大连的危机，事后都应验。

张曜病死在任上，继任者福润数次推荐刘鹗到北京总理衙门，以知府资格任用。他在母丧服阕之后，才到总理衙门上班。他深以为利用这个地位，可以发展其抱负，最后失望而归。不久，应张之洞的招聘，他到湖北建议敷设芦汉铁路，和盛宣怀意见不兼容，只好返京。又由王文韶介绍，计划兴建津镇铁路（平浦铁路），结果仍受反对。1897 年，应西商之聘，他主办山西铁矿开采事务；这件事情，依刘鹗的说法，是想导引外资来开发本国矿藏，先预定一个有限期间的利益给外国人，期限一到，收回自营，仍不失为百代之利，但是不为当时人所接受。友人罗振玉就忠告他说：这样的做法，虽于国家有利，对个人却有大害；果然，晋铁一开，就招徕了"汉奸"的污名。1900 年，义和团在北京起事时，刚毅就奏称刘鹗通洋，请处极刑，所幸他避居上海租界，才得免祸。

这一年，八国联军打进北京，烧杀劫掠，难民遍地。刘鹗听到这个消息，不忍坐视，便写信给当时倡议赈济的陆伯纯，表示愿意共襄盛举。当时清廷的米仓——太仓掌握在俄军手中，几经交涉，才买过来，平价粜给京师士民，拯救了很多饥饿边缘的穷京官和平民。不料，却因为这件事情，在事隔数年后，刘鹗被清廷以"私售仓粟"的罪名，流放到新疆。1909 年 7 月 8 日，刘鹗因中风而病死乌鲁木齐，结束了他传奇的一生。他被捕以前，在浦口长江边还有五六百亩土地和无数的珍藏古玩，都被清廷没收了。

对于这次流放的隐因，他的儿子和孙子都作过揣测的谈话，大约有三点：第一，他的主张和行为太过振奇，招徕汉奸的污名；第二，性格正直，易得罪人，如袁世凯、刚毅、毓贤都和他不和；为了芦汉铁路的问题又和盛宣怀对立，京镇铁路修筑时，他预先在浦口买了大批土地，后来地价腾贵，谣言四起。此外，《老残游记》中写清廷官吏的痛快笔墨，也成为隐伏的祸端。第三，刘鹗收集的古董中，有一件为端方所赏爱，端方要求刘鹗让售，不为所允，双方因而结怨；最后逮捕刘鹗的，就是端方。

刘鹗一生，留心时务，热心改革，是晚清少数先觉者之一。他的成就，除了上述实绩外，就是殷墟甲骨的发现和《老残游记》的完成这两件事。罗振玉的《刘铁云传》一开头就说："子之知有殷墟文字，实因丹徒刘君铁云。"罗振玉是刘鹗的少年朋友，后来把女儿许配给刘鹗的三子大绅为妻，成了亲家；罗氏知鹗最深，本文叙述刘鹗经历也是根据罗传加以增删的。罗氏所提到的殷墟文字，是 1899 年在河南安阳县发掘的殷人卜辞文字，亦即甲骨文。当时学者多不相信，唯独刘鹗作了一本《铁云藏龟》，成为研究甲骨文字的先驱。此外，他还收藏了许多古董，如书画碑帖、钟鼎彝器、砖瓦古钱、印章封泥、古代乐器……无不网罗。

在这里还要谈谈刘鹗在《老残游记》中表现的思想。当时一般无识的人将《老残游记》当作预言之书，这点现在谈起已无意义，所以，我只就他的中心思想来谈。刘鹗不像李伯元那样肆意地攻击梁启超等人的维新派，以及对西太后一派的保守派失望，同时又骂倒孙中山先生的革命党。他也不像吴沃尧那样露骨而广泛地暴露清末社会的阴影。他受了太谷学派的影响，相信儒道释三家思想的融合可以挽救人间的堕落，因而塑造了屿姑、黄龙子这种先知的角色，借他们的口舌描画出一个道德文明的乌托邦，因而坚定了改良主义的思想。在现实事务上，他也相信发展科学与实业，和外国资本合作，可以改善当前贫弱的现状，因此反对激烈的排外行为。他又相信，拥护清廷，渐事改革，是可行的方略，始终反对革命。换句话说，刘鹗自始至终就是一个温和的、保皇的改良主义者，甚至可说是具有高度"道德想象力"的热心家，《老残游记》相当精确地反映了他的思想。

《老残游记》的社会意义

《老残游记》中特别多"影射"手法，刘大绅的《关于老残游记》一文，把影射的人、事、时、地、物都作了详尽说明。本文仅把重要的影射提出来作重点讨论，希望从这里探索它的社会意义。

书的一开头，就安排老残为黄瑞和诊治。黄瑞和就是黄河的寓身。黄瑞和全身溃烂，每年夏天发作，秋分以后就不要紧了，这便意味着黄河决溃的事件。刘鹗以他最有自信的治河主张作为开场，可以想见他当时的心情。

接着刘鹗安排了蓬莱阁的一幕，德慧生和文章伯两个虚构的人物，象征着他自身的智慧、道德、文章三者完备。三人在蓬莱阁上看日出，看见北方一片火云向中央飞，东方一片黑云也逼迫上来，风云诡谲，互不相让，暗示着俄、日两国的明争暗斗。漂流的大帆船象征中国，长二十三四丈，即当时行政区域有二十三四省；舵工四人，喻军机大臣；八个帆柱，喻全国督抚；东方三丈，业已残破，即东三省，当时日、俄两国正在角逐东北；船上的一片扰乱，象征清廷中下级官僚的虐害人民；船客中的演说和敛钱者，象征革命党人。老残本人将罗盘等西洋仪器呈献，则反映他平时以西洋科学救国的主张，最后被冠上"汉奸"之名，赶下船去，正是他对自己的行为的无可奈何的解释。

近人侯师娟指出，这部分的内容和后面的文章，在结构上并没有严谨的关联，这是不错的。基本上，我们可以把它当作一个短篇小说来看。此后的书中，则站在它的基本精神上继续推展下去。

在初集里，他主要写了四个主题：

1. 玉贤

2. 北拳南革的看法

3. 治河失败

4. 刚弼

上举四个主题，都有实事可以参证。刘鹗透过影射的方法，以真人真事为依据，不凭虚捏造。以玉贤这部分来说，书中极力描写玉贤贪功冒进、冷酷好杀的性格，而在《清史稿》中也说：
"光绪十四年，署曹州，善治盗，不惮斩戮，以巡抚张曜奏荐，
得实授。"所谓"不惮斩戮"，正是说明他的好杀成性；人杀多了，
一定会殃及无辜。在那个司法不能独立，审判可以任意轻重的制
度下，玉贤的事件，正好可作为今天我们来鉴察晚清社会概况的
一面浮世绘。

另外在写到张曜（书中的庄宫保）毁埝纵河这一段，刘氏把
幕府里面意见纷歧，一班好逞口谈，拘泥古书，而不顾实际者的
嘴脸，都一一勾画出来；把百姓的措手不及，顷刻破家亡身的惨
状，也着意地描写了。刘鹗对此事，知之最为详切，所以能成为
极有价值的社会史料。

从刚弼——影射刚毅——那自以为是的清官，所作出的种种
荒唐、酷虐行为，刘鹗对他作了一番讥讽，并对"清官"下了鞭
辟入里的批评，充分揭露了当时做官人的心态。我已在改写时，
把它融入正文，就不再举出了。

除上面几个重大的刻画外，刘鹗在字里行间，还能下许多厉
害的伏笔，可作为我们考察晚清社会的史料。如，原书第十九回
（改写后第七章）："老残问起曹州的信：'你怎样对宫保说的？'
姚云松道：'我把原信呈给宫保看。宫保看了，难受了好几天，
说今后不再明保他了。'老残道：'何不撤他回省来？'云松笑道：
'你究竟是方外人，岂有个才明保了的就撤省的道理呢？天下督
抚谁不护短，这宫保已经是难得的了。'这段谈话，刘鹗写来不

胜感慨。"天下督抚谁不护短"八字，虽说是从古到今，罔不如此，但是探究清廷腐败的根源，的确不可忽视到这一点。

另外，在原书第十二回（改写的第五章），刘鹗介绍黄人瑞说："其兄由翰林转了御史，与军机达拉密至好，故这黄人瑞捐了个同知来山东河工投效，有军机的八行信，抚台是格外照应的，眼看大案保举出奏，就是个知府大人了。"且看黄人瑞的行径如何？同一回说他吃一个"一品锅"，只捞了几筷子就丢下不吃；又原书第十二、三两回中，都特别指出他有吸食鸦片的习惯。一般而言，刘鹗在暴露官场的黑暗面上，较为保守，除了对玉贤、刚毅二人的残民以逞，宣示愤恨外，对于其他人，可以回护，就加以回护，因此像庄宫保、申氏兄弟、黄人瑞等人，他都予以原谅，这是原书的一种态度。但是，假使他所宽容而认可的官僚，都是这样具有多方面缺点的，则当时官场上腐化的程度，显然已不堪闻问了。

刘鹗在书中，一方面采取和他主张一致的温和改良主义的作风，不肯对清廷太过丑化；另一方面又宣告他不愿参加官僚集团，自称"方外人""局外人"，书中他以此自称，众人也这样称他（姚云松、申氏兄弟、黄人瑞都这样称他），而且在书中许多理想化的情节，都归于所谓方外的黄龙子等人；可见他对这个"方"和"局"内的许多事是看不惯的。

《老残游记》的文学技巧

晚清小说的特色，在前面几节中已谈到过，就是具有浓厚的政治味道，特别是影射事实的手法，几乎每一部重要的小说都用到。《老残游记》运用影射手法，尤为明显。不过，由于这部书基本的性质中有游记的成分，因此对写景文字还颇注意。

胡适曾经批评《老残游记》说："《老残游记》在中国文学史上的最大贡献，却不在于作者的思想，而在于作者描写风景、人物的能力。"事实上，《老残游记》描写人物的能力，绝对不能超越李伯元和吴趼人、曾朴等人；胡适的观点并不正确，至于写景的部分，刘鹗倒真是下过特别功夫的。不过，胡氏认为本书擅长于描写的缘故，是因为"作者都不肯用套语滥调，总想熔铸新词，作实地描画"，却没有搔着痒处。

刘鹗写景文字的造诣，恐怕是得自于他的科学思想，促使他对自然景物作更仔细的观察。我们从书中，他对渤海诸岛的描写（改写第一章），董家口黄河改道的说明（改写第三章），桃花山东西峪的介绍（改写第四章），当他怀疑魏、黄两家命案的毒药时，便向西药房和神父等人寻访（改写第七章）；以及在他看见玙姑洞房的明珠，便急急想研究它发热的道理来看（改写第四章），都可以证明他这种注意地理的态度，是受到重视西方科学的心理的影响的。

就以原书中最著称的"黄河结冰记"来说吧，原文说："老残洗完了脸，把行李铺好，把房门锁上，也出来步到河堤上，见那黄河从西南上下来，到此却正是个弯子，过去便向正东去了。河面不甚宽，两岸相距不到二里，若以此刻河水而论，也不过百把丈宽的光景，只是面前的冰插的重重叠叠的，高出水面有七八寸厚，再望上游走了一二百步，只见那上流的冰，还一块一块的漫漫价来，到此地被前头的拦住，走不动，就站住了。那后来的冰赶上它，只挤得嗤嗤价响。后冰被这溜冰逼得紧了，就窜到前冰上头去，前冰被压，就渐渐低下去了。看那河身不过百十丈宽，当中大溜约莫不过二三十丈，两边俱是平水。这平水之上早已有冰结满，冰面却是平的，被吹来的尘土盖住，却像沙滩一般。……那冰能挤到岸上十五六尺远，许多碎冰被挤得站起来，像个小插屏似的。看了有点把钟工夫，这一截子的冰又挤死不动了。"这段文字，十分精彩，请读者注意两点：第一，在叙述过程中，不断地使用数字，如二里、一二百步、七八寸厚、百十丈宽、二三十丈、十五六尺，点把钟。在短短的四五百字的文章里，出现了七次近于实测的数字来，并非偶然现象。第二，文中有"见那黄河从西南上下来，到此正是个弯子，过去便向正东去了"等语，把方位清清楚楚地记下来，这也是不平凡的迹象。

为什么他会持着这种记事态度呢？这和刘鹗曾经担任河图测绘工作，以及实际参与河工，有相当大的关系。由于测绘的需要，他曾对西洋科学加以讲求，因此才有黄河结冰记述这样的文章；且看他自己所下的评语，道："止水结冰是何情状？流水结冰是何情状？小河结冰是何情状？大河结冰是何情状？河南黄河结冰是何情状？山东黄河结冰是何情状？——须知前一卷所写的是山东黄河结冰。"这样的口吻，简直像个地形学家写作测量报告之后，很自负地宣示报告的可靠性；由这一点，可以看出刘鹗对文学的一种科学态度了。

除了黄河结冰以外，游记中有关音乐的两个片段，白妞黑妞说书，和桃花山屿姑鼓瑟及箜篌的描写，也颇见精彩。这是因为刘鹗本人精擅琴艺，能实际演奏，且编著过《十一弦馆琴谱》的缘故。胡适虽曾指出刘鹗好作实地描写，却不能说明他为何能作实地描写，未免仅见其一耳。

其次谈到本书的结构。刘鹗死后，《老残游记》的声名愈来愈大，流传既广，口耳批评必多，其子刘大绅不得不出来说明道："《老残游记》为先君一时兴到笔墨，初无若何计划宗旨，亦无组织结构，当时不过日写数纸，赠诸友人。"此语颇值得怀疑，恐怕是一种回护之词。因为这部游记，前半发表在《绣像小说》半月刊，每半个月一定要交稿，怎能说没有计划呢？书中借着主人翁老残发表了许多立场鲜明的言论，怎能说没有宗旨呢？逐期发表，更不可说是每日写数纸，赠诸友人而已。所以，《老残游记》有许多结构上的缺点，是不能够掩饰的。下面分三点来谈：

1.第一回和后面十九回的笔法完全不同。

在第一回使用两次象征手法，到后面各回中，从未再度出现。而且，若以那再次象征的意义和象征故事的完整性来看，第一回已足可以构成和后文绝不相干的短篇小说了。

2. 利用第三者的口述进行情节的地方太多。

第十三、四两回写山东黄河泛滥的情形，都是借翠环一人口述；第十五、六两回写刚弼审理贾魏氏一案，则是由黄人瑞一人口述；第四、五两回于家村一案，又是借老董一人转述，减少了富有第一感的参与气氛。

3. 书中人物不能彼此呼应，情节发展有时还离开了主人翁。

呼应两字，刘鹗似乎未曾留意，处理人物，十分散漫，前后出场的人，了无相关，亦无伏笔。尤其文章伯和德慧生两人，在第一回中扮演相当吃重的角色，他们的命名，也颇有象征意义，但是在原书的其他十九回中，从未提及。其他举不胜举。至于部分章节根本没有老残出场的，有第九、十、十一、十三回，这四回的主角，似乎移到屿姑和黄龙子身上。还有，第十九、二十两回的主角似乎是许亮，老残反而居于配角。虽然这个缺点仍然可以解释得过去（本人在"导读"中曾略作交代了），仍然觉得并不太好。文学的技巧，本来不可一概而求，但是因为对人物不够讲求的结果，而造成了每个出场人物，几乎都是从固定模子出来，缺少活泼明显的个性（特别是玉贤和刚弼），而变成只供作情节发展的傀儡，这就不得不说是一种缺憾了。

综论上述三点，都属于经营上的疏忽；但是在当时，不论作者和读者，都只着眼在思想性上面，追求对现实政治的建言和批判的作用；这个缺点，也就可以原谅了。

《老残游记》的写作和发表

《老残游记》第一回到第十三回，发表在《绣像小说》半月刊第九期到第十八期（1903 年 9 月—1904 年 1 月）。（《绣像小说》于 1903 年 5 月创刊，由上海商务印书馆发行。）发表期间，因馆方以迷信为借口，削除了部分原文，引起刘鹗的不满，而半途中止。

同年（1904）又从头起，逐回地重新刊载于《天津日日新闻》，这次一直发表到二十回的初集正文完全结束。《天津日日新闻》的主编方药雨和刘鹗交情很深，所以改在这里发表。

初集的写作缘起，据刘鹗自言，是为了支领稿费帮助友人连梦青的生活。起初，连梦青、沈荩两人都与《天津日日新闻》主编方药雨先生为友，1900 年，沈荩在湖南举兵失败，逃到京津一带；偶然和方药雨谈起《中俄密约》的事，被方先生揭露于报端，清廷大怒，严究泄漏者，沈荩被杀，牵连到连梦青，梦青偕母逃往上海，孑然一身，无法度日。当时《绣像小说》开始发行，梦青就以忧患余生的笔名写《邻女语》小说，在《绣像小说》上发表，所得仍然无几。刘鹗知道了这件事，决定写一部小说送他发表，以所得供给菽水之养，这就是大概的情形。

初集发表的时候，是以"洪都百炼生"的笔名，刘鹗的本名反而不为人所知。初集二十回发表后，刘鹗继续又在《天津日日新闻》上发表了《老残游记二集》共十四回，今存九回。其中前六回，由良友图书公司发行单行本；第七、八、九三回叙述地狱游览，语涉神怪，所以良友版将它删除。

《老残游记二集》的发现，有一段曲折故事，刘鹗遗有数子，大缙、大绅、大经三人较为著名。大缙、大绅二宗交情不洽，据大绅之子厚泽说，《老残游记二集》的原稿，本来是刘大经在《天津日日新闻》的仓库中无意间得到的，是剪贴的草订本。刘大经得到后，如获至宝，为了便于保存，就让大绅的二子厚滋、厚泽抄了两份。以后大经把原稿卖给上海蟫隐庐书店的亲戚罗子经，为大缙的长子厚源（铁孙）所悉，认为刘姓的利益不能外溢，强以原价赎回，这部原稿，就到了铁孙手里；到了1935年，才由良友公司出版。其间经纬如此。

除了初编、二集外，还有《老残游记外编》手稿，是1929年农历除夕，刘氏家人（大绅）在天津勤艺里旧宅书箱中找到的。这部分手稿只有几千字，刘鹗对这个外编似乎并不满意。

以上是《老残游记》初集、二集、外编的真相。魏绍昌的《老残游记资料》（1962年出版），已将初集及良友版二集以外的二集第七、八、九三回，和外编残稿排印出来。目前台湾可以看到的版本，以艺文印书馆1972年版的《老残游记全编》，收集最完备，不但正文完全录入，连原版未附的初篇及二集自序、印篇第一回至十七回的自评语，都补足了。艺文的这部书，是根据世界书局的《老残游记初、二集及其研究》的游记原文部分，和魏绍昌所辑录的正文、自序、自评，剪补而成的。

《老残游记初编》完成以后，广受欢迎，因而仿作、伪作的情形十分严重；胡适《老残游记序》、刘大绅《关于老残游记》、阿英《老残游记版本考》，都提到过；其最著名的仿假本，是上海大新公司在1916年出版的《全本老残游记》，分上、下卷，上卷即是原本二十回，下卷也是二十回，是续作的。刘厚泽指出该书继作者为陈莲痕，但是在书的封面上仍作"刘氏原本《老残游记》"，可见是伪造无疑。

附录
原典精选

第一回　元机旅店传龙语　素壁丹青绘马鸣

话说老残在齐河县店中，遇着德慧生携眷回扬州去，他便雇了长车，结伴一同起身。当日清早，过了黄河，眷口用小轿搭过去，车马经从冰上扯过去，过了河不向东南往济南府那条路走，一直向正南奔垫台而行。到了午牌时分，已到垫台，打过了尖，晚间遂到泰安府南门外下了店。因德慧生的夫人要上泰山烧香，说明停车一日，故晚间各事自觉格外消停了。

却说德慧生名修福，原是个汉军旗人，祖上姓乐，就是那燕国大将乐毅的后人，在明朝万历末年，看着朝政日衰，知道难期振作，就搬到山海关外锦州府去住家。崇祯年间，随从太祖入关，大有功劳，就赏了他个汉军旗籍。从此一代一代的便把原姓收到荷包里去，单拿那名字上的第一字做了姓了。这德慧生的父亲，因做扬州府知府，在任上病故的，所以家眷就在扬州买了花园，盖一所中等房屋住了家。

德慧生二十多岁上中进士，点了翰林院庶吉士，因书法不甚精，朝考散馆散了一个吏部主事，在京供职。当日在扬州与老残会过几面，彼此甚为投契，今日无意碰着，同住在一个店里，你想他们这朋友之乐，尽有不言而喻了。

老残问德慧生道："你昨日说明年东北恐有兵事，是从哪里看出来的？"慧生道："我在一个朋友座中，见一张东三省舆地图，非常精细，连村庄地名俱有。至于山川险隘，尤为详尽。图末有'陆军文库'四字。你想日本人练陆军把东三省地图当作功课，其用心可想而知了！我把这话告知朝贵，谁想朝贵不但毫不惊慌，还要说：'日本一个小国，它能怎样？'大敌当前，全无准备，取败之道，不待智者而决矣。况闻有人善望气者云：'东北杀气甚重，恐非小小兵戈蠢动呢！'"老残点头会意。

慧生问道："你昨日说的那青龙子，是个何等样人？"老残道："听说是周耳先生的学生。这周耳先生号柱史，原是个隐君子，住在西岳华山里头人迹不到的地方。学生甚多。但是周耳先生不甚到人间来。凡学他的人，往往转相传授，其中误会意旨的地方，不计其数。惟这青龙子等兄弟数人，是亲炙周耳先生的，所以与众不同。我曾经与黄龙子盘桓多日，故能得其梗概。"慧生道："我也久闻他们的大名，据说决非寻常炼气士的蹊径，学问都极渊博的，也不拘专言道教，于儒教、佛教，亦都精通。但有一事，我不甚懂，以他们这种高人，何以取名又同江湖术士一样呢？既有了青龙子、黄龙子，一定又有白龙子、黑龙子、赤龙子了。这等道号实属讨厌。"

老残道："你说的甚是，我也是这么想。当初曾经问过黄龙子，他说道：'你说我名字俗，我也知道俗。但是我不知道为什么要雅？雅有怎么好处？卢杞、秦桧名字并不俗；张献忠、李自成名字不但不俗，'献忠'二字可称纯臣，'自成'二字可配圣贤。然则可能因他名字好就算他是好人呢？老子《道德经》说：'世人皆有以，我独愚且鄙'。鄙还不俗吗？所以我辈大半愚鄙，不像你们名士，把个'俗'字当作毒药，把个'雅'字当作珍宝。推到极处，不过想借此讨人家的尊敬。要知道这个念头，倒比我们的名字，实在俗得多呢。我们当日，原不是拿这个当名字用。因为我是己巳年生的，青龙子是乙巳年生的，赤龙子是丁巳年生的，当年朋友随便呼唤着顽儿，不知不觉日子久了，人家也这么呼唤。难道好不答应人家么？譬如你叫老残，有这么一个老年的残废人，有什么可贵？又有什么雅处？只不过也是被人叫开了，随便答应罢了，怕不是呼牛应牛，呼马应马的道理吗？'"

德慧生道："这话也实在说得有理。佛经说人不可以着相，我们总算着了雅相，是要输他一筹哩！"慧生又道："人说他有前知，你曾问过他没有？"老残道："我也问过他的。他说叫做有也可，叫做没有也可。你看儒家说'至诚之道，可以前知'，是不错的。所以叫做有也可。若像起课先生，琐屑小事，言之凿凿，应验的原也不少，也是那只叫做术数小道，君子不屑言。邵尧夫人颇聪明，学问也极好，只是好说术数小道，所以就让朱晦庵越过去的远了。这叫做谓之没有也可。"

德慧生道："你与黄龙子相处多日，曾问天堂地狱究竟有没有呢？还是佛经上造的谣言呢？"

老残道："我问过的。此事说来真正可笑了。那日我问他的时候，他说：'我先问你，有人说你有个眼睛可以辨五色，耳朵可以辨五声，鼻能审气息，舌能别滋味，又有前后二阴，前阴可以撒溺，后阴可以放粪。此话确不确呢？'我说：'这是三岁小孩子都知道的，何用问呢？'他说：'然则你何以教瞎子能辨五色？你何以能教聋子能辨五声呢？'我说：'那可没有法子。'他就说：'天堂地狱的道理，同此一样。天堂如耳目之效灵，地狱如二阴之出秽，皆是天生成自然之理，万无一毫疑惑的。只是人心为物欲所蔽，失其灵明，如聋盲之不辨声色，非其本性使然。若有虚心静气的人，自然也会看见。只是你目下要我给个凭据给你，让你相信，譬如拿了一幅吴道子的画给瞎子看，要他深信这是吴道子画的，虽圣人也没这个本领。你若要想看见，只要虚心静气，日子久了，自然有看见的一天。'我又问：'怎样便可以看见？'他说：'我已对你讲过，只要虚心静气，总有看见的一天。你此刻着急，有什么法子呢？慢慢的等着罢'。"

德慧生笑道："等你看见的时候，务必告诉我知道。"老残也笑道："恐怕未必有这一天。"两人谈得高兴，不知不觉，已是三更时分。同说道："明日还要起早，我们睡罢。"德慧生同夫人住的是西上房，老残住的是东上房，与齐河县一样的格式。各自回房安息。

次日黎明，女眷先起梳头洗脸。雇了五肩山轿。泰安的轿子像个圈椅一样，就是没有四条腿。底下一块板子，用四根绳子吊着，当个脚踏子。短短的两根轿杠，杠头上拴一根挺厚挺宽的皮条，比那轿车上驾骡子的皮条稍为软和些。轿夫前后两名，后头的一名先趱到皮条底下，将轿子抬起一头来，人好坐上去；然后前头的一个轿夫再趱进皮条去，这轿子就抬起来了。

当时两个女眷，一个老妈子，坐了三乘山轿前走。德慧生同老残坐了两乘山轿，后面跟着。进了城，先到岳庙里烧香。庙里正殿九间，相传明朝盖的时候，同北京皇宫是一样的。德夫人带着环翠正殿上烧过了香，走着看看正殿四面墙上画的古画。因为殿深了，所以殿里的光，总不大十分够，墙上的画年代也很多，所以看不清楚。不过是些花里胡哨的人物便了。小道士走过来，向德夫人道："请到西院里用茶。还有块温凉玉，是这庙里的镇山之宝，请过去看看。"

德夫人说："好。只是耽搁时候太多了，恐怕赶不回来。"环翠道："听说上山四十五里地哩！来回九十里，现在天光又短，一霎就黑天，还是早点走罢！"

老残说："依我看来，泰山是五岳之一，既然来到此地，索兴痛痛快快的逛一下子。今日上山，听说南天门里有个天街，两边都是香铺，总可以住人的。"小道士说："香铺是有的，他们都预备干净被褥，上山的客人在那儿住的多着呢。老爷太太们今儿尽可以不下山，明天回来，消停得多，还可以到日观峰去看出太阳。"德慧生道："这也不错。我们今日竟拿定主意，不下山罢。"德夫人道："使也使得。只是香铺子里被褥，什么人都盖，肮脏得了不得，怎么盖呢？若不下山，除非取自己行李去，我们又没有带家人来，叫谁去取呢？"

老残道："可以写个纸条儿，叫道士着个人送到店里，叫你的管家雇人送上山去，有何不可？"慧生道："可以不必。横竖我们都有皮斗篷在小轿上，到了夜里披着皮斗篷，歪一歪就算了，谁还当真睡吗？"德夫人道："这也使得。只是我瞧铁二叔他们二位，都没有皮斗篷，便怎么好？"

老残笑道："这可多虑了！我们走江湖的人，比不得你们做官的，我们哪儿都可以混。不要说他山上有被褥，就是没被褥，我们也混得过去。"慧生说："好，好！我们就去看温凉玉去罢。"

说着就随了小道士走到西院，老道士迎接出来，深深施了一礼，各人回了一礼。走进堂屋，看见收拾得甚为干净。道士端出茶盒，无非是桂圆、栗子、玉带糕之类。大家吃了茶，要看温凉玉，道士引到里间，一个半桌上放着，还有个锦幅子盖着，道士将锦幅揭开，原来是一块青玉，有三尺多长，六七寸宽，一寸多厚，上半截深青，下半截淡青。

道士说："您用手摸摸看，上半多冻扎手，下半截一点不凉，仿佛有点温温的似的，上古传下来是我们小庙里镇山之宝。"德夫人同环翠都摸了，诧异的很。老残笑道："这个温凉玉，我也会做。"大家都怪问道："怎么？这是做出来假的吗？"老残道："假却不假，只是块带半璞的玉，上半截是玉，所以甚凉；下半截是璞，所以不凉。"德慧生连连点头："不错，不错。"

稍坐了一刻，给了道人的香钱，道士道了谢，又引到东院去看汉柏。有几棵两人合抱的大柏树，状貌甚是奇古，旁边有块小小石碣，上刻"汉柏"两个大字。诸人看过走回正殿，前面二门里边山轿俱已在此伺候。

老残忽抬头，看见西廊有块破石片嵌在壁上，心知必是一个古碣，问那道士说："西廊下那块破石片是什么古碑？"道士回说："就是秦碣，俗名唤做'泰山十字'。此地有拓片卖，老爷们要不要？"慧生道："早已有过的了。"老残笑道："我还有廿九字呢！"道士说："那可就宝贵的了不得了。"

说着各人上了轿，看看褡裢里的表已经十点过了。轿子抬着出了北门，斜插着向西北走；不到半里多路，道旁有大石碑一块立着，刻了六个大字："孔子登泰山处"。慧生指与老残看，彼此相视而笑，此地已是泰山跟脚，从此便一步一步的向上行了。

老残在轿子上看泰安城西南上有一座圆陀陀的山，山上有个大庙，四面树木甚多，知道必是个有名的所在；便问轿夫道："你瞧城西南那个有庙的山，你总知道叫什么名字罢？"轿夫回道："那叫蒿里山，山上是阎罗王庙，山下有金桥、银桥、奈何桥，人死了都要走这里过的，所以人活着的时候多烧几回香，死后占大便宜呢！"

老残诙谐道："多烧几回香，譬如多请几回客，阎王爷也是人做的，难道不讲交情吗？"轿夫道："你老真明白，说的一点不错。"这时已到真山脚，路渐弯曲，两边都是山了。走有点把钟的时候，到了一座庙宇，轿子在门口歇下。轿夫说："此地是斗姥宫，里边全是姑子，太太们在这里吃饭很便当的。但凡上等客官，上山都在这庙里吃饭。"

德夫人说："既是姑子庙，我们就在这里歇歇罢。"又问轿夫："前面没有卖饭的店吗？"轿夫说："老爷太太们都是在这里吃，前面有饭篷子，只卖大饼咸菜，没有别的，也没地方坐，都是蹲着吃，那是俺们吃饭的地方。"

慧生说："也好，我们且进去再说。"走进客堂，地方却极干净，有两个老姑子接出来，一个约五六十岁，一个四十多岁，大家坐下谈了几句。

老姑子问："太太们还没有用过饭罢？"德夫人说："是的。一清早出来的，还没吃饭呢。"老姑子说："我们小庙里粗饭是常预备的，但不知太太们上山烧香，是用荤菜是素菜？"德夫人道："我们吃素吃荤，倒也不拘，只是他们爷们家恐怕素吃不来，还是吃荤罢。可别多备，吃不完可惜了的。"老姑子说："荒山小庙，要也多备不出来。"又问："太太们同老爷们是一桌吃两桌吃呢？"

德夫人道："都是自家爷们，一桌吃罢，可得劳驾快点。"老姑子问："您今儿还下山吗？恐来不及哩！"德夫人说："虽不下

264

山，恐赶不上山可不好。"老姑子道："不要紧的，一霎就到山顶了。"

当这说话之时，那四十多岁的姑子，早已走开，此刻才回，向那老姑子耳边咭咕了一阵，老姑子又向四十多岁姑子耳边咭咕了几句，老姑子回头便向德夫人道："请南院里坐罢。"便叫四十多岁的姑子前边引道，大家让德夫人同环翠先行，德慧生随后，老残打末。出了客堂的后门，向南拐弯，过了一个小穿堂，便到了南院。这院子朝南，五间北屋甚大，朝北却是六间小南屋，穿堂东边三间，西边两间。

那姑子引着德夫人出了穿堂，下了台阶，望东走到三间北屋跟前，看那北屋中间是六扇窗格，安了一个风门，悬着大红呢的夹板棉门帘。两边两间，却是砖砌的窗台，台上一块大玻璃，掩着素绢书画玻璃挡子，玻璃上面系两扇纸窗，冰片梅的格子眼儿，当中二层台阶，那姑子抢上那台阶，把板帘揭起，让德夫人及诸人进内。走进堂门，见是个两明一暗的房子，东边两间敞着，正中设了一个小圆桌，退光漆漆得灼亮，围着圆桌六把海梅八行书小椅子，正中靠墙设了一个窄窄的佛柜，佛柜上正中供了一尊观音像，走近佛柜细看，原来是尊康熙五彩御窑鱼篮观音，十分精致。观音的面貌，又美丽，又庄严，约有一尺五六寸高。龛子前面放了一个宣德年制的香炉，光彩夺目，从金子里透出朱砂斑来。龛子上面墙上挂了六幅小屏，是陈章侯画的马鸣、龙树等六尊佛像。佛柜两头放了许多大大小小的经卷。

两望东看，正东是一个月洞大玻璃窗，正中一块玻璃，足足有四尺见方。四面也是冰片梅格子眼儿，糊着高丽白纸。月洞窗下放了一张古红木小方桌，桌子左右两张小椅子，椅子两旁却是一对多宝橱，陈设各样古玩。圆洞窗两旁挂了一副对联，写的是：

靓妆艳比莲花色；

云幕香生贝叶经。

上款题"靓云道友法鉴"，下款写"三山行脚僧醉笔"。屋中收拾得十分干净。再看那玻璃窗外，正是一个山涧，涧里的水哗啦哗啦地流，带着些乱冰，丁零当啷地响，煞是好听。又见对面那山坡上一片松树，碧绿碧绿，衬着树根下的积雪，比银子还要白些，真是好看。

德夫人一面看，一面赞叹，回头笑向德慧生道："我不同你回扬州了，我就在这儿做姑子罢，好不好？"慧生道："很好，可是此地的姑子是做不得的。"德夫人道："为什么呢？"慧生道："稍停一下，你就知道了。"

老残说道："您别贪看景致，您闻闻这屋里的香，恐怕你们旗门子里虽阔，这香到未必有呢！"德夫人当真用鼻子细细价嗅了会子说："真是奇怪，又不是芸香、麝香，又不是檀香、降香、安息香，怎么这么好闻呢？"

只见那两个老姑子上前打了一个稽首说："老爷太太们请坐，

恕老僧不陪，叫他们孩子们过来伺候吧。"德夫人连称："请便，请便。"老姑子出去后，德夫人道："这种好地方给这姑子住，实在可惜！"

老残道："老姑子去了，小姑子就来的，但不知可是靓云来？如果他来，可妙极了！这人名声很大，我也没见过，很想见见。倘若沾大嫂的光，今儿得见靓云，我也算得有福了。"未知来者可是靓云，且听下回分解。

第六回　斗姥宫中逸云说法　观音庵里环翠离尘

话说靓云听说宋公已有惧意，知道目下可望无事，当向慧生夫妇请安道谢。少顷老姑子也来磕头，慧生连忙搀起说："这算怎样呢，值得行礼吗？可不敢当！"老姑子又要给德夫人行礼，早被慧生抓住了，大家说些客气话完事。逸云却也来说："请吃饭了。"众人回到靓云房中，仍旧昨日坐法坐定，只是青云不来，换了靓云，今日是靓云执壶，劝大家多吃一杯。德夫人亦让二云吃菜饭酒，于是行令猜枚，甚是热闹。瞬息吃完，席面撤去。德夫人说："天时尚早，稍坐一刻，下山如何？"靓云说："您五点钟走到店，也黑不了天，我看您今儿不走，明天早上去好不好？"

德夫人说："人多不好打搅的。"逸云说："有的是屋子，比山顶元宝店总要好点。我们哥儿俩屋子让您四位睡，还不够吗？我们俩同师父睡去。"德夫人说："你们走了，我们图什么呢"？逸云说："那我们就在这里伺候也行。"德夫人戏说道："我们两口子睡一间屋。"指环翠说："他们两口子睡一间屋。"

逸云说："我睡在您心坎上。"德夫人笑道："这个无赖，你从昨儿就睡在我心上，几时离开了吗？"大家一齐微笑。德夫人又问："你几时剃辫子呢？"逸云摇头道："我今生不剃辫子了。"

德夫人说："不是这庙里规定三十岁就得剃辫子吗？"答道："也不一定，倘若嫁人走的呢，就不剃辫子了。"问："你打算嫁人吗？"答："不是这个意思，我这些年替庙里挣的功德钱虽不算多，也够赎身的分际了，无论何时都可以走。我目下为的是自己从小以来，凡有在我身上花过钱的人，我都替他们念几卷消灾延寿经，稍尽点我报德的意思。念完了我就走，大约总在明年春夏天罢。"德夫人说："你走，可以到我们扬州去住几天，好不好呢？"逸云说："很好，我大约出门先到普陀山进香，必走过扬州，您开下地名来我去瞧您去。"

老残说："我来写，您给管笔给张纸给我。"靓云忙到抽屉里取出纸笔递与老残，老残就开了两个地名递与逸云说："您也惦着看看我去呀？"逸云说："那个自然。"又谈了半天话，轿夫来问过数次，四人便告辞而去，送了打搅费二十两银子，老姑子再三不肯收，说之至再，始勉强收去。老姑子同逸云、靓云送出庙门而归。

这里四人回到店里，天尚未黑，德夫人把山顶与逸云说的话

——告诉了慧生与老残，二人都赞叹逸云得未曾有。慧生问夫人道："可是呢，你在山顶上说爱极了他，你想把他怎样，后来没有说下去。到底你想把他怎样？"德夫人说："我想把他替你收房。"德生说："感谢之至，可行不行呢？"夫人道："别想吃天鹅肉了，大约世上没有能中他的意了。"

慧生道："这个见解倒也是不错的，这人做妾未免太亵渎了，可是我却不想娶这么一个妾，倒真想结交这么一个好朋友。"老残说："谁不是这么想呢？"环翠说："可惜前几年我见不着这个人，若是见着，我一定跟他做徒弟去。"

老残说："你这话真正糊涂，前几年见着他，他正在那里热任三爷呢，有啥好处？况且你家道未坏，你家父母把你当珍宝一样的看待，也断不放你出家，倒是此刻却正是个机会，逸云的道也成了，你的辛苦也吃够了，你真要愿意，我就送你上山去。"环翠因提起他家旧事，未免伤心，不觉泪如雨下，掩面啜泣。听老残说道送他上山，此时却答不出话来，只是摇头。德夫人道："他此时既已得了你这么个主儿，也就离不开了。"

正在说话，只见慧生的家人连贵进来回话，立在门口不敢作声。慧生问："你来有什么事？"连贵禀道："昨儿王妈回来就不舒服的很，发了一夜的大寒热，今儿一天没有吃一点什么，只是要茶饮；老爷车上的辕骡也病倒了，明日清早开车恐赶不上。请老爷示下，还是歇半天，还是怎么样？"

慧生说："自然歇一天再看，骡子叫他们赶紧想法子。王妈的病请铁老爷瞧瞧，抓剂药吃吃。"正要央求老残，老残说："我此刻就去看。"站起身来就走，少顷回来对慧生说："不过冒点风寒，一发散就好了。"

此时店家已送上饭来，却是两份，一份是本店的，一份是宋琼送来的。大家吃过了晚饭，不过八点多钟，仍旧坐下谈心。德夫人说："早知明日走不成功，不如今日住在斗姥宫了，还可同逸云再谈一晚上。"慧生说："这又何难，明日再去花上几个轿钱，有限的很。"

老残道："我看逸云那人洒脱的很，不如明天竟请他来，一定做得到的。我正有话同他商量呢。"慧生说："也好，今晚写封信，我们两人联名请他来，今晚交与店家，明日一早送去。"老残说："甚好，此信你写我写？"慧生说："我的纸笔便当，就是我写罢。"当时写好交与店家收了，明日一早送去。

老残遂对环翠道："你刚才摇头，没有说话，是什么意思？我对你说罢：我不是勒令要你出家，因为你说早几年见他，一定跟他做徒弟，我所以说早年是万不行的，惟有此刻倒是机会，也不过是据理而论，其实也是做不到的事情。何以呢？其余都无难处，第一条：现在再要你去陪客，恐怕你也做不到了；若说逸云这种人真是机会难遇，万不可失的，其如庙规不好何？"

环翠说："我想这一层倒容易办，他们凡剃过头的就不陪客，倘若去时先剃头后去，他就没有法子了。只是有两条万过不去的关头：第一，承你从火水中搭救我出来，一天恩德未报，我万不

270

能出家，于心不安；第二，我还有个小兄弟带着，交与谁呢？所以我想只有一个法子，明天等他来，无论怎样，我替他磕个头，认他做师父，请他来生度我，或者我伺候你老人家百年之后，我去投奔他。"

老残道："这倒不然，你说要报恩，你跟我一世，无非吃一世用一世，哪会报得了我的恩呢？倘若修行成道，那时我有三灾八难，你天上看见了，必定飞忙来搭救我，那才是真报恩呢。或者竟来度我成佛作祖，亦未可知。至于你那兄弟更容易了，找个乡下善和老儿，我分百把银子替他置个二三十亩地，就叫善和老儿替他管理抚养成人，万一你父亲未死，还有个会面的日期。只是你年轻的人，守得住守不住，我不能知道，是一难；逸云肯收留你不肯收留你，是第二难。且等明日逸云到来，再作商议。"德夫人道："铁叔叔说的十分有理，且等逸云到来再议罢。"大家又说了些闲话，各自归寝。

次日八点钟，诸人起来，盥漱方毕，那逸云业已来到。四人见了异常欢喜，先各自谈了些闲话，便说到环翠身上，把昨晚议论商酌的话，一一告知逸云。逸云又把环翠仔细一看，说："此刻我也不必说客气话了，铁姨奶奶也是个有根器的人，你们所虑的几层意思，我看都不难，只有一件难处，我却不敢应承。我先逐条说去：第一条我们庙里规矩不好，是无妨碍的；你也不必先剪头发，明道不明道，关不到头发的事。我们这后山，有个观音庵，也是姑子庙，里头只有两个姑子，老姑子叫慧净，有七十多岁，小姑子叫清修，也有四十多岁了，这两个姑子皆是正派不过的人，与我都极投契；不过只是寻常吃斋念佛而已，那佛菩萨的精义，他却不甚清楚。在观音庵里住，是万分妥当的。

第二条他的小兄弟的话呢，也不为难。我这傲来峰脚下有个田老儿，今年六十多岁了，没有儿子。十年前他老妈妈劝他纳个妾，他说：'没有儿子将来随便抱一个就是了。若是纳了妾，我们这家人家，今儿吵，明儿闹，可就过不成安稳日子了。你留着俺们两个老年人多活几年罢。况且这纳妾是做官的人们做的事，岂是我们乡农好做的吗？'因此他家过得十分安静，从去年常托我替他找个小孩子。他很信服我，非我许可的他总不要，所以到今儿还没选着。他家有二百亩地的家业，不用贴他钱，他也是喜欢的，只是要姓他的姓。不怕等二老归天后再还宗，或是兼祧两姓俱可。"

环翠说道："我家本也姓田。"逸云道："这可就真巧了。第三层，铁老爷，你怕你姨太太年轻守不住，这也多虑，我看她一定不会有邪想的。你瞧他眼光甚正，外平内秀，决计是仙人堕落，难已受过，不会再落红尘的了。以上三件，是你们诸位所虑的，我看都不要紧。只是一件甚难：姨太太要出家是因我而发，我可是明年就要走的人。把他一个人放在个荒凉寂寞的姑子庵里，未免太苦。倘若可以明道呢，就辛苦几年也不算事。无奈那两个姑子只会念经吃素，别的全不知道。与其苦修几十年，将来死了不过来生变个富贵女人，这也就大不合算了！倒不如跟着铁老爷，还可讲几篇经，说几段道，将来还有个大彻大悟的指望，这是一个难处。若说教我也不走，在这里陪他，我却断做不到，不敢欺人。"环翠道："我跟师父跑不行吗？"

逸云大笑道："你当作我出门也像你们老爷，雇着大车同你坐吗？我们都是两条腿跑，夜里借个姑子庙住住，有得吃就吃一顿，没得吃就饿一顿，一天尽量我能走二百里地呢。你那三寸金莲，要跑起来怕到不了十里，就把你累倒了！"环翠沉吟了一会，说："我放脚行不行？"逸云也沉吟了一会，对老残道："铁爷，你意下如何？"老残道："我看这事最要紧的是你肯提挈他不肯，别的都无关系。"环翠此刻忽然伶俐，也是他善根发动，他连忙跪到逸云跟前，泪流满面说："无论怎样都要求师父超度。"逸云此刻竟大剌剌的，也不还礼，将他拉起说："你果然一心学佛，也不难。我先同你立约：第一件到老姑子庙后，天天学走山道，能把这崎岖山道走得如平地一般，你的道就根基立定了。将来我再教你念经说法。大约不过一年的艰苦，以后就全是乐境了。古人云：'十月胎成。'也大概不错的，你再把主意拿定一定。"环翠道："主意已定，同我们老爷意思一样。只要跟着师父，随便怎样，我断无悔恨就是了。"老残立起身来，替逸云长揖说："一切拜托。"逸云慌忙还礼说："将来灵山会上，我再问您索谢仪罢。"老残道："那时候还不知道跟谁要谢仪呢？"大家都笑了。

环翠立起来替慧生夫妇磕了头道："蒙成就大德。"末后替老残磕头，就泪如雨下说："只是对不住老爷到万分了。"老残也觉凄然，随笑说道："恭喜你超凡入圣，几十年光阴迅速，灵山再会，转眼的事情。"德夫人也含着泪说："我伤心就不能像你这样，将来倘若我堕地狱，还望你二位早来搭救。"逸云道："德夫人却万不会下地狱，只是有一言奉劝，不要被富贵拴住了腿要紧！后会有期。"

老残打开了衣箱，取出二百两银子交与逸云设法布置，又把环翠的兄弟叫来，替逸云磕头。逸云收了一百两银子说："尽够了。不过田老儿处备份礼物，观音庵捐点功德，给他自己置备四季道衣，如此而已。"德慧生说："我们也送几个钱，表表心意。"同夫人商酌，夫人说："也是一百两罢。"逸云说："都用不着了，出家人要多钱做什么？"

来问开饭，慧生说："开罢。"饭后，逸云说："我此刻先去到田老儿同观音庵两处说妥了再来回信，究竟也得人家答应，才能算数呢。"道了一声，告辞去了。

这里老残一面替环翠收拾东西，一面说些安慰话，环翠哭得泪人儿似的，哽咽不止。德夫人也劝道："在旁的人万不肯拆散你们姻缘，只因为难得有这么一个逸云，我实在是没法，有法我也同你去了。"

环翠含泪道："我知道是好事，只是站在这里就要分离，心上好像有万把钢刀乱扎一样，委实难受！"慧生道："明年逸云朝南海，必定到我们那里去，你一定随同去的，那时就可以见面，何必伤心呢？"过了一刻，环翠也收住了泪。

太阳刚下山的时候，逸云已经回来，对环翠说："两处都说好了，明日我来接你罢。"德夫人问："此刻你怎样？"逸云说："我回庙里去。"德夫人说："明日我们还要起身，不如你竟在我们这儿睡一夜罢。本来是他们两个官客睡一处，我们两个堂客睡一处的，你竟陪我谈一夜罢。你肯度铁奶奶，难道不肯度我德奶奶吗？"

逸云笑道："那也使得，您这个德奶奶已有德爷度您了。自古道：'儒释道三教'，没有你们德老爷度他，他总不能成道的。"德夫人道："此话怎讲？"逸云道："'德'字为万教的根基，无德便是地狱。种子有德，再从德里生出慧来，没有一个不成功的了。"德夫人道："那不过是个名号，哪里认得真呢？"

逸云说："名者，命也，是有天命的。你怎么不叫德富、德贵呢？可见是有天命的了，我并非当面奉承，我也不骗钱花，你们二位将来都要证果的，不定二教是哪一教使了。"德夫人说："我终不敢自信，请你传授口诀，我也认你做师父。"逸云说："师父二字语重，既是有缘，我也该奉赠一个口诀，让您依我修行。"德夫人听了欢喜异常，连忙爬下地来就磕头喊师父。逸云也连忙磕头说："可折死我了。"二人起来，逸云说："请众人回避。"三人出去，逸云向德夫人耳边说了个"夫唱妇随"四个字。

德夫人诧异道："这是口诀吗？"逸云道："口诀本系因人而施，若是有个一定口诀，当年那些高真上圣早把他刻在书本子上了。你紧记在心，将来自有个大彻大悟的日子，你就知道不是寻常的套话了。佛经上常说：'受记成佛'，你能受记，就能成佛；你不受记，就不能成佛。你们老爷现在心上已脱尘网，不出三年必弃官学道，他的觉悟在你之先。此时不可说破。你总跟定他走，将来不是一个马丹阳、一个孙不二吗？"德夫人凝了一会神，说："师父真是活菩萨，弟子有缘，谨受记，不敢有忘。"又磕了一个头。

其时外间晚饭已经开上桌子，王妈竟来伺候。德夫人说："你病好了吗？"王妈说："昨夜吃了铁爷的药，出了一身汗，今日全好了；上午吃了一碗小米稀饭，一个馒头，这会子全好了。"

当时五人同坐吃饭，德慧生问逸云道："您何以不吃素？"逸云说："我是吃素，佛教同你们儒教不同，例得吃素。"慧生说："我看你同我们一样吃的是荤哩。"逸云说："六祖隐于四会猎人中，常吃肉边菜，请问肉锅里煮的菜算荤算素？"慧生说："那自然算荤。"逸云说："六祖他却算吃素，我们在斗姥宫终日陪客，哪能吃素呢？可是有客时吃荤，无客时吃素，您没留心我在荤碗里仍是夹素菜吃？"

环翠说道："当真我倒留心的，从没见我师父吃过一块肉同鱼虾之类。"逸云道："这也是世出世间法里的一端。"老残问道："倘若竟吃肉，行不行呢？"逸云道："有何不可，倘若有客逼我吃肉，我便吃肉，只是我不自己找肉吃便了。若说吃肉，当年济颠祖师还吃狗肉呢！也挡不住成佛。地狱里的人吃长斋的，不计其数。总之，吃荤是小过犯，不甚要紧。譬如女子失节，是个大过

276

犯，比吃荤重万倍，试问你们姨太太失了多少节了？这罪还数得清吗？其实若认真从此修行，同那不破身的处子毫无分别。因为失节不是自己要失的，为势所迫，出于不得已，所以无罪。"大家点头称善。

饭毕之后，连贵上回来道："王妈病已好了，辕骡又换了一个，明天可以行了，请老爷示下，明天走不走呢？"慧生看德夫人，老残说："自然是走。"德夫人说："明天再住一天何如？"

老残说："千里搭凉棚，终无不散的筵席。"逸云说："依我看明天午后走罢。清早我同铁老爷、奶奶送田头兄弟到田老庄上，走后同铁老爷到观音庵，都安置好了您再走，铁老爷也放心些。"大家都说甚是。

一宿无话，次日清晨，老残果随逸云将环翠兄弟送去，又送环翠到观音庵，见了两个姑子，嘱托了一番，老姑子问："下发不下呢？"逸云说："我不主剃头的，然佛门规矩亦不可坏。"将环翠头发打开剪了一缕，就算剃度了，改名环极。

诸事已毕，老残回店，告知慧生夫妇，赞叹不绝。随即上车起行，无非"荒村雨露眠宜早，野店风霜起要迟"。八九日光阴已到清江浦，老残因有亲戚住在淮安府，就不同慧生夫妇同道，径一车拉往淮安府去。这里慧生夫妇雇了一个三舱大南湾子，径往扬州去。欲知后事如何，且听下回分解。

《中国历代经典宝库》总目